NACIONALIDADE BRASILEIRA - NATIONALITÉ BRÉSILIENNE - BRAZILIAN CITIZEN

Nome / Nom / Name: BEATRIZ ROMANO DE CAMPOS PINTO
Sexo / Sexe / Sex: Feminino
Lugar e data do nascimento / Lieu et date de naissance / Place and date of birth: RIO DE JANEIRO/RJ, 17/fev/1969
Filiação / Noms des parents / Father's and mother's name: JOSE MARIO DE CAMPOS PINTO e MAGDA MARIA ROMANO DE CAMPOS PINTO

Repartição expedidora - Délivré par - Issued by:
SR/DPF/RJ
DELEMIG - NUPAS
Rio de Janeiro - RJ

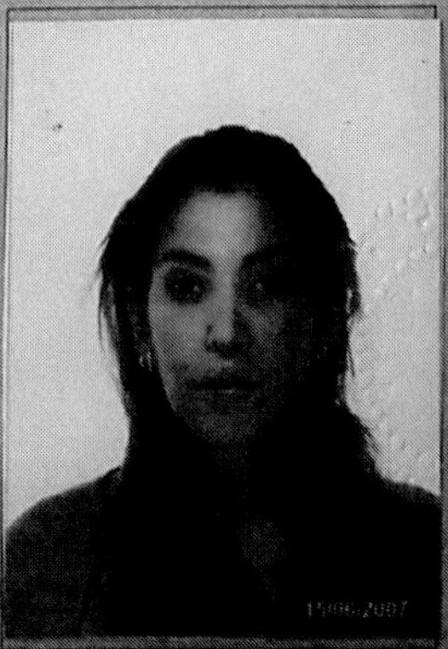

Válido até - Valable jusqu'au - Valid until: 18/06/2012
Data de expedição - Délivré le - Issued on: 19/06/2007

Editor
Renato Rezende

Entrevistas e redação
Rosa Amanda Strausz

Pesquisa e revisão
Ingrid Vieira

Projeto gráfico
Augusto Erthal

Imagem da capa
Ingrid Vieira

Dados Internacionais de Catalogação na Publicação – CIP

R759	Romano, Beatriz; Pinto, Magda Romano de Campos Quem apaga a luz sou eu / Beatriz Romano e Magda Romano de Campos Pinto Rio de Janeiro: Circuito, 2019. 340 p.; Il. ISBN: 978-85-9582-046-3 1. Pinto, Beatriz Romano de Campos (1969-2012). 2. Literatura Brasileira. 3. Poesia. 4. História de Vida. 5. Diários. 6. Drogas. CDU 821.134.3(81) CDD B869.3

Quem apaga a luz sou eu

Beatriz Romano
e
Magda Romano
de Campos Pinto

Agradecimentos à família

A meu filho Eduardo, por ser o orgulho com o qual todos os pais sonham. Pelo amor que me transmite dia a dia. E, especialmente, por me deixar livre para publicar este livro que expõe feridas íntimas e profundas, que também o atingem.

Agradeço ao meu companheiro, meu amor, Zé Mário, ao lado de quem tive uma vida plena, desenvolvendo todas as minhas potencialidades. Por sua filosofia de igualdade, respeito ao outro e por sua visão política sobre o mundo.

A meus pais, Domingos e Mariana, que com sua visão e generosidade aceitaram minhas escolhas como mulher para viver o prazer e a alegria e me ensinaram a suportar a dor sem me deixar abater.

Agradecimentos especiais

A Rosa Amanda Strausz, que, com seu talento e profissionalismo, transformou em uma narrativa organizada as muitas e muitas horas de conversas gravadas, entre lágrimas e vinho, única maneira de conseguir recordar momentos de alegria e tristeza, vomitando a alma.

Às minhas queridas Sonias (Nascif e Latgé), que por manhãs e tardes se revezaram nas leituras para a seleção dos textos que deveriam constar em um livro de 180 a 200 páginas, selecionadas de um acervo de mais de 1200 folhas digitalizadas. Pelas descobertas dos textos das internações, cartas enviadas e escritos dolorosos que expressam todo o sofrimento de uma internação forçada que me parecia à época a salvação, a volta à vida e a felicidade dos meus filhos. Pelo carinho, compreensão e companhia das leituras juntas, já que me era impossível ler a verdade sozinha. Horas de amor e desespero, sem mais nada poder fazer, sentindo a impotência de rever, reviver o passado.

Também agradeço a Ingrid, que conseguiu ler e digitar os escritos das agendas, nem sempre facilmente compreensíveis, além de fazer a seleção da prosa poética e das poesias, me ajudando muito com sua visão inteligente e jovem na revisão e finalização deste livro.

Escrever, por quê?

Pesadelo – minha mãe ia me desamando aos pouquinhos. Era exatamente isso, desamando. Apavorante a sensação de solidão, desamparo, desespero... E eu ainda testo sua capacidade de superar suas desilusões.

[24/03/2001]

Primeiramente, gostaria de agradecer mamãe a atenção de me ler concentradamente, em silêncio e com calma. Eu sei como é difícil pra você deixar de ouvir os importantes comunicados dos pelo menos três jornais de uma hora e meia, cada um. Fora a novela gravada, que é praticamente inadiável.

[sem data – prov. 2011, aos 42 anos]

Como ignorar frases como estas? Há angústia, tristeza e desespero, mesmo. Além de tudo, há culpa nessas referências cheias de sutileza: "Minha mãe ia me desamando...". Como não ser atingida no âmago do meu ser, por reconhecer minha incomunicabilidade, e ver que todo o amor e toda a dedicação não ultrapassavam uma barreira que eu não via e que nunca poderei desfazer?

Hesitei muitas vezes antes de trazer a público os diários de Bia. Primeiro, pensei em publicar apenas seus textos mais expressivos – e eles existem em número suficiente para compor um livro. Depois, achei que seria preciso contextualizar algumas informações para que eles pudessem ser compreendidos em seu sentido pleno. No processo de seleção e escrita, no entanto, um fato se impôs. Seria impossível falar de Bia sem explicitar sua relação com as drogas.

Bia, assim como seu irmão Ricardo, fazia parte do grupo de pessoas que cruzou a linha que separa o uso recreativo das drogas da dependência mais radical – aquela que se mostra refratária a qualquer tipo de tratamento. Nenhum dos dois conseguia conceber uma vida minimamente suportável sem a presença de substâncias psicoativas. Quando isso acontece, prazer e sofrimento tornam-se inseparáveis. Ler os diários de Bia é perceber a enormidade de sua dor, a extensão de sua impotência. E também da nossa.

Por isso, escolhi não esconder nada. A tentação de romantizar a vida de Bia foi grande, mas seus diários estavam ali e se impunham, me lembrando, a cada momento, como era preciso garimpar momentos de felicidade em meio a oceanos de frustração. E estes momentos existiram, que ninguém imagine o contrário. O senso comum determina que a convivência com filhos drogados é uma tormenta sem tréguas – e cansei de ouvir relatos desse tipo nos incontáveis grupos de ajuda que frequentei. No entanto, quem mantém o coração aberto – como procurei manter o meu – sabe bem o quanto é possível manter os vínculos de amor e amizade, mesmo em situações extremas. Com todos os problemas que as drogas nos trouxeram, não posso negar a falta que meus filhos me fazem. Sim, eles eram dependentes em um nível que os tornava intratáveis. Mas, ainda assim, eram capazes de proporcionar momentos divertidos, inteligentes e repletos de afeto. A droga destruiu suas vidas, mas não sua capacidade de dar e receber amor.

Para me manter fiel à realidade, precisei tomar alguns cuidados – principalmente em relação às pessoas que fizeram parte desta história, que não precisam ter suas vidas expostas. Por isso, apaguei deste texto tudo o que pudesse identificá-las. Mudei nomes e circunstâncias, de modo a preservar a intimidade de todos aqueles que conviveram com Bia. Nada disso importa agora. Escrevi este livro não apenas como um gesto de amor aos meus filhos mortos, mas também como uma mensagem de solidariedade dirigida a outras mães, pais, irmãos e companheiros de gente que, como meus filhos, teve a vida destruída pelas drogas.

Espero que Bia consiga ser uma porta-voz do sofrimento dessa gente tão intensa e ansiosa por formas alternativas de ser e estar no mundo.

I
Os restos imortais

Cada pessoa reage de maneira diferente à morte das pessoas amadas. E uma mesma pessoa também tem reações distintas a cada morte que enfrenta. Uma coisa é perder mãe, outra é perder marido, outra é perder um filho, outra é perder um segundo filho. Passei por todas elas e posso dizer: não existem duas experiências iguais. No entanto, há um ponto comum ao período que sucede as mortes dos seres que amamos. Precisamos descobrir como lidar com os pertences que ficaram.

Nascemos nus e ao morrer não levamos nada, nem mesmo as coisas que mais amávamos em vida. O resultado é que deixamos espalhados pela casa pequenos objetos subitamente esvaziados de função. Um batom, uma caneta bic, um vestido de grife, camisetas velhas, meias furadas, um relógio de pulso – que continua marcando o tempo, indiferente à partida de seu dono.

Ao contrário dos corpos, que são enterrados ou cremados, objetos permanecem insepultos até que os sobreviventes – ou a sobrevivente, como foi meu caso – tomem coragem para dar um destino a cada um. São os restos imortais dos nossos mortos.

Quando nossos pais partem, seus objetos ganham estatuto de herança. Os pertences deixados falam de um tempo que se foi, falam da nossa infância, falam da história da família. São as xicrinhas onde tomávamos café quando éramos pequenos, a bolsinha de baile vintage, a caixinha de louça remendada com Araldite depois de um tombo (do qual lembramos), o espelho com o cabo de madeira trabalhada, o isqueiro Zippo... Tudo nos remete ao que já fomos. O que não se enquadra nesta categoria, pode ser descartado. Disso sabemos e para isso estamos preparados. Todos temos consciência de que um dia teremos que sepultar nossos pais.

A partida do companheiro traz nuances mais complicadas. Muitas coisas pertencem ao casal e ficam, subitamente, partidas ao meio. A cama é uma delas. Leva tempo até que o corpo dos viúvos se acostume a tanto espaço. A ausência do outro é presente demais para que a gente puxe o lençol inteiro e deixe o outro lado descoberto. A cama é só um símbolo de tudo que nos aguarda no período que sucede a viuvez. Não importa o quão independente você seja, enviuvar é uma operação que mexe com a sua identidade em muitos níveis. A parafernália legal e burocrática nos obriga a retornar muitas vezes a gavetas que talvez preferíssemos esperar mais um pouco para abrir.

Se o morto deixou descendentes, a inevitável arrumação dos armários será regida por critérios semelhantes ao do quarto dos nossos pais. O relógio vai para um filho, o anel de formatura para outro, essas camisas caem tão bem no caçula, será que ele não quer ficar com elas? O que não tem valor – financeiro ou afetivo – de herança segue seu próprio caminho em busca de novos donos e corpos em forma de doações.

No entanto, tudo muda quando é um filho que morre.

O filho não é um passado a ser registrado, nem um companheiro que escreve conosco a história de nossa própria vida. É nosso futuro ceifado.

O filho é aquele que arrumaria nosso quarto por ocasião de nosso fim. Seu desaparecimento provoca uma inversão brutal e cruel da ordem natural das coisas.

E quando o filho morre sem deixar descendência – como foi o caso de Ricardo e de Bia – não há tradição, nem aprendizado, que nos oriente. Somos entregues a uma dor perplexa e burra, incapaz de tomar providências imediatas.

Talvez seja por isso que algumas mães deixam intocados os quartos de seus filhos mortos. Elas simplesmente não sabem o que fazer.

Os restos imortais dos filhos não pertencem à história, mas a um futuro interrompido. Permanecem pulsando como um coração fora do corpo. Sempre se pensa duas vezes antes de jogar fora uma meia furada que pertenceu à mãe ou ao marido. Mas hesita-se ainda mais na hora de jogar fora a meia de um filho, ainda com o formato de seu pé.

Quando cheguei da cremação de Bia, sabia que teria que lidar, pela segunda vez, com a experiência confusa e dolorosa de arrumar o quarto de um filho morto.

No entanto, ao lado de batons usados, camisetas puídas, calças jeans, vestidos de festa, pinças Vitry, fones de ouvido, camisas praticamente novas e nunca usadas, ainda havia uma coisa viva e pulsante em seu quarto. Debaixo de sua escrivaninha amontoavam-se pilhas de cadernos, agendas e diários nos quais eu jamais havia mexido. Nem eu, nem ninguém. Era sua vida secreta. Havia ali uma outra Bia. Eu sabia que ela escrevia diários desde a adolescência. Mas nunca os havia lido. O respeito à individualidade sempre foi regra em nossa casa. Às vezes, ela achava que alguém tinha mexido em seus cadernos e ficava furiosa. O sigilo era precioso para ela – era sua joia. Ali estava registrado tudo o que nunca compreendi, o que nunca soube. Ali estava uma Bia mais real do que aquela que eu havia conhecido.

No dia seguinte à sua morte, pela primeira vez, pude observar o volume impressionante de sua produção. Eu não tinha me dado conta de que eram tantos os cadernos preenchidos com sua escrita apressada.

Ali estavam os restos imortais da minha filha.

Um conjunto sempre crescente de cadernos e agendas, que foram levados e trazidos de volta a cada um de seus três casamentos. Agendas convencionais, cadernos em espiral, de capa dura ou não, com motivos infantis ou universitários. Alguns já quase se desfaziam, de tão antigos.

Todos ali.

Cheios de anotações.

Naquele momento, soube que eu era a herdeira dos cadernos de Bia. Estendi a mão e peguei o que estava sobre uma das pilhas. Era o que eu tinha dado para ela de presente na virada do ano.

Ao contrário dos demais, era uma peça especial. Tinha capa dura, com um quadro de Klimt ressaltado pelo revestimento em relevo e dourados, papel de miolo especial e acabamento de luxo. Não era o primeiro caderno ou agenda que eu tinha dado de presente para ela, mas, sem dúvida, era o mais bonito. Apesar de pouco usado, aquele caderno tão bonito tinha sido destinado aos últimos textos de Bia. Mas não era hora de voltar a chorar. Eu queria muito saber qual tinha sido a última coisa que Bia havia escrito. E ali estava. Um texto com inegável tom de despedida.

De costas pra mim mesma. Viajo, viajo sozinha, ouço o avião chamando e vou ao encontro de lugares que não sabem quem eu sou, onde não sou ninguém, um ser-aí, jogado no mundo como outros quaisquer utensílios, objetos, roupas, maquiagens, cabelos pintados, olhos de lentes, nada que me ligue a mim. De preferência nem a língua, nada meu, nada eu.

Ninguém que tenha o direito de me perguntar nada, de querer que eu melhore, que aja diferente, que lute contra o nada, que é o que quero ser. Que me chame pra ver o Sol quando quero passear nas ruas frias e pequenas de Veneza.

Disse não nesse final de ano pra Nova Iorque. Muito obrigada, *thank you, grazie tante, merci*, quero ficar só. Sem malcriação, não quero companhia, só não quero. Detesto que me salvem. Tem tanta baleia querendo namorar, salvem a elas. Eu não. "Vão pros céus, me deixem ir pro diabo sozinha. Por que haveríamos de ir juntos pra destinos tão opostos?". Salvem as baleias, *please, s'il te plâit*, por favor.

E não julguem, eu não julgo ninguém. Vejo péssimos namorados, péssimos pais, péssimos amigos, péssimos filhos e esses péssimos só quer dizer que não queria ser nenhum deles, mas como não sou, vejo ótimos, ótimos tudo. Pessoas sendo exatamente, exatamente o que querem ser com quem querem estar. Parabéns de verdade. Enquanto eu quero tomar friagem na minha Veneza com pneumonia. E vou me salvar, pode deixar, sempre fiz isso. E se foi sorte, confiem, ela continua comigo, Veneza é a minha Pasárgada e a cama que eu quero tem alguém que nunca voltará a me ver. Ser livre não é o bastante, nunca achei que fosse, quando estou bem estou amarrada, junto 24h, e aí liberdade é algo tolo, fico democrática. Mas esse tempo não é agora.

Tenho certeza que todos a quem amo e me amam tiveram momentos suficientes pra se lembrar de como sou sublime. Guardem isso. Todas as vezes antes do Maia,[1] minha análise de verdade, fiz a besteira de tentar agradar os outros ficando por perto e os decepcionando e me tendo a culpada do fracasso do outro de não me fazer bem. Sinto muito por ter encontrado uma psicanalista eficiente meio velha, mas encontrei. E foi o máximo. Ninguém mais vai me dizer o tempo correto dos meus lutos. Nem a boazinha da terapeuta do luto, que aliás também não me fez bem nenhum.

Foi difícil dizer isso à minha mãe. Já que os lutos foram comuns e medo de mãe de perder mais, de ter mais lutos é de uma profundidade abissal. Mas estar na frente dela não diminuirá o medo. Porque é um medo irracional.

---

1 Psicanalista casado com minha sobrinha, Lucinha.

Depois da morte do meu irmão acordei diversas vezes vendo-a me olhando dormir. E o medo era o mesmo do que se eu estivesse escalando os Alpes. E hoje o que sei é que a morte é totalmente casual. Já vi morrer uma amiga tomando banho com o namorado pra pegar o voo pra Paris; vazamento de gás. Já vi morrer uma mãe de amigo atropelada na calçada e já vi sobreviver... Quem eu vejo por aí e que de riscos nada que eu me imagine fazer chega perto. Alors, não há lógica na morte, a não ser se for no suicídio, coisa que sinceramente não me passa na cabeça. Não estou deprimida. Estive, dois longos, longos anos, mas agora não. Só não estou afins de mim, nem de cansar os outros comigo. C'est tout.

Alors, meus queridos, me desejem sorte nos encontros casuais das ruelas de Veneza. E quando lembrarem de mim, lembrem de todas as coisas adoráveis que fizemos, os shows que estivemos, nos estranhamos de tanto trocarmos os sentimentos, os dias de praia, as apostas de cavalo, de natação na ilha de ouriços, o gosto dos pratos que comemos, nos jantares pantagruelescos dos Bambrinis, as pizzas dos baixos, as das massas caseiras, as cavaquinhas do Lokau, pastéis do Alvaro's, Drys de Copa, Red Labels apostados em pôquer bebidos no Leme, Smith, Cosme Velho, Aperana, caipirinha no Bofetada, Sindicato do Chope, Bar do Bico, noites suadas do Mariuzinn no Barão com Joana, gravações da RCA no quarto do Rick, desfiles de escolas de samba, Sambódromo, as noites do Costa Brava, Angra, as bandas de Ipanema, réveillons das Canoas, Bandas de Ipanema, praias no Cemitério dos Elefantes[2] com meus gurus, aulas de literatura e filosofia, réveillons internacionais, Roma, Caribe, Cinecittá, Nani, Rio das Ostras, Búzios, Rio Comprido, Flamengo, Camboinhas, Rock in Rio I com crachá e primeiro amor, aulas com Juliana, Parati, Flips, noites com July, tardes de quadros com Giulia, tudo com Gabi, azarações que nunca passaram de fantasia, Caroline, todas as crianças que fizeram parte da minha vida, Alex, Helena, todas as experiências de pseudoanálise, as primeiras ondas químicas compartilhadas com meus melhores amores, ou seja, tudo que houve na vida depois de uma infância adorável, uma adolescência de prazeres, fora as cagadas que toda imaturidade que a falta de censuras em que fui criada me permitiram fazer e eu abusadamente cometi.

Por essas me arrependo imensamente e, apesar de compreendê-las como psicopatológicas, tenho vergonha e peço perdão. Mas nem assim trocaria minha vida por nenhuma outra. Nunca quis ser popular, tipo estrela global, que todos reconhecem ao passar. Acho que isso me tiraria uma liberdade que eu adoro, poder comprar jornal com cara de ontem. E ameaçaria uma das minhas melhores qualidades, diagnosticada por profissionais; eu tenho o oposto à paranoia, tenho a fantasia de que *a priori* as pessoas me têm empatia, me veem com bons olhos. E nem o fato de não ter sido mãe me frustrou de verdade.

---

2 Entre o postos 8 e 9, nas areias de Ipanema, reuniam-se advogados, artistas, escritores, arquitetos etc., cujo centro de mobilização era a luta contra a ditadura. Era um grande grupo, dentre os quais estavam Oswaldo Mendonça, Sabino e Marília Barroso (Nininha), Alcione Barreto e Arlinda, Ceres Feijó, Teresa Aragão, Ferreira Gullar, Kátia Valladares, Sonia Pereira Nunes, Alba Senna, Joca Serran e muitos outros.

Sempre tive um certo medo de não ter, por ser uma ligação genética, uma ou um filho que eu me apaixonasse como me apaixonei por crianças que não eram minhas. Fiquei grávida algumas vezes, uma delas resolvi levar adiante. Perdi com quatro meses e meio quando assassinaram meu cachorro. Estava apaixonada, casada, fiquei péssima, chorei quatro dias, mas não sei, não foi algo que eu quisesse tanto assim. Até porque não voltei a tentar.

O único desejo que me causa uma frustração real é não ter talento como escritora. Porque eu queria ser capaz de escrever um bom romance, um que passasse a limpo minha história, omitisse os erros, as ciladas que minhas psicopatologias me fizeram cometer. Mas fora isso, não trocaria minha vida com a de ninguém, literalmente ninguém. Queria ter tido exatamente a minha família, minha história e ser exatamente, precisamente eu.

Me aguardem, ano que vem serão 45 anos, e eu acho é pouco!

Beijos em todos e divirtam-se à vera, porque desejo só felicidade a todas estas pessoas que passaram comigo esses primeiros 44 anos.

bye-bye,
Bia

II

Mais força do que fragilidade

Para compreender Bia é preciso ir às fontes, buscar seu DNA nas mulheres da família. É curioso que tantas pessoas associem o Nordeste ao machismo. Ele existe, sem dúvida. Mas a região também produz mulheres de uma força extraordinária.

Basta dizer que a primeira mulher brasileira que conquistou seu título eleitoral – alguns meses antes de a Inglaterra ter admitido o voto feminino e quatro anos antes de o direito ser estendido a todas mulheres brasileiras – foi uma potiguar: Celina Guimarães Viana. O Rio Grande do Norte foi o primeiro estado brasileiro onde as mulheres puderam votar, em 1928.

Entre as mulheres que compareceram às urnas, estava minha mãe, Mariana, então a jovem filha de um comerciante, casada com um filho de imigrantes italianos, pobre, mas apaixonadamente envolvido com política: Domingos.

Como para indicar que a política viria a ter um papel determinante na vida da família, nasci em 1932, em plena Revolução Constitucionalista.

Em 1935, na Revolta Comunista, em Baixa Verde, onde morávamos, a cidade foi entregue à orientação de João Severiano Câmara, que perseguiu a todos que haviam se manifestado politicamente como adversários à campanha de Rafael Fernandes à eleição como primeiro governador constitucional após 1930. Meu pai, um homem independente, tolerante e que não tinha vínculo com o Partido Comunista, foi preso por alguns dias, juntamente com meu tio, João Maria Furtado, juiz da cidade.

As famílias estavam de férias em uma praia próxima. Fomos surpreendidos pela chegada da polícia. Fomos levados em um caminhão improvisado, pois minha mãe se recusou a deixar os dois seguirem sozinhos, por medo de que a polícia os matasse – o que de fato era uma possibilidade. Meu tio foi destituído do cargo, ficando muito tempo foragido em casas de amigos. Meu pai, ao voltar para seu trabalho, que era um pequeno negócio que mantinha com meu avô, foi obrigado a deixar Baixa Verde, pela interdição que a polícia fez à loja. Nos mudamos para a cidade de Natal.

Meu pai era libertário dentro e fora de casa. Fez questão de dar às filhas todas as opções possíveis. Eu, a mais moleca, tive toda a liberdade do mundo para soltar pipa, andar de bicicleta e jogar bola. E a aproveitei da melhor forma possível. Minha irmã mais velha, Oneida, sempre foi mais quieta – e sua docilidade também sempre foi respeitada.

Mais tarde, Oneida casou-se, mudou-se para João Pessoa e fui morar com ela para completar meus estudos. Entrei para a faculdade de Direito, um ambiente predominantemente masculino. Só havia duas mulheres na minha turma, sendo eu uma delas. Não sei se foi ali que percebi, de verdade, que eu havia tido uma educação mais livre do que a da maioria das mulheres que eu conhecia. Pode ter sido. De qualquer modo, comecei a me sentir engessada.

Era ali que eu estava, em 1955, quando a Fundação Getúlio Vargas começou a recrutar estudantes em todo o país. A FGV havia sido criada dez anos antes para preparar pessoal qualificado para a administração pública e privada do país. O curso de administração que estava sendo divulgado seria o primeiro a ser oferecido a alunos de todo o Brasil.

Me inscrevi no processo seletivo e fui aprovada. Ainda em 1955, arrumei minhas malas e vim para o Rio de Janeiro, sozinha, com total aprovação de meus pais e para espanto de Oneida.

Começava uma nova fase em minha vida. A bolsa de estudos era suficiente para custear uma vida sem luxos. Eu dividia um pequeno apartamento com três outras estudantes. Não estava mais tão sozinha no que dizia respeito a companhias femininas intelectualmente estimulantes. Embora o ambiente ainda fosse predominantemente preenchido por homens, cerca de vinte por cento da turma era formada por mulheres.

A EBAP (Escola Brasileira de Administração Pública) era o que havia de mais avançado em termos acadêmicos. Tínhamos ótimos professores, inclusive estrangeiros. Eu, que sempre tinha sido boa aluna, agora estudava com paixão. Parecia que minha vida acadêmica, finalmente, fazia *sentido*.

Foi na FGV que conheci Zé Mario, o típico carioca da gema, aquele que conhecia os melhores lugares onde podíamos comer e beber bem com nossa parca bolsa de estudos. Simpático, sedutor, bem-falante e politizado, logo se tornou uma liderança natural na nossa turma.

Apesar dos traços morenos, que não deixavam dúvidas em relação à sua ascendência indígena, Zé Mario era completamente diferente dos rapazes que eu havia conhecido no Nordeste. Tinha um charme, uma segurança, um jeito de estar à vontade dentro da própria pele. Fiquei encantada.

Começamos a namorar. Nos casamos em 1961, quando já estávamos formados e loucos para botar em prática tudo o que tínhamos aprendido na FGV.

Foi uma época de paixão pela vida. Ele foi trabalhar na Petrobras. Eu fui para a FNM (Fábrica Nacional de Motores), que tinha sido criada em 1939 para incentivar a industrialização do país.

Impulsionada pela política nacionalista da época, a direção técnica da fábrica tentava fundir o bloco do motor, principal peça para a nacionalização total do caminhão FNM. Foram admitidos vários engenheiros do ITA (Instituto Técnico da Aeronáutica) com a missão específica de alcançar esta meta. Infelizmente, antes que se conseguisse este objetivo, o diretor técnico, Cid Barbosa da Silva, foi destituído do posto. Era o começo do desmonte da indústria automobilística, já entregue ao capital estrangeiro.

Dois anos mais tarde, me descobri grávida. Em janeiro de 1963, Ricardo nasceu. Foi amor à primeira vista. Eu nunca tinha visto um bebê tão bonito em toda a minha vida. E era meu!

Como nasceu um pouco depois do prazo, Ricardo não veio ao mundo com aquela carinha de joelho que exibe a maior parte dos recém-nascidos. Seus olhos azul-esverdeados, como os de meu pai, já vieram ao mundo muito abertos, e a cabeça estava coberta de cachinhos louros como os meus.

Minha mãe veio para o parto. Quando viu Ricardo, a primeira coisa que disse foi uma exclamação que me acostumei a ouvir ao longo de toda a sua infância e adolescência: "Que menino mais lindo!". Meu filho tornou-se um adulto bonito, e só depois dos trinta anos sua fisionomia começou a ser afetada pelas drogas.

Mas isso foi muito mais tarde. Naquele momento, a vida nos parecia franca, e nos sorria. Éramos felizes. Estávamos profissionalmente realizados. Tínhamos um casamento ótimo e um filho lindo.

Não éramos filiados a nenhum partido, mas atuávamos no sindicato. Nosso trabalho não se chocava com nossos anseios políticos, pelo contrário. Eu me orgulhava muito por estar contribuindo com a FNM.

Então, veio o golpe de 1964. Eu e toda a equipe que havia levado para a FNM fomos demitidos. Poucos meses depois, descobri que estava novamente grávida.

Conseguir emprego naquelas circunstâncias – sendo considerada subversiva – era impossível. Acabei encontrando uma via alternativa. Fui cuidar da administração de uma companhia teatral, o Grupo Decisão, fundada por Antônio Abujamra, que pretendia produzir e levar ao povo uma arte socialmente engajada.

"Cuidar da administração" era um cargo impreciso, que equivalia na prática a assumir tudo o que não era artístico. Mandar imprimir folhetos, contratar figurinos, elaborar contratos, fazer os borderôs, essas coisas. Eu ganhava pouquíssimo, mas adorava aquele ambiente.

Dudu nasceu exatamente um ano depois do golpe militar, na noite do dia 1º de abril de 1965. Era um perfeito curumim, com traços ainda mais marcadamente indígenas do que os de Zé Mario.

Dudu e Ricardo eram bastante diferentes não apenas fisicamente, mas também na personalidade, como pudemos constatar nos anos seguintes. Felizmente, isso não impediu que os dois criassem um sólido laço de amizade e admiração mútua.

Ricardo era risonho, solar, comunicativo e dispersivo. Dudu era sério e focado em atividades mais individuais, como yoga e skate.

À época, isso preocupava a mim e a Zé Mario. Só muito mais tarde vim a compreender que a introspecção e a necessidade de realizações concretas não eram parte do problema, mas sim a solução: Dudu foi o único que terminou a faculdade, seguiu vida acadêmica e hoje é um profissional muito bem-sucedido.

Apesar da perseguição do SNI – que me obrigou a mudar de emprego várias vezes –, a permanência de Zé Mario na Petrobras nos garantiu alguma estabilidade financeira. Mantínhamos uma vida de classe média, morávamos em Copacabana e pudemos colocar os meninos nas escolas que julgávamos mais adequadas.

Entretanto, a prole não estaria completa sem uma filha. Não sei se é tradição nordestina, mas minha mãe não parava de perguntar: e quando vem uma menina?

Mas não era só questão de criação ou pressão familiar. No fundo de mim, eu queria uma filha.

Em julho de 1968, descobri que estava novamente grávida. Na época, não existiam exames de ultrassonografia que revelassem o sexo do bebê antes do nascimento. O suspense permaneceria até o momento do parto.

Em fevereiro de 1969, minha mãe estava novamente no Rio de Janeiro para acompanhar o parto. Às 18 horas do dia 17, a grande notícia, finalmente, pôde ser dada. Eu tinha dado à luz uma menina.

Minha mãe saiu pulando e gritando "é menina! é menina!", numa alegria doida. Dentro da sala de parto, a felicidade não era menor. Se Ricardo tinha herdado as características italianas da minha família e Dudu as da família do pai, Bia era o amálgama perfeito. Eu não conseguia parar de olhar para aquela menina.

III

Um fruto longe da árvore

Para uma mulher, ter uma menina é como retornar ao ambiente da própria infância. Temos a impressão de saber tudo, *a priori*, sobre o ser que saiu de nós. Que seus sentimentos são os nossos. Que suas reações têm a mesma origem das nossas.

Não existe engano maior. A história de nossos filhos – sejam homens ou mulheres – é completamente diferente daquela que tivemos. Eles nascem de famílias diferentes das nossas, em momentos históricos diferentes, precisam lidar com desafios diferentes.

Fui uma menina de interior, educada em colégio de freiras. Bia, uma menina da zona sul do Rio de Janeiro, foi matriculada no Edem, à época uma das escolas mais progressistas da cidade.

Pela primeira vez desde sua morte, pego as avaliações pedagógicas do seu processo de alfabetização e as leio em conjunto. Assim como a maioria dos pais, li os "boletins" isoladamente, à medida que foram chegando. Mas ainda não tinha tido uma visão mais abrangente. Nunca os tinha observado como se fossem um só documento que descrevesse um processo. E me parece impressionante como alguns aspectos de sua personalidade se repetem ano a ano e são sinalizados por diferentes professoras.

> *Tem uma facilidade fora do comum na invenção de histórias (...) é a aluna mais desembaraçada para se expressar do grupo. (...) É uma das participantes mais ativas nas redações orais. (...) Apresenta vocabulário rico em frases completas, transmitindo seu pensamento organizado e com lógica. (...) É uma criança aceita no grupo e entrosada com todos. (...) Seu relacionamento com a professora é bom e carinhoso. (...) Expressa-se com muita facilidade, possuindo ótimo vocabulário. (...) Demonstra muita facilidade para fazer novos contatos e amizades, relacionando-se bem com todos.*

Disso, todos que a conheceram criança lembram bem. Bia falando, questionando, expondo suas ideias, adorando ser o centro das atenções dos adultos.

No entanto, a julgar por algumas observações, seu desembaraço e sua necessidade de atenção geraram alguns problemas na escola – e mais tarde, imagino, na vida. Não consigo deixar de perceber um traço de irritação nas avaliações de algumas professoras.

Dá boas contribuições, porém precisa ser controlada para dar oportunidade aos demais colegas para também participarem. (...) Gosta de impor sua vontade com os colegas, mas, em geral, dá-se bem com todos. (...) É provocadora e um pouco agressiva, mas muito solicitada para brincadeiras. (...) Controla muito o que se passa no ambiente. Sempre tem uma opinião a dar, alguma coisa a fazer ou a reivindicar, o que acarreta atrito com o grupo ou perturba o andamento de uma atividade.(...) Liderança dominadora.(...) É líder, não mede forças para convencer os outros. (...) Sempre tem um aparte a fazer ou a dar, não dando oportunidade aos outros.

Uma coisa que, à época, não me chamou atenção, mas que hoje salta aos olhos, é a mudança que ocorre ao longo do processo de alfabetização. Enquanto só precisa se comunicar verbalmente, Bia brilha. No entanto, quando começam os exercícios escritos e deveres de casa, não consegue se concentrar. Só completa alguma atividade se for ajudada por um adulto.

Participa mais ativamente dos exercícios orais do que dos escritos, precisando às vezes ser observada para efetuá-los. (...) Participa das atividades? Sim, quando a atividade está interessante. Se estiver motivada, sim. (...) Nas atividades de aprendizagem, solicita constantemente o auxílio da professora. (...) Permanece atenta e concentrada por pouco tempo. (...) É muito dependente em atividades de aprendizagem, não realizando nenhum trabalho sem a orientação individual da professora. (...) Na maioria das vezes, Bia mostra-se desatenta por estar sempre preocupada com o que os outros estão fazendo. Não consegue se concentrar para realizar suas tarefas. (...) No que se refere aos trabalhos individuais, Bia mantém-se bastante desatenta. Não se detém nas explicações dadas em sala de aula e necessita sempre de ajuda da professora para enfocar as proposições apresentadas.

Finalmente, quando o processo de alfabetização vai se completando, surgem outros registros.

Bia possui bastantes conhecimentos e por isso se sobressai entre as crianças em rodinhas e seminários. Vem se desenvolvendo lentamente no que diz respeito à alfabetização. (...) Não faz nem os deveres de casa e nem em sala de aula. (...) Por sentir dificuldade em acompanhar o nível de conhecimento da turma, desinteressa-se, partindo para conversas e brincadeiras, chegando mesmo a atrapalhar o grupo.

Agora, lendo as avaliações, fica muito clara a dificuldade que Bia encontrou para fazer a passagem da espontaneidade oral para a disciplina da escrita.

No entanto, na década de 1970, a incapacidade de concentração não era considerada um problema. Nem se falava nisso. Para os pais, de modo geral, parecia natural que seus filhos tivessem dificuldade em direcionar a atenção. Afinal, eram crianças.

Além disso, ninguém levava muito a sério as avaliações pedagógicas do que hoje chamamos de pré-escola e educação infantil. De modo geral, os pais só começavam a se preocupar quando começavam a chegar os boletins com notas de zero a dez para cada matéria.

Em meio a tantas observações de natureza pedagógica, um trecho isolado me ajuda a completar o retrato de Bia em sua infância.

Muito preocupada com sua aparência. É muito vaidosa, falando sempre em bijuterias, butiques e modas.

Sim, essa era a minha filha.

Falante, provocadora, informada, mandona, carinhosa, egocêntrica, espontânea, perspicaz, questionadora, dispersiva, indisciplinada...
E tão linda!

IV
Ritos sem passagem

Correndo juntos, você na frente, de peito aberto pra receber os tiros, que jamais me tocariam, mas você nunca pensou que os tiros pudessem estar dentro de mim, e basta algo disparar meu coração para o gatilho ser apertado, só que mata aos poucos.

[diário de 1984 - 15 anos]

Aos 15 anos, Bia continuava tão afetuosa, agressiva, bonita e comunicativa quanto à época de sua alfabetização. Mas havia acrescentado algumas características à lista da infância.

Uma delas foi a ânsia por liberdade, uma recusa aos limites que gerou incontáveis conflitos com o pai ao longo dos anos.

Zé Mario, apesar de ser um homem muito aberto, achava absurdo que Bia bebesse aos quinze anos. Era radicalmente contra drogas. Exigia horários e uma disciplina que os três tinham dificuldade em aceitar.

Mesmo depois dos filhos já mais velhos, não dormia enquanto o último não chegasse. Ficava na sala, lendo um livro, recebendo os que chegavam mais cedo com um "boa noite" cordial e os que chegavam mais tarde com uma bronca, que se desdobraria mais tarde em uma conversa séria.

As reações de cada um eram diferentes.

Dudu, de modo geral, concordava com Zé Mario. Ricardo preferia não discutir, mas só fazia o que queria. Bia, no entanto, ficava muito mobilizada com a postura – por vezes contundente – do pai. Sua necessidade de aceitação encontrava ali um limite difícil de transpor. Ela precisava se sentir amada pelos amigos – o que a levava a uma vida social mais agitada do que seria aconselhável –, mas ao mesmo tempo queria a aprovação do pai. A equação era inconciliável.

Seus diários registram diversos rascunhos de cartas ao pai e a mim. Muitos deles jamais foram passados a limpo e entregues.

Imagino que o ato de escrever a ajudava a organizar as ideias. Era como um ensaio dos argumentos com os quais pretendia nos convencer. Um texto de seu diário, datado de junho de 1984, é um bom exemplo desse movimento.

> Sei que estive confusa, troquei sentimentos, fantasiei histórias. Sei de tudo isso. Sei que magoei até a mim mesma. Fui inconsequente, irresponsável. Mas agora tenho certeza do que sinto e é recíproco. Não estou agindo impulsivamente. Parei, pensei, refleti e tive certeza: EU AMO O BETO. As coisas agora estão mais claras na minha cabeça.
> Porque amor, pai, é um sentimento que esclarece, que ilumina e que a gente não precisa explicar. É um sentimento autossuficiente. Pai, eu sei que toda essa certeza que sinto pode desabar, sei que sou instável. Mas agora eu tenho certeza e pelo menos neste momento acho que vai durar o resto da vida. Você não acha que mesmo com o perigo de não dar eu devo tentar, se é isso o que tenho vontade de fazer? Se ele me ama e eu o amo, por que não tentar? Preciso não de sua aceitação, mas de seu apoio. Você sabe disso.

Outra carta, do mesmo mês e ano, esta sem dúvida escrita para ser entregue ao pai:

> Pai,
> Tenho estado um pouco distante de você, mas agora sinto de novo necessidade de te sentir perto, como quando eu era criança.

> Correndo juntos, você na frente, de peito aberto pra receber os tiros, que jamais me tocariam, mas você nunca pensou que os tiros pudessem estar dentro de mim, e basta algo disparar meu coração para o gatilho ser apertado, só que mata aos poucos. Mata de culpa, medo insegurança, paixão, solidão...
> Você me ensinou tanta coisa, agora só resta eu saber aplicar, saber distinguir, enfrentar.
> Mas preciso de você, não de palavras ou de conselhos, mas do olhar autorizador, do carinho do sim, da magia da presença. "O homem faz, e fazendo se faz." Você me fez e eu estou fazendo você pra poder fazer. Fazer o amor nascer.
> EU TE AMO!
> Forte, sensível, durão, inseguro, sábio...
>
> Bia
>
> [14/06/1984]

Nos diários o tom era outro. Muito menos elaborado. Nem sempre havia um embate. Havia momentos de trégua e entendimento.

> Tudo bem, papos com papy. À noite tudo é mais fácil! Adoro papai, com toda a confusão dele, com radicalismo e tudo, quando ele resolve bater papo ele conquista você! É DEMAIS! Sei lá, mas ele tem alguma coisa, é como a Gabi, o Pietro, o Marcinho, a Raquel, Lucinha e mamãe! Eles são especiais, realmente especiais! Eu os amo! Viu? Amo!
>
> [03/01/1986]

Mas a maioria simplesmente relatava discussões, como a proibição de uma viagem.

Tô muito, mas muito puta mesmo! Papai deu chiliquito! FUROU a viagem! Papai tá demais, ele não se aguenta de tanta instabilidade! Não se pode ser tão emocional assim! Principalmente pra decidir sobre a vida dos outros. A emoção é tua, canaliza pra tua vida! MERDA!
Falar com Silvia, mas também não tenho saco pra ligar desmarcando, acho que ela nem vai arrumar, mas se arrumar, quero ver o papai dizer não. Já que começou com os NÃOS, termine!
Sai com mamãe de tarde, batemos papos, maior abertura em relação ao papai. LEGAL! Só não liberou minha viagem!

[04/02/1986]

8hs - manhã - voo - reserva
Ai que vontade!
Se eu não for eu me mato! Sério, me mato!
Papai vai voltar atrás, vai reconsiderar... Eu tenho certeza!
Qual é a forma mais rápida de suicídio? PAPAI VETOU!

[06/02/1986]

De fato, era preciso que ela tentasse convencer o pai, preocupado, assim como eu, com sua vida social transbordante. Ao entrar na adolescência, sua tendência natural à liderança somada à necessidade de ser o centro das atenções transformou-a no que hoje chamam de uma garota popular. Falante, desinibida, inteligente e bonita, instigava a imaginação dos meninos, que se perguntavam o que ela poderia vir a ser quando crescesse. Nenhum deles tinha dúvidas de que seria alguma coisa fora do comum: atriz, cineasta, escritora, astronauta ou coisa que o valha.

À sua volta reunia-se uma quantidade inacreditável de pessoas. Seus diários, desde aquela época, mostram uma menina sempre acompanhada, sempre indo a festas, ou à praia, ou a boates — sempre com muita gente envolvida. Apenas no mês de janeiro de 1986, Bia cita cerca de 55 pessoas com quem teve contatos suficientemente importantes para constar de seus diários. Um apanhado dos dois primeiros meses deste ano mostra uma vida em festa.

Depois de ontem, querer mais o quê? Praião demais! Depois fomos pra Guaratiba, excelente! Aliás, o melhor do dia. Samba, caranguejo, camarão, siri, papos, sorrisos, amizades, gargalhadas, cervejíssimas, pandeiro, dança, mais samba.

[01/01/1986]

PRAIOSA em São Conrado! Alemão, Alex, Dady, Deda, Mônica, Arthur, galera. Legal! Depois fomos pra casa dele ver SCARFACE! Chapei! Comemos mil coisas legais! Acordei com a Dadá, "Vãobora!"

[04/01/1986]

Fui à praia no Pepino, vi o Rafa, papos. Depois passei na terceira Rampa — eu, Badá, Kike e galera. Almoçamos no GIG. Dadá dirigindo escondido, carro quebrou! Du, Dadi e o tal do Breda na Joatinga, eu posso com a Dá? Sacanagem, quase morri! Que ROUBADA! PQP! Depois ainda fomos comer no JUKA!

[01/02/1986]

Bela, Moni (não foi), Gu, Maurício e Rafa. Muito engraçado os quatro na casa do Rafa. Carnaval tá chegando, mas ainda é dia normal, vai com calma,

BIA! Bela tava muito doida, aliás os três, mas foi gostosérrimo. Maior saudade do Rafinha!

[06/02/1986]

Evandro, saudade! Praia, som, muito bom, galera, saudade! Posto 9. Baile PRÉ-CARNAVALESCO! Rua, serpentina, lança, samba, doideira, casa do Márcio! DEMAIS! - Não fiquei com ele! Tempo recorde! Mas foi foda... Tava todo mundo lá. Evandro levou um violão maneiríssimo, tipo Novos Baianos, bem antigo. Gostoso, chapei... Acordei em casa.

[07/02/1986]

BARRA – Casa da Moni! Não fomos à praia, fomos ao Marina. PAPION – Uma porrada não vai te fazer mal nenhum, eu levei tantas... Pablito não dá pra esquecer, não mesmo. E você nem liga, egoísta, insensível, te odeio!

[15/02/1986]

Almoço! Tia Leninha deu um almoço pra mim! ADOREI!!! Altos papos, armações, eu, Moni e Fá! Tantos que a gente resolveu dar uma volta! Fomos ao cinema. Depois, papos noturnos.

[16/02/1986]

Já no final do ano, Bia conclui:

É, na verdade eu gosto mesmo é de gente, o que me faz feliz é estar perto, curtir as pessoas.
E eu as curto tanto.

[16/11/1986]

Mas não é ano para brincadeiras. Bia está em recuperação na escola. E precisa dedicar o ano a estudar para o vestibular. O choque entre sua ansiedade social, sua dispersão natural e a falta de disciplina para o estudo foi motivo de incontáveis discussões com o pai.
Um resumo de seu ano escolar, a partir de trechos de seu diário, poderia ser assim:

> É, eu sou eu, vou pra facul, vou escrever legal, fazer estágio no Humaitá e tudo que eu quiser, né mãiê?
> [06/01/1986]

> Começou a REC – tenho que ir pelo menos pra marcar presença, é importante pelo menos no primeiro dia. E que primeiro dia nada! Vou estudar pra valer! Vou passar de qualquer maneira. Que vontade de ser vadia! Ai! Nem pensar nisso, além do quê no ano do vestiba! Não posso!
> [07/01/1986]

> Não estudei, conheci melhor a galera. BOM! Esse fim de semana, pelo menos esse eu devia estudar!
> [25/01/1986]

> Não fiz praticamente nada! Chapação geral, Léo explicou uns lances de química mas eu não tive muito saco de exercitar não. ODEIO QUÍMICA!
> [26/01/1986]

> Não estudei nada! Medo, a prova foi mole não!
> Prova de matemática – sei não, a prova tava fácil, mas eu era o problema, não sabia quase nada! Fiz 5 questões em 10! Só se eu acertar todas, casca, né?
> [28/01/1986]

Entre janeiro e setembro há um grande hiato no que diz respeito aos estudos, embora seu diário continuasse registrando inúmeras atividades sociais. Em setembro, no entanto, o tema *vestibular* se impõe.

Faculdades, opções, se não for... Até a 2ª não adianta. Ai, medo! Bolinhas, cigarros, confusões, noites, choro, amores, vida, fins, colírio, efervescentes, banhos... Ai, de mim que sou assim... Romântica? Olhar matéria do Wando. Já acumulando, é impossível. É o cúmulo!

[03/09/1986]

Acordei cedo, dormi pouquíssimo... Sono! Rio Sul, compras, não fui à prova. Não podia mais faltar...

[06/09/1986]

Sol matinal, nada de saúde, sono. Li, não estudei, arranjar outro esquema rápido. O vestiba tá em cima!

[16/09/1986]

ESTUDAR - SIMULADO. Show do Caetano na Apoteose! Brigas com papai - tô cansada!

[21/09/1986]

Levei o maior esporro da mamãe, cheia de razão. Oh, tenho que estudar, senão vai ficar brabo pra ela aqui em casa. Ressaca geral, minha cabeça dói, a consciência pesa...

[01/10/1986]

Estudo, organizar alguma maneira de estudar. (...) Ai, não posso admitir que minha vida não sirva pra nada. Em vez de estar escrevendo isso devia estar estudando. Mas tô cansada, inércia cansa, e essa malemolência me faz mal.

[08/10/1986]

Fiquei em casa o dia todo, foi bom, gostoso, passei o dia lendo. Tentei dar uma estudada, mas foi rápido. Enchi a banheira de sais e espumas e mergulhei profundamente nos meus pensamentos. Fui pra festa do Paulo de noite. Redescobrindo as pessoas.

[18/10/1986]

Barzinho, festa, chegamos 3hs, conversamos, parará, dormimos 6hs. Prova no Impacto! – não fui!

[01/11/1986]

Tô estudando! Não creio! Estou! – ESTUDEI. Mas ainda falta muito pra chegar lá!

[04/11/1986]

Passei o dia todo em casa, sensação de que podia ter aproveitado mais. PODIA! Agora, fuck! De noite, depois de alguns telefonemas, papai deu um certo esporro mas eu fui pro quarto estudar e aí ele foi até carinhoso. Ele tá puto, mas tá torcendo.

[06/12/1986]

ESTUDAR pra sábado! Ou domingo! Estudar, morrer de estudar!

[17/12/1986]

Prova no Impacto 8hs, não fui, acordei atrasada, cheguei atrasada, cheguei tarde até na análise.

[18/12/1986]

Finalmente, em 19/12/1986, Bia registra em seu diário:

PUC! PASSEI PUC!

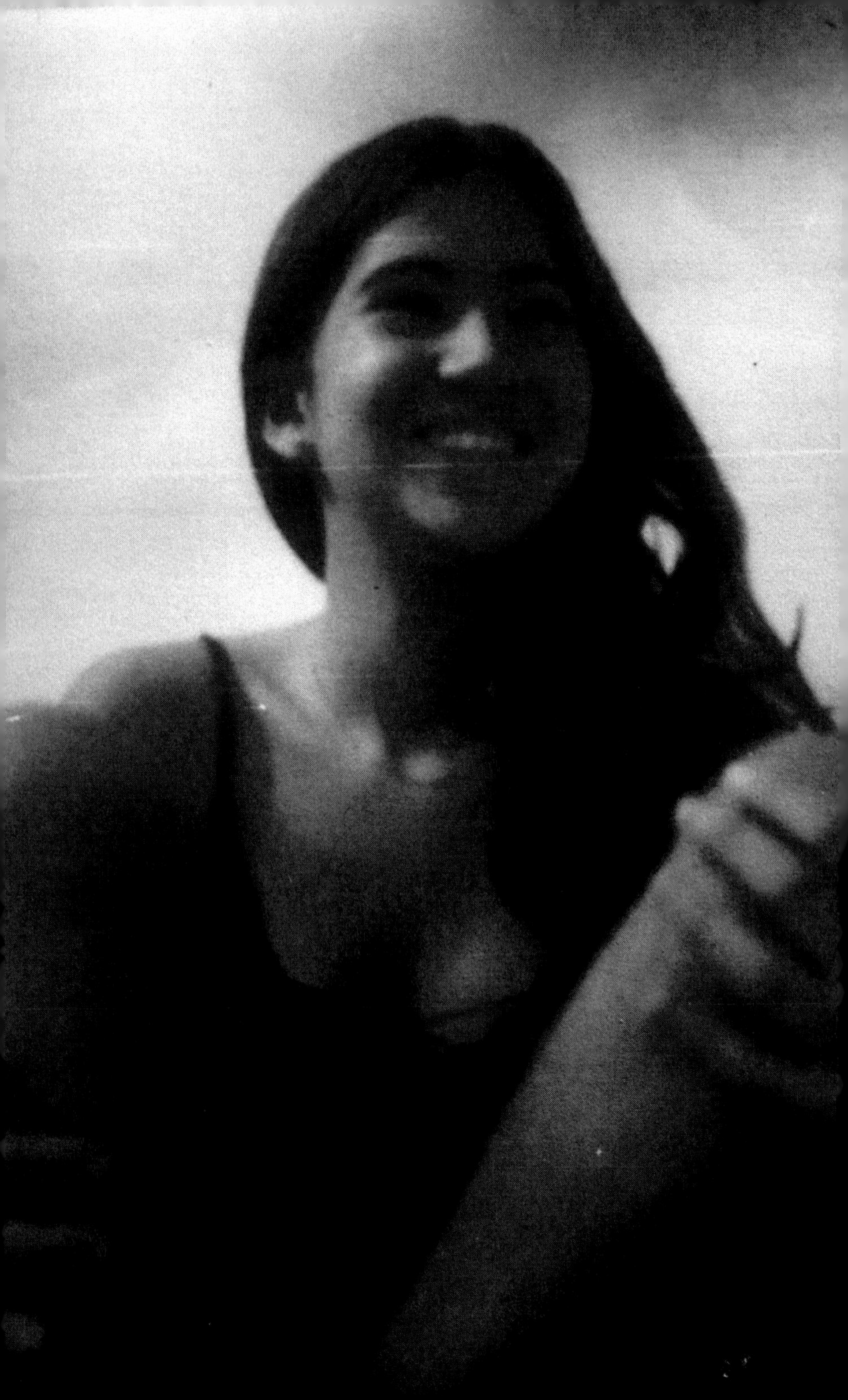

V

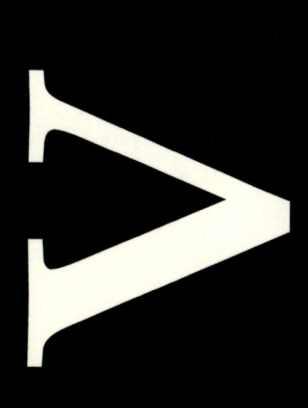

Tô esfuziante de mim!

Quanto mais leve o futuro, mais pesado é o presente. Um futuro remoto e inacessível, meu presente angustiante.

[diário de 02/12/1986]

Um suspiro de alívio passou pela família. "Viu?" dizia eu a Zé Mario, "Ela é dispersiva e festeira, mas é inteligente. Você se angustiou à toa".

Àquela altura, Ricardo já estava claramente envolvido com drogas e, sobretudo, com problemas evidentes de alcoolismo. Mas havia passado no vestibular para a UFRRJ e alternava momentos que nos preocupavam profundamente com outros que nos davam a impressão de que tudo não passaria de uma fase tensa. Dudu, mantendo uma firme distância das drogas, também já cursava biologia na UFRJ. Por que só Bia não conseguiria?

No entanto, janeiro de 87 nos traria uma notícia que nos pareceu, no mínimo, estranha. Teria havido um erro na nota de Bia. Na realidade, ela estaria em 23º lugar na reclassificação.

> PUC – Houve erro na divulgação passada – na atual eu tô na reclassificação 23. Será que dá? Porra, 23 é mole. Espero – revisão de prova – pedir.
>
> [02/01/1987]

Mas não foi mole e não houve jeito. No dia 6, a PUC informou que não consideraria os reclassificados. Ainda haveria uma reclassificação final no dia 28 mas, pelo menos a princípio, Bia estava de fora. Estranhamente, seu único comentário no diário é:

> *Mon Dieu!* Talvez não entre, mãe!

No mesmo dia, na sequência do texto, não há menção à imensa frustração que deve ter sido para ela não passar para a PUC. Nem à nossa decepção. Para curar suas feridas, como sempre, Bia se joga nos braços dos amigos.

Encontrei com a Mari e a Bela. Bô tá tão distante. Conversamos de montão, foi gostoso, eu tava querendo falar e tava bonita, legal, me senti bem, pensei no Kadu, é, também é bom estar só.

Poucos dias antes do anúncio da negativa da PUC havia começado o vestibular da Cesgranrio. Mas, a julgar por seus comentários, ela não estava nem sequer mobilizada para o evento.

Almoço aqui, Otávio, Helen, Cleide, viola, cantoria. Gostoso. Fui dormir 4hs. Não consigo me preocupar com a Cesgranrio. Tava querendo PUC, mesmo. – Casa do Bizu. Carlos não quis ver o filme. "Que pena... Pena..."

[03/01/1987]

Merda de prova! Fiz mal demais, dormi. Foi horrível. Briguei com Ricardo. Tá grosseiro, bobo. Almoço cubano na casa da Teresa. Janette, adorei, louca. Um barato o almoço. Tô louca pra viajar pra fora do Brasil... Ai! Mon Dieu! Passamos no Luna. Gostoso. Dione, Carlinda, Conchita e Maria Helena. Discussões jornalísticas... New York. Preciso ir logo, antes que meus projetos mudem!

[04/01/1987]

IÇA! Demais! O sol, a praia, minha pele, a do Rafa. O Pepino às vezes enche, fica chato, muita gente esquisita... Mas hoje não tava demais. Vi a Kiko, de longe. Oi! Vontade de rir! Tô tão bem. Trouxe todo mundo pra casa. Fiz uma microfesta, com cara de festa, ânimo de festa. Estava todo mundo tão alegre, junto. E eu nunca estive tão bem. FELIZ!

[10/01/1987]

E os dias seguintes seguem o mesmo tom. Hoje, lendo seus diários, percebo que é por meio da fala com seus inúmeros interlocutores que Bia se realiza. Assim como nas histórias que ela criava com tanta facilidade em sua primeira infância, é na narrativa oral que ela produz uma segunda vida, menos frustrante do que um presente que lhe apresenta uma derrota.

Mas a fala, como se sabe, é plástica demais para ser confiável. Dominar as narrativas orais da própria vida pode vir a se tornar uma armadilha. Ao contar e recontar uma história, acabamos criando uma segunda realidade, mais feita de palavras do que de fatos, que encobre a realidade mais seca, com suas dores e frustrações. Qualquer bom narrador transforma seus fracassos em sucessos. Nem por isso a dor desaparece.

Naquele período, no entanto, parece que a alegria funcionava como uma poção mágica capaz de manter acesas suas esperanças. E elas existiam de fato.

Vários amigos advogados haviam nos instruído a entrar com uma ação contra a PUC. Afinal, na primeira divulgação, Bia constava como aprovada. Ainda haveria uma reclassificação final no dia 28 – e não era de todo impossível que ela acabasse entrando para a faculdade que queria. E, por fim, ela guardava um segredo para nós.

Embora não soubéssemos, aqueles dias não foram passados só em festas. Alguém chamado Roberto – que eu não lembro quem possa ser – havia pedido um texto a ela. Pelo que entendi, a aprovação do texto poderia vir a garantir um estágio quando ela já estivesse na faculdade. Secretamente, Bia continuava a apostar no futuro.

Li, estudei literatura de montão, pesquisei, escrevi. Acho que tá ficando cada vez melhor. Preciso é parar de mexer, senão piora. Tá quase bom.

[12/01/1987]

Roberto ligou! Ele ligou! Adorou o texto! Ai! Só falta entrar na facut. O estágio tá garantidissimo! Queria tanto fazer surpresa pra mamãe. Mas agora é só sair o lance da PUC. Ô! Que merda! Tô fazendo uma confusão do cacete, né? - Mas vai dar pé! Ele gostou do texto! Só isso tem importância. BANHO! Vontade de champanhe! Brindar sozinha. São tão poucas as coisas assim, que tenho vontade de comemorar sozinha. Tomar champanhe, me olhar no espelho. Tô tão orgulhosa de mim! Me sinto capaz. Tô super feliz! Esfuziante de mim!

[14/01/1987]

Sim, fez "uma confusão do cacete". E não deu pé.

Chegou o dia 28. Não houve reclassificação para o curso de Comunicação Social.

Os advogados deram sua palavra. Era possível entrar com um recurso contra a universidade. No dia seguinte, nos enviaram o orçamento.

Assim que vi os valores iniciais, comecei imediatamente a fazer contas. Não me passava pela cabeça perder a oportunidade de garantir a vaga de Bia. Mas Zé Mario bateu o pé. Afinal, Bia não havia estudado. A responsabilidade pela reprovação era dela. Se tivesse se esforçado e a universidade tivesse cometido um erro, ele gastaria o que fosse preciso para restabelecer a justiça. Mas não lhe parecia que a reprovação fosse injusta.

Não tive argumentos para rebatê-lo.
Era verdade.

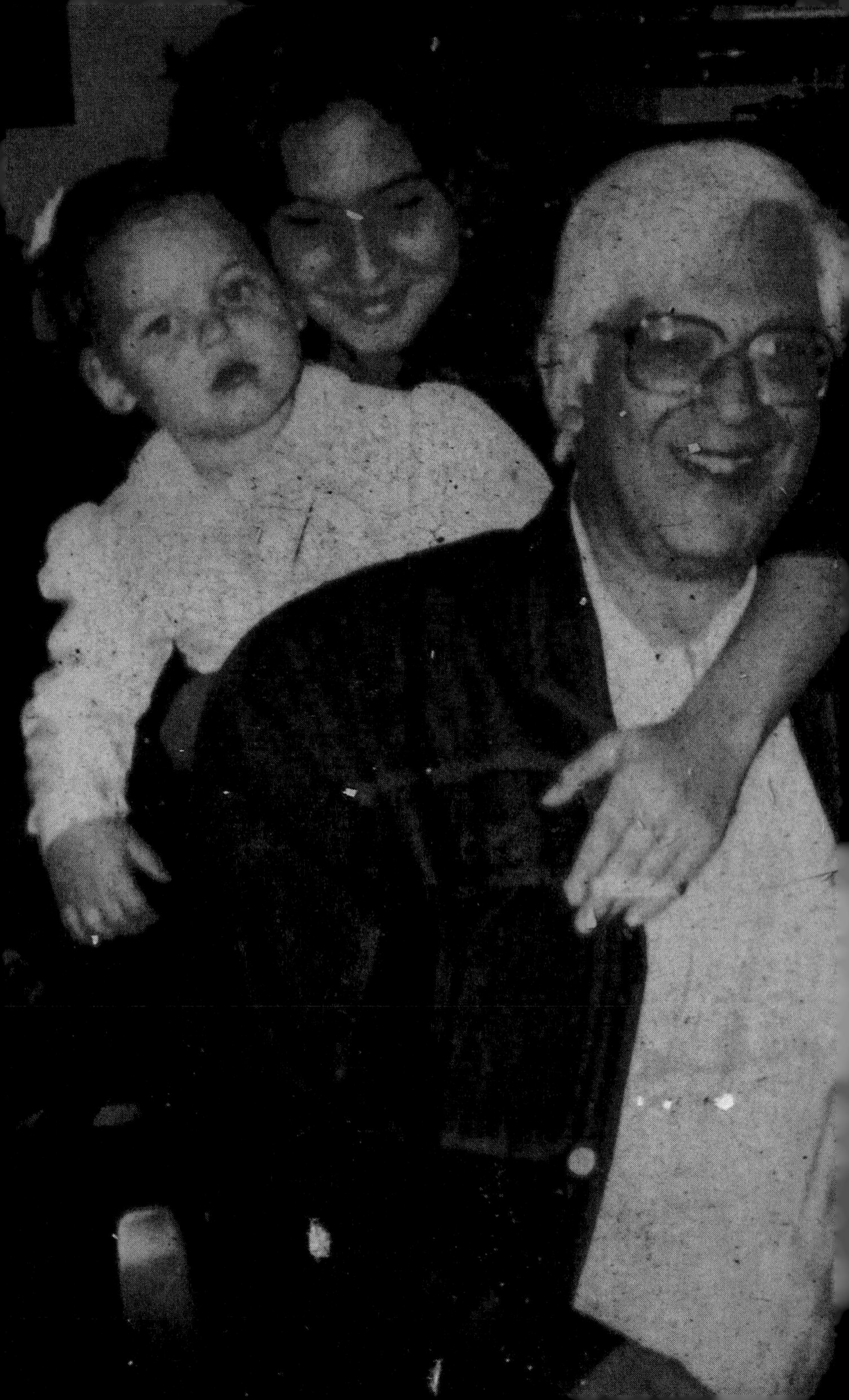

VI

As relações inventadas

> É complicado, eu sei. Sou confusa, agressiva, infantil, não posso querer seriamente abdicar de nada ou fazer opções definitivas. E não vou. Acabou. Digo e choro, choro lágrimas que já nem sinto. Minha pele parece ter se acostumado. Sofro o fim, mas me curo.
>
> [diário, sem data]

Neste ponto, preciso abrir parênteses. Alguns, na verdade.

De repente, me dou conta de que alguns momentos da vida de Bia são tão intensos que se torna impossível apresentá-los de forma linear. São muitas camadas de acontecimentos concentrados em poucos anos. Reduzir sua história a qualquer um destes acontecimentos seria empobrecer a vida de Bia.

De certo modo, isso acontece com todos nós. A passagem da adolescência para a vida adulta é um período emocionalmente turbulento, repleto de expectativas e de uma ansiedade doida. Temos que provar à família, ao mundo e a nós mesmos que estamos no rumo certo, que não vamos ser derrubados pelo furacão de novidades que este momento da vida nos apresenta.

Mas Bia não estava no centro de um furacão. Ela era o próprio furacão e precisava encontrar seu caminho em meio a muitas correntezas.

Todas fortes, como era de seu estilo.

Os primeiros meses de 1987 não foram marcados só por sua reprovação no vestibular. Representaram também um período em que sua vida afetiva entrou, pela primeira vez, em xeque.

Não eram apenas os estudos que preocupavam a mim e ao pai. Nem mesmo a intensa vida social. Neste aspecto, a vida dela tomava um rumo que não nos era estranho. Sempre fomos gente de muitos amigos, de casa cheia, fins de semana animados. Zé Mario costumava brincar dizendo que se houvesse menos de sete pessoas em casa eu me sentiria solitária. No entanto, ambos tínhamos sido ótimos alunos e éramos profissionais respeitados.

Conseguíamos separar vida social de vida prática – coisa que Bia parecia não compreender.

Mas outra questão começou a nos chamar a atenção. Por volta de seus quinze anos, uma sensualidade moleca e desabrida começou a despontar. Rapidamente, Bia descobriu a paixão. Muito antes de se viciar em qualquer substância exterior a si, tornou-se dependente de suas próprias emoções. A possibilidade de tornar-se centro absoluto da vida de outra pessoa, de encontrar um foco para onde canalizar sua intensidade emocional, funcionou quase como uma primeira droga.

Qualquer encontro amoroso ganhava tintas épicas e era motivo para uma enxurrada de textos, conversas e reflexões. No entanto, seu entusiasmo esgotava-se rapidamente assim que era confrontado com a realidade. E a realidade tomava a forma de um adolescente que se tornava possessivo, ou que se frustrava ao perceber que não ocupava o lugar que Bia sugeria que ele pudesse ocupar.

Um exemplo interessante é o texto que, aos 17 anos, ela escreve a um rapaz de nome Pablo, apenas três meses depois daquela carta ao pai em que pede – em termos dramáticos – apoio para o namoro com Beto.

> Que bom essa liberdade de poder até ser ridícula, tomar um porre e nos tomar como num folhetim. Que bom me sentir tocada por você. Prazer maior que o traduzível, amor de uma forma menos romântica. Fazer mal? Meu bem, você me faz mal quando me faz sentir que você não me percebe, não me sente. Me faz mal quando não me toca, quando é indiferente, frio, distante, quando você propositalmente me castiga. Não quando ama, jamais quando ama! Teu amor não me dói, teu ser intocável, teu ódio platônico, tua dor mesquinha, isso me dói. Eu nos amo assim fudidos, acabados, amassados, derrotados, amantes, necessários, amigos, solidários. Pablo, eu te amo!

Um dia a gente vai conseguir superar isso tudo e viver uma coisa mais verdadeira. Eu acredito nas relações inventadas, em algo que a gente não consegue fazer porque ainda não criou. Te amo!

E, no mês seguinte, já era outro o objeto de sua paixão a um passo de ser descartado.

Pietro vai ligar! Estar em casa! Sim ou não! Ora porra! Como se eu estivesse num júri, isso não existe. Teus termos são egoístas, sabia? Te amo, mas porra, pensa um pouco mais em mim. Preciso ser eu!

[24/02/1986]

Com a adolescência já quase se transformando em vida adulta, ela parece ter plena consciência do quanto necessita de emoções fortes. Não de qualquer emoção. Bia não corre de automóvel, não se interessa por esportes radicais, não encara sequer uma onda equilibrada sobre uma prancha. A adrenalina que a move vem das sucessivas paixões às quais se entrega.

Essa espera ridícula, inquietante, onde não há espaço pra nada, pra sentir mais nada do que o puro sentimento viciante da espera. Nada a fazer ou pensar que obstrua meus olhos daquela porta... Que não abre... Parecia não vir mais.
Mesmo assim, nada justificaria a desistência dessa espera. Não consigo deixar de esperar seus olhinhos e saber tudo o que se passou através deles. Que louca que eu tô!

É Dudu quem define bem o que Bia representava por essa época: "Ela era a garota que todos os meus amigos queriam namorar". Bia se assemelhava a um imã que atraía os rapazes – e não ligava muito para o efeito que produzia. Todos sonhavam em ser objeto de sua paixão. Todos imaginavam que poderiam ser aquele em quem o olhar dela se deteria.

Lendo seus diários, imagino uma girândola de fogos de artifício sobre um carrinho de rolimã descendo uma ladeira. Uma força irresistível. Um ponto de atração para o qual seria impossível não olhar.

No entanto, carrinhos que descem em alta velocidade estão sujeitos a perder o rumo por causa de obstáculos que, embora pequenos, parecem ter sido posicionados pelo destino. Por uma questão de milímetros, tudo vem abaixo.

A pedra que fez Bia projetar-se no espaço – e, pela primeira vez, sentir medo –, curiosamente, chamava-se Pietro.

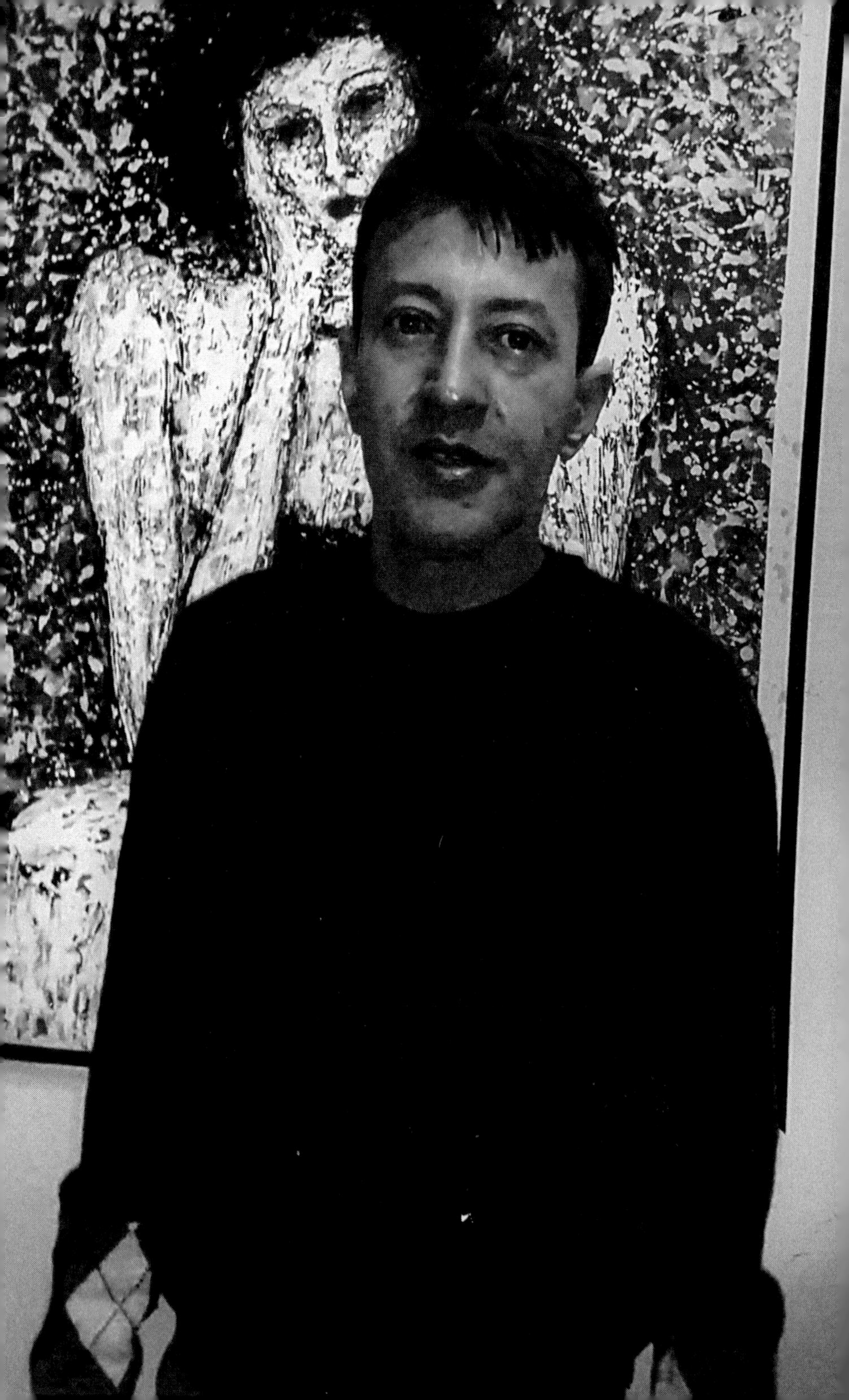

VII
Teu amor me engole

...Se você pudesse me escutar. Me ama menos! Teu amor me engole, me faz pequena. "Será que eu vou ter que fazer uma ferida no teu coração pra você me ouvir?"

[diário, 22/04/1986]

Bia tinha 15 anos quando conheceu Pietro em casa de minha sobrinha Lucinha, em João Pessoa, onde costumava passar férias.

Alto, magrelo, muito branco, com cabelos vermelhos e olhos azuis, não se parecia com nenhum dos rapazes que ela conhecia no Rio. Pietro era sério, tímido, inseguro, mas também brilhante e precoce. Aos 22 anos, já estava casado.

A chegada de Bia a João Pessoa no verão de 1984 teve o efeito de um furacão na vida dele. Mas, bem ao estilo de Pietro: um furacão silencioso. Ela chegava da praia com seu jeitão carioca, falando alto, rindo muito. Os olhos dele, que também frequentava a casa de Lucinha, se iluminavam. À noite, todos se reuniam em casa de minha sobrinha, adultos e adolescentes, e ficavam conversando sobre arte, política, psicanálise – era um clima bem parecido com o que tínhamos em nossa casa.

Bia era muito articulada e não se furtava a dar suas opiniões. Certa vez, depois de um animado debate, o marido de minha sobrinha exclamou: "Não acredito que estou discutindo política a noite inteira com uma menina de quinze anos."

Pietro, sempre falando baixo e gesticulando muito, também não ficava para trás. E cada vez mais um se encantava com o outro.

No entanto, apesar das expectativas de Bia, o flerte não passou disso. Ficaram entusiasmados um com o outro, sem dúvidas. Mas Pietro era casado.

O diário de seu último dia em João Pessoa – e dos dias subsequentes – é bem claro.

19/02 - domingo
Pietro - cinema
Decepção Guliver - Pietro não apareceu.
PORRA! Última noite de João Pessoa! Última!
Última e nada! Não deu! Tinha que ficar mais tempo!

20/02 - segunda-feira
Agora aqui no ônibus tenho saudade do Pietro.
(...)

21/02 - terça-feira
O tempo passa devagar. Queria que o Pietro tivesse aqui. Sensação de fim. Mas tão mal transada, tão incompleta. Fica pra próxima...
Saudade do Pietro.

22/02 - quarta-feira
Chego de viagem!!!
'Terrível é partir!
EBA! Ipanema, ligar, ir à praia, andar, comprar, sair de noite.
Esquecer João Pessoa, a nostalgia.

23/02 - quinta-feira
Saudades do Pietro
Eu tô deprimida. Fase depressiva.
Hoje estou NOSTÁLGICA!

RESUMO FEVEREIRO 1984:
Conheci um cara maravilhoso e fiquei apaixonada!
Como eu sou criança! E como eu ODEIO ISSO!

Ao longo de 1984 e 1985, no entanto, outros interesses ocuparam a cabeça e o coração de Bia.

Mas, nas férias do meio do ano de 1986, ela retornou a João Pessoa e reviu Pietro.

João Pessoa era um lugar de afetos, mais do que de vida intelectual ativa. É certo que tinha profundo respeito por Lucinha, psicanalista de olhar arguto, e gostava de conversar sobre política e arte com seu marido. No entanto, as pessoas de sua idade não a desafiavam a pensar. João Pessoa era seu lugar de colo, de sentir-se amada e acarinhada pelos mais velhos. Mas Bia não vivia sem adrenalina amorosa e, nesse sentido, a cidade era estéril para ela. A exceção era Pietro, mas ele era casado.

Aquelas férias, no entanto, já começaram com uma surpresa. Pietro estava se separando. E recebeu Bia com os olhos mais brilhantes do que nunca. O romance que vinha se desenhando havia dois anos transbordou numa paixão que só os amores por longo tempo proibidos conhecem.

O mês de férias foi pouco para a fome de romance. No dia de retorno, Bia estava no aeroporto com Lucinha e alguns primos. Tristíssima. Não queria ir embora. Poucos minutos antes de entrar no salão de embarque, avisou que ia ao banheiro. Quando retornou, a passagem tinha desaparecido. Havia jogado o bilhete na privada, coisa que só confessou já de volta à casa de Lucinha. Pretendia ficar em João Pessoa para sempre. Só embarcou para o Rio alguns dias mais tarde, trazendo na bagagem a promessa de Pietro de que viria visitá-la muito em breve.

De fato, não demorou muito para que Pietro cumprisse sua palavra. Não me lembro exatamente. Imagino que uns quarenta dias depois do retorno de Bia chegou aquele que conhecíamos como "seu namoradinho".

Se em João Pessoa, entre pessoas conhecidas, Pietro já era um rapaz tímido e retraído, no Rio de Janeiro parecia totalmente deslocado. Lá, ele era o centro das atenções de Bia. No Rio de Janeiro, a história era bem outra. Parecia emocionalmente indefeso.

Os problemas não demoraram a aparecer. Se o que ele esperava era ter Bia só para si, a decepção deve ter sido imensa. Jogado no meio da multidão de amigos e conhecidos, reagiu mal.

Em seu diário, Bia rascunhou uma carta:

> Olhe, meu amor, tudo iria muito melhor se você não tivesse decidido que ninguém lhe quer bem. Você está sentido com os outros por causa da pretensa indiferença deles a seu respeito. Então, de vez em quando, você mente e os agride em represália. Fazer alguma coisa, ainda que só fosse falar, seria melhor do que ficar assim. (...) A gente não detém uma guerra com palavras. Mas a palavra não pretende forçosamente mudar a história; é também uma maneira de vivê-la.

A estadia de Pietro durou pouco. Logo ficou claro que ele levara a sério promessas que Bia havia feito por puro entusiasmo. Para ele, a história do aeroporto era concreta. Bia dissera que queria ficar em João Pessoa. Pois ele viera conhecer seus pais, combinar como planejariam o futuro a dois.

No Rio, entretanto, ela havia sido novamente tragada por sua intensa vida social, seus projetos, sonhos. E a ideia de partir para João Pessoa e viver com Pietro lhe parecia a cada dia mais absurda.

Acabaram brigando. Pietro retornou à Paraíba, decepcionado. E logo em seguida recebeu uma carta.

> Pietro, sei lá, não tenho nenhuma vontade de refazer minha vida. Amo você, mas minha vida é aqui. Tenho medo que minha ausência me mate no seu coração, e eu o enterre no fundo de minha memória.

Às vezes me parece absurdo não estar ai, onde alguém necessita de mim. Verdadeira necessidade. Alguém que amo e com quem posso construir algo. Não tenho tantas coisas construidas. Mas penso na facut, nos amigos, viveria cercada de pessoas que não possuem nenhuma de minhas preocupações. Eu ficaria separada de todo meu passado e de tudo que é importante para mim. Não sei se posso viver como uma apaixonada agarrada ao objeto da minha paixão. (...)

Sim, tinha vontade de pedir-lhe: não deixe de me amar! Eu, amor, sempre o amarei! Posso vê-lo todos os anos. Assim, não haverá mais separações, só esperas. Pode-se esperar na felicidade quando se ama fortemente. Sei que parece estranho, amando-o, propor-lhe que nos esperemos três quartas partes de nossas vidas. Mas é porque sabemos que o amor não é tudo. Quando falo isso sei que tremo e meu olhar suplica que compreenda, que não deixe de me amar. Mesmo esse amor, que não era tudo, mas sem o qual eu não seria mais nada. (...)

Pietro lhe respondeu friamente.

"Você já brincou demais para eu te levar a sério hoje. Ou melhor, te levar a sério hoje não me adiantaria mais nada, porque eu não tenho mais nenhum interesse em você."

A resposta deixou Bia perplexa.

NÃO ACREDITO que escutei essa história! Não vou! Nunca mais escutarei algo assim na minha vida.

E todas as emoções que foram nossas, e todas as aventuras? Fui apunhalada pelas costas. Você deixou de saber que eu existo e nem me avisou. Simplesmente comunicou: "Você tá morta, Dona Bia. Morreu, mocinha. Não quero mais nem tomar conhecimento da sua existência terrível!".

Meu Deus, ele me abandonou. Ele me amou pra caralho. Eu não posso ter destruído um amor daqueles assim, por nada. O que eu fiz da minha vida? O que eu fiz com as pessoas que me amavam? Como é que termina o fim?

Além do retorno ríspido de Pietro, desta vez, ao contrário de todos os seus namoricos pregressos, ela havia envolvido a família inteira no imbróglio. A opinião unânime era a de que Bia tinha ido longe demais na irresponsabilidade amorosa. Em carta a Lucinha, ela tenta se explicar.

(...) você sabe que eu não absorvi muito bem o que se passa. Ainda me pego meio que chorando e não sei se é nas lágrimas do Pietro que estava pensando ou se na decepção do papai, se nos amigos, se nos ausentes, se no rosto desolado da vovó, se nestes últimos dois meses, se em toda minha vida.

Essa historinha mexeu muito comigo e sinto que quebrou-se algo em mim que nada vai poder consertar. Sinto que agora tudo que possa ser vivido dentro dessa relação já vai começar cheio de cargas. E isso me assusta.

Tenho muito medo. Nunca afastei totalmente a ideia de tê-lo. Sempre ficava algo de vago. Mas me dava uma segurança inacreditável. A viabilidade era fundamental. De repente, nos tornamos impossíveis e eu tive vontade de pedir-lhe que não o fizesse. Mas não posso, seria desumano.

Para mim, de uma forma estranha, as coisas são mais fáceis. Tenho mil coisas outras: relações, projetos, desejos além do afetivo. Que ao Pietro eu sei que se resumem demais. Mas essa história vivida não se pode negar, foi vivida e de uma maneira forte demais para extirpá-la de mim para contá-la a mim mesma.

Pela primeira vez sinto verdadeiramente medo: dos vagabundos, dos ladrões, dos amigos, do sono e da insônia. Tenho medo de acabar, de não acabar... Não vejo nada de pé em torno de mim. Como o futuro parece nu! Porque não estou aí, porque não quero sair daqui, porque o passado é pesado demais, é por demais leve, porque não me sinto em liberdade para optar. Estou presa, por laços que gosto, à minha vida. Não sinto vontade de refazê-la, ou modificá-la. Gostaria simplesmente de tê-la sem opções escabrosas que mudassem o rumo de tudo.

Mas sei que não poderia tê-lo no meu mundo, com pessoas as quais não teriam as mesmas preocupações, não teriam um passado para ajudar a superar isso, não teriam nada. Não se pode viver sem nada, agarrado ao objeto da paixão. Isso seria horrível para os dois.

Mas independentemente do que podemos viver, ele me ocupa, ocupa meus dias, que passo a pensar nele, entra na minha vida, na minha poesia, na música que ouço, na maneira que encontro de compreender o mundo. Não gostaria que deixasse de me tocar jamais, e que seu toque provocasse sempre essa sensação de beleza.

É complicado, eu sei. Sou confusa, agressiva, infantil, não posso querer seriamente abdicar nada ou fazer opções definitivas. E não vou. Acabou. Digo e choro lágrimas que já nem sinto. Sofro o fim, mas me curo.

E vai ficar assim para sempre: bonito, especial, irreal, sei lá... Sentido.

Com necessidade verdadeira.

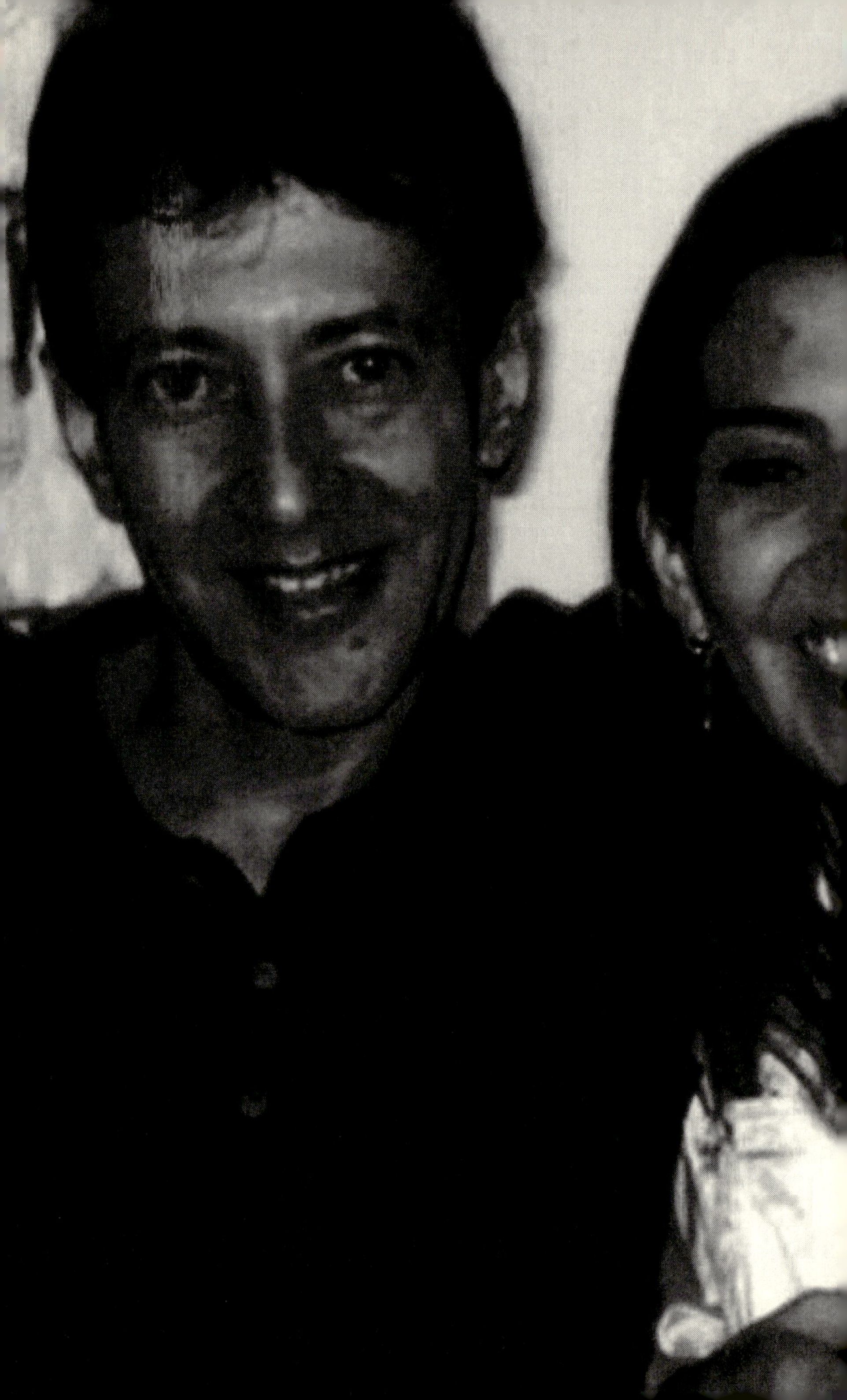

VIII
Uma bicicleta com gosto de cavalo

Pensei nas razões do choro, da tristeza. Desse jeito não vai, me perco tanto em coisas sem importância. Devia chegar logo ao ponto específico. Queria saber verdadeiramente o que não me move. (...) amanhã resolvo tudo. Vai ser um dia agitado. Ano que vem...

[dezembro de 1986]

Ainda estamos entre 1984 e 1987 – um período que durou muito mais do que os três anos que sugere o calendário. Sem relação direta com seus amores ou estudos, uma crise já vinha se gestando em surdina desde seus quinze anos. Para efeito externo, Bia era uma explosão de emoções e vitalidade. Internamente, porém, uma angústia corrosiva e lenta preparava terreno para eclodir poucos anos mais tarde.

Encontro dois textos pungentes nos diários de 1984:

> Quando eu era pequena eu achava que a cabeça da gente era igual a um relógio. O ponteiro grande era a saúde e o pequeno a loucura. E passavam todo tempo muito perto, sem se tocar. Quando um tocasse no outro, a gente morria.
> Quando eu era pequena...
> ...A gente morria.

E pouco mais adiante:

> Foi presa. E numa cela quadrada, com janela quadrada e o pensamento ficando quadrado, pensou que neste mundo não haveria mais lugares para fadas que agora inventaram mágicos que constroem esperanças e quando sentem que elas acabam constroem novas esperanças. As crianças não sonham mais com sorvetes de nuvens, sonham em aprender a ler e escrever sem ir pra escola, sonham no máximo com uma bicicleta com gosto de cavalo, e é isso que esses novos mágicos lhes dão.

Mas qual o sentido de ser fada no céu?

São textos que não combinam em nada com a garota solar e festeira que movimentava qualquer ambiente por onde passasse. No entanto, para quem a conheceu, estão ali dois temas que a acompanhariam por toda a vida: o desejo de ser protegida e cuidada, e o pavor de ser cerceada.

Como qualquer pai ou mãe de adolescente pode imaginar, essa mistura é explosiva. Bia queria sua liberdade a qualquer preço. E queria sua liberdade para fazer o que bem lhe desse na telha, por mais absurdo que nos parecesse. Por essa época, era raro o dia em que não houvesse uma briga com o pai.

Ao contrário de Bia, Ricardo havia adotado uma estratégia para lidar com o pai. Escutava o que Zé Mario dizia – mesmo suas broncas mais exasperadas – sem discutir. E depois fazia o que bem entendia.

Bia, no entanto, não se conformava com o silêncio. Ela era feita de palavras. Não lhe bastava fazer o que bem entendesse. Bia precisava que nós disséssemos que sim, que ela estava certa, que suas escolhas eram sensatas. Evidentemente, o que acontecia era justamente o contrário. Eu ainda tinha um pouco de paciência com seus arroubos adolescentes, mas Zé Mario os reprovava abertamente.

Quando parecia que nada mais poderia dar certo, ela escrevia longas cartas ao pai e a mim. Pretendia nos convencer de que tinha condições de chegar aonde queria, embora ainda não soubesse qual objetivo tinha em mira. Mas as cartas traziam sempre uma promessa disfarçada: vou descobrir o que quero, vou chegar lá, andei fazendo bobagens mas agora estou em novo ciclo, e assim por diante. E, quase sempre, uma promessa final: estou quase conseguindo.

Destaco uma delas porque é muito significativa dos embates daqueles anos.

Bia, primavera 86

Pai, hoje acabou alguma coisa que existia em mim e começou outra que eu nem sei bem o que é. Mas começou com uma certeza expectante que vai ser bom; mudar. Mudou na minha vida, na minha cabeça. Eu mudei. Porque tinha que mudar, porque tava mudando. Porque se muda mesmo. O tempo passa e muda tudo; o corpo, os pensamentos, as sensações, sentimentos, muda, e a gente tem que ter cabeça pra ter consciência dessas mudanças e fazer com que as relações acompanhem-nas, não se percam no tempo.

É aquela história do movimento, da água do rio que nunca é a mesma. Vida nova, vem de outro mar... Isso me dá uma gama imensa de possibilidades de escolhas. É uma coisa boa, de sangue novo, de tesão. É também fechar um ciclo, isso sempre é dolorido, mas saber que se tem possibilidades infinitas é irresistível.

(...) E vi, paizão, com você, que há indivíduos que são alguma coisa, outros que nada são, depende do que fazem de suas vidas.

Ainda não sei o que farei da minha, mas tenho indícios, me interesso pelo mundo, por crianças, por literatura, pelas pessoas, seus sentimentos, me interesso em compreendê-las nos gestos, na inflexão da voz e nas suas totalidades. Assim fica mais fácil me situar, esclarecer sentimentos.

No momento preciso me estimular por objetivos reais, a curto prazo: vestibular etc. Me empolgar com o que vivo. Querer o que quero, de verdade, com paixão. Porque isso é fundamental pra que eu me sinta bem, fortificada, segura. E sei que esse é um crescimento individual. Eu tenho uma certa dificuldade de trabalhar com coisas individuais, mas há meios, a análise, nossos papos, meu espelho. Quero, papai, aumentar uma média de cinco horas de felicidade por dia.

Nem sempre a vida da gente acontece como o previsto, da melhor forma. Mas sempre acontece. E é preciso que se tenha agilidade porque ela acontece rápido. Acho que eu ganhei uma certa ginga, uma manha de quem já sofreu. Falo isso com uma certa tristeza, tive experiências desnecessárias, mas que fazem parte da falta de manha, de pegar o ritmo da vida.

Hoje ainda me sinto despreparada, mas bem melhor, mais próxima do que realmente sou, do que quero pra mim. Tomara te ter perto eternamente. "Eterno é tudo que vive uma fração de segundo, mas com tamanha intensidade que nenhuma força o resgata." Carinhos (mais/sempre!)

"Quero, papai, aumentar uma média de cinco horas de felicidade por dia." Não lhe bastava ser feliz, era preciso ser feliz todos os dias e, de preferência, durante todo o tempo em que estivesse acordada.

Imagino a imensa frustração que Bia carregava por trás de seu sorriso largo. Não conseguia ser tão feliz quanto imaginava que pudesse vir a ser. Não conseguia realizar o futuro que planejava. Não conseguia passar no vestibular sem estudar. Como qualquer adolescente que inicia o ingresso na vida adulta, estava na hora de se mostrar capaz de começar a construir o próprio futuro. E a realidade começava a contrariar a vida com a qual ela havia sonhado até então.

Quando se deparava com as dificuldades, como suas notas muito baixas no ano do vestibular, Bia se sentia perdida, como registra seu diário em setembro de 1986.

Balançada no ano – balanços! 83 foi verdadeiramente um ano que passou, foi passando, eu sentindo passar 84, 85, 86, não sinto nada. Nada verdadeiramente se passa comigo.

"Não sinto nada. Nada se passa comigo".

O mundo desabando e nada se passa com Bia, que sonha em aumentar sua dose de felicidade diária em cinco horas por dia.

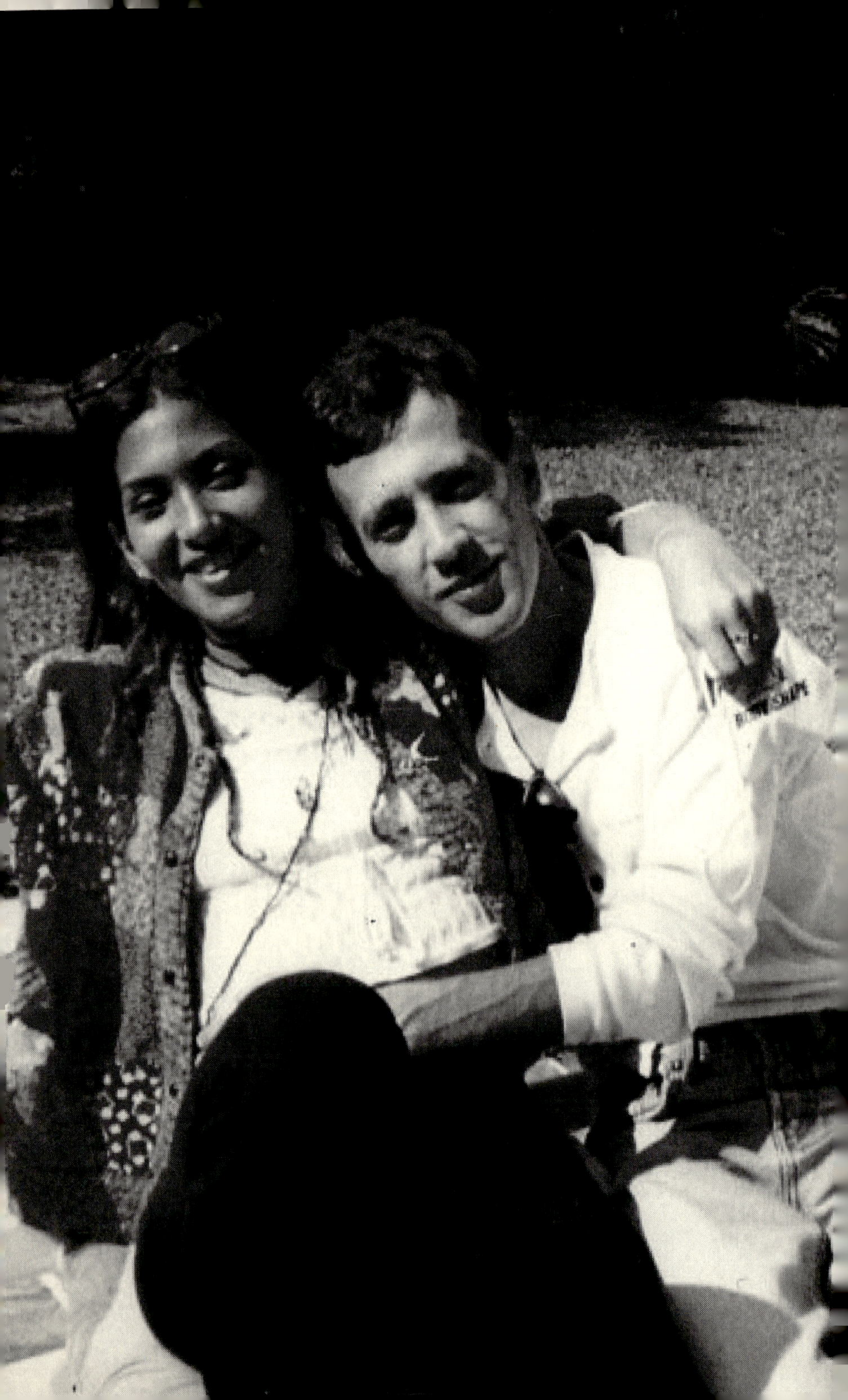

IX

Nada, verdadeiramente, se passa comigo?

Vi um filme com Rico. Bom o filme. TERROR. Tocamos viola, cantamos. Ele tá preocupado comigo. Tá com medo que eu cheire. Bobagem, Rico. Tô bem. Em relação a isso não há problema. Nunca tive problemas com vícios. Fora esse maldito cigarro, não há nada. Tudo bem.

[27/01/1987]

Alguns indícios de desastre só se concretizam muitos anos mais tarde. Quando nos lembramos deles, nos espantamos: "Mas como não percebi o que estava acontecendo?".

Tanto nas histórias individuais quanto na coletiva, aquela com agá maiúsculo, só o distanciamento permite ter a visão de conjunto que explica, revela nuances, faz tudo ganhar um sentido que no momento nos escapa. Enquanto correm os dias, é só a vida que flui. A vida com seus altos e baixos, brigas de família, pequenas alegrias, amores, intrigas, vitórias e decepções.

Ricardo tinha apenas doze anos quando um vizinho veio à nossa casa fazer uma reclamação absurda. Ele estaria fumando maconha na laje do prédio. Nem eu, nem Zé Mario demos maior atenção àquilo. Pura fantasia de vizinho implicante.

Cerca de um ano mais tarde, retornávamos de um fim de semana em família em casa de amigos fora do Rio. Não lembro como ficou a divisão das pessoas pelos automóveis, mas Ricardo e um amigo voltaram com o namorado de Mércia, minha irmã mais nova, um homem com o qual todos nós antipatizávamos. Assim que chegamos em casa, ele veio comentar conosco que tinha ficado muito mal impressionado com as conversas de Ricardo com o amigo. Não recordo exatamente o que ele disse, mas fez menção a "conversas cabeludas" a respeito de drogas e outras transgressões.

Ignoramos o comentário. Não havia nada de errado com Ricardo. É certo que ele não era estudioso. Matava aulas, tinha notas péssimas.

Mas, quando via que estava ameaçado de perder o ano, conseguia se concentrar o suficiente para recuperar o tempo perdido. Nunca repetiu de ano.

Além disso, era um menino excepcionalmente inteligente. Quando começava a falar, todo mundo prestava atenção. Sabia se expressar. Dez anos mais tarde, quando seu problema com álcool e cocaína já não podia mais ser negado, um advogado com quem Ricardo fazia estágio dizia: "Não me interessa o que o rapaz faz fora daqui. No escritório ele é brilhante".

São coisas assim que fazem com que nós – os pais – não percebamos a gravidade da situação. O uso de drogas não consegue permanecer oculto por muitos anos. Mas, até certo ponto, não parece ameaçar seriamente o futuro de nossos filhos. Quantos jovens não tomaram porres, não bateram com o carro dos pais, não consumiram drogas e mais tarde se tornaram adultos sérios e responsáveis? No momento em que as coisas estão acontecendo, é muito difícil ter noção de seu desenvolvimento.

Normalmente, na hora em que os pais desconfiam que talvez haja alguma coisa efetivamente errada, o problema já está solidamente instalado. No entanto, nem no caso de Ricardo e nem no de Bia é possível estabelecer uma data, um marco exato a partir do qual a consciência da gravidade da situação tenha desabado sobre nossas cabeças.

Foi aos poucos. Muito aos poucos.

Com relação a Ricardo, me lembro de um primeiro sinal de alarme. Apesar de suas notas baixas na escola, ele havia passado no vestibular para uma universidade federal. Não conseguiu a UFRJ, mas a UFRRJ – cujo campus ficava em Seropédica. Tinha resolvido cursar administração e mudou-se para uma república na cidade.

Pouco tempo depois disso, fui visitá-lo. E fiquei muito preocupada ao ver sua casa. Havia mal disfarçados sinais de uso de drogas por toda a parte. Era suja, desarrumada e o aspecto de seus colegas não ajudava a melhorar a sensação de repulsa que o local me inspirava.

Uma coisa era Ricardo abusar da bebida e chegar drogado em casa – onde o tínhamos sob nossas vistas. Outra, bem diferente, era deixá-lo ali sem nenhum controle. Insisti para que voltasse para casa comigo. Não compreendia porque ele tinha resolvido fazer faculdade de administração – uma área que tinha tão pouco a ver com ele.

Hoje, olhando para trás, a escolha me parece até um pouco óbvia. Era a nossa profissão. Talvez, ao modo dele, Ricardo estivesse tentando nos provar alguma coisa. Imagino que fosse sua maneira de nos dizer que – apesar das bebedeiras, dos carros destruídos sob seu volante e do consumo de drogas – ele tinha condições de se tornar um adulto tão funcional como nós. Seria só "uma fase".

Mas isso é o que imagino hoje. Na ocasião, horrorizada com o ambiente da república, só me ocorreu demovê-lo da ideia de seguir uma carreira para a qual não demonstrava a menor vocação. E tanto fiz que consegui trazê-lo de volta para casa e convencê-lo a fazer outro vestibular. Ele optou por Direito.

No começo de 1987, quando Bia lutava – a seu modo – contra a frustração de não ter conseguido ingressar na PUC, os problemas de Ricardo contaminavam a vida familiar.

Na realidade, não me lembro de nenhum episódio desta época. Mas os diários de Bia trazem a tensão daqueles tempos de volta à memória. Com diferença de poucos dias, entre janeiro e fevereiro de 1987, ela escreve.

> Rico chegou bêbado, agressivo, brigou comigo. Rico, me poupa, por favor! Não imagina o quanto doem tuas palavras. Vai embora! Anda, vai! Ai!

E, poucos dias mais tarde:

> Show dos Titãs, não vou. Não tô conseguindo. Tá tudo tão errado.

PAPAI tá louco! Não vou mais discutir! Chega, cansei dessas brigas idiotas. Ele se perde e me confunde. Mamãe, tadinha, não sabe por onde começar as correções, tá tudo tão errado, ela não suporta me ver triste, não aguenta o estado letárgico do Rico.

Os diários me puxam de volta para um período bem difícil. Zé Mario muito irritado, Ricardo drogado e agressivo, e Bia muito triste formaram os ingredientes cuja mistura tornou o ano de 1987 bem pesado para todos nós.

No começo do ano, em janeiro, um texto dá bem a dimensão do clima da casa.

Não acredito que estou tão sem nada para fazer, para pensar. Até podia correr atrás, tem mil coisas, podia ligar para quinhentas pessoas. Mas não faço nada. Pior, fico de mau humor, faço grosserias com minha mãe. Não queria magoá-la. Ela tá doente, tá em casa também, suas férias vão acabar e ela não fez nada. E eu sem paciência, fazendo estupidez. Ai, que merda! Podia ter aproveitado para ler, marcar médicos, me cuidar, descansar. Mas não consigo, estou irritadiça e me sentindo mal, fraca, feia. Nunca estive tão feia, amarela, esquisita.

E o clima da casa está pesado, todo mundo tão mal, as relações vão mal como eu. Tudo torto. Porque não posso aguentar ficar triste. Marco [psicanalista] acha que tenho que aprender. Não queria precisar.

E no dia 28:

Briguei com papai hoje. Só faltava isso, esse clima está uma beleza. Só mesmo vendo, morando. Os dois, mas papai está impressionantemente desgastado, sua irritação exagerada. Com a idade, a gente vai piorando.

> Papai é um cara estranho. Não consigo imaginá-lo jovem. Talvez não tenha sido feliz. Mamãe foi, com certeza. Tem a expressão de quem não sabe nada sobre sofrimento. Perdeu o pai. Deve ter sido terrível. Mas foi feliz, teve uma vida feliz.

Na época, me parecia que a irritação constante de Zé Mario se devia à frustração com o rumo que sua vida profissional havia tomado. Depois de um começo brilhante na década de 60, a ditadura militar havia podado praticamente todas as suas chances de concretizar uma carreira à altura de seu empenho e preparo.

Minha vida profissional também tinha sido muito prejudicada. Mas havia uma diferença fundamental entre nós dois. Zé Mario fazia parte do grupo da humanidade que, quando olha para um copo cheio pela metade, acha que ele está vazio. Eu continuo sendo da turma que acredita que está "meio cheio".

E isso se aplicava a tudo. Ele se frustrava com seu trabalho. Eu não. Ele percebia a já então evidente drogadição de Ricardo como um problema concreto. Eu me apegava às suas boas notas na faculdade de Direito e a seu bom desempenho no estágio para acreditar que era uma fase passageira. Ele se exasperava com os primeiros fracassos e com os sinais cada vez mais evidentes de consumo de drogas de Bia. A mim, preocupava a depressão que ela apresentava.

Com a realidade cobrando cada vez mais o preço de nossas apostas, também nosso casamento entrou em crise. O clima em casa estava pesado mesmo.

O trecho de diário em que Bia garante a Ricardo não ter problemas "com o pó" é bastante ambíguo, como de resto quase tudo o que se refere a drogas até 1987. Pelo texto, não é possível saber se ela já estava usando a droga ou não. Mas eu tenho certeza que ela já fazia uso: ela havia começado algum tempo antes, em companhia de sua melhor amiga.

O diário do dia seguinte à menção da conversa com Ricardo não deixa dúvidas quanto a isso.

> Hoje. Não passa de hoje. Tenho que tomar uma atitude logo! Não aguento mais essa malemolência sem delírios. Desatino.
> (...) O Marco tá preocupado com a facut e o brilho. Bobagem.

Brilho é a cocaína, já mostrando suas garras. Pelo que compreendo, Marco, o terapeuta, tenta ligar o fracasso no vestibular à cocaína. Mas, para Bia, isso era "bobagem".

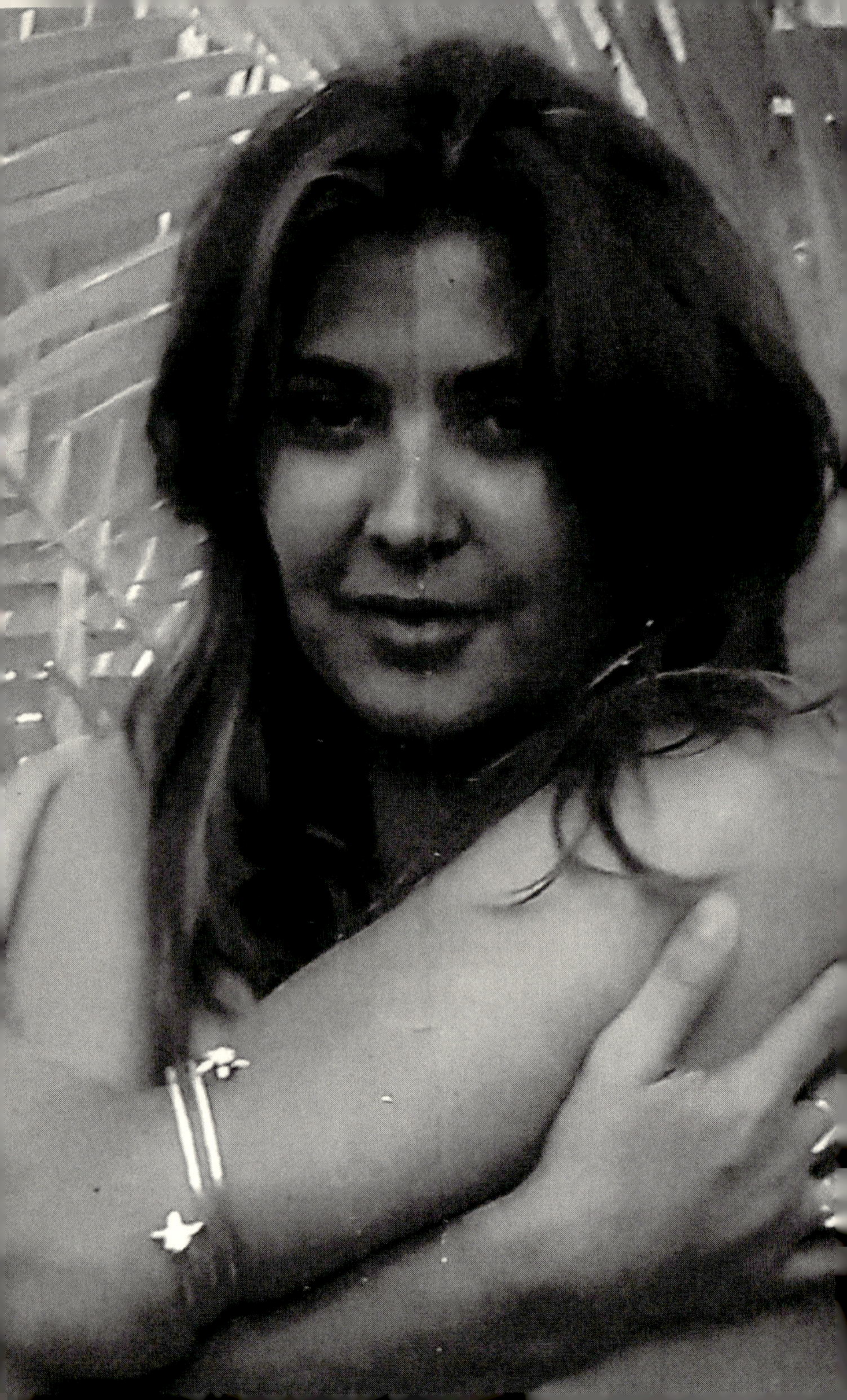

X

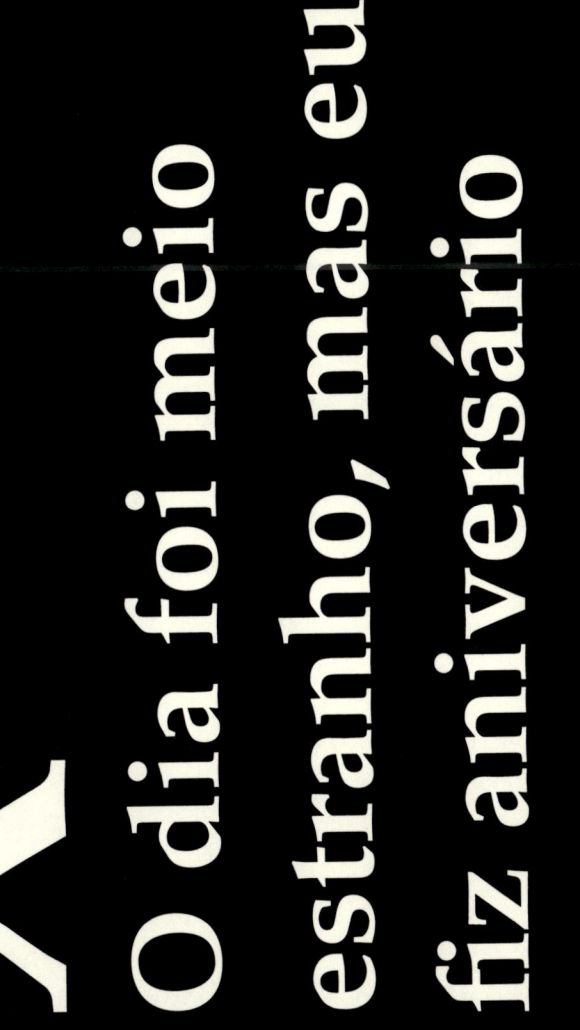

O dia foi meio estranho, mas eu fiz aniversário

Acho que fiquei doidona hoje, *Dieu*!

[18/01/1987]

Propositalmente, omiti os últimos parágrafos do texto do diário no qual Bia comenta a resposta ríspida que recebe de Pietro. Transcrevo-os agora.

> Você foi um monstro! Eu não acredito! Acabei de levar o primeiro fora da minha vida. Fui abandonada. Você não precisava fazer assim. Foi cruel. Eu ainda sou uma pessoa frágil, sabia?
> Quero dormir! Quero esquecer tudo! Menos o Arthur. Porque, na real, a única coisa que me importa é ver o Arthur. Quero que me ame. Não posso perdê-lo.

Ao longo do segundo semestre de 1986, dois temas começaram a surgir: Arthur e cocaína. Nenhum dos dois ocupava mais de uma linha. Era quase um subtexto. No ano seguinte, no entanto, começaram a ocupar mais espaço. O traço que os unia era Gabriela.

Excepcionalmente bonita, geniosa e sedutora, Gabriela funcionava como referência para Bia. Em 1987, morava com um artista plástico talentoso, que já começava a ter destaque em seu meio. Foi em casa dela, cercada de artistas, gente de cinema e da intelectualidade jovem, que Bia conheceu Arthur.

Talvez não passasse de mais um namorico inconsequente se não fosse por um detalhe. Arthur parecia fascinado por Gabriela. Às vezes saíam juntos, mas ele não se mostrava interessado por Bia.

Recém "abandonada" por Pietro, sempre escoltada por meia dúzia de flertes de estimação – pelos quais não demonstrava maior interesse –, Bia mergulhou numa paixão intensa por Arthur.

Não há um só dia em seu diário que o nome dele não apareça. E sempre associado a drogas ou excesso de álcool.

> Arthur, Gabi, Simone, tudo absolutamente louco. Eu, então, nem se fala. A Gabi acha que estou doida e por isso fico achando as pessoas loucas. Pode ser, mas eu não acho. Acredito que estão realmente todos loucos. O Arthur não vou explicar. É ele mesmo o objeto em questão. Estou apaixonada e queria saber o que ele está sentindo.
>
> [04/01/1987]
>
> Falei com a Gabi de manhã. Que loucura ontem! Não sabia que eu conseguia ficar tão doida. Mas passou. Agora está tudo bem. Queria sair com o Arthur hoje. Depois daquela loucura toda até dá para filtrar algumas dúvidas reais. Preciso ficar e agir CARETA!
>
> [05/01/1987]

No mesmo dia, um pouco mais tarde, ela vai para a casa de Gabriela. De volta para casa, escreve freneticamente em seu diário. O texto, confuso e delirante, serve bem como resumo dos temas que ocupavam sua mente às vésperas de fazer 18 anos.

> NÃO! Acabei de chegar da casa dela. Cheguei com coragem para tudo, para dizer para o meu pai. Eu amo o Arthur, EU AMO A GABI! Não neguei, mas também não falei que cheirei.
>
> Estou apaixonada pela Gabi, mas mais ainda pelo Arthur. Quero ele para tudo, para o que

vier. Quero o Arthur mais do que a mim própria. Só seria feliz hoje com ele a meu lado, com um futuro perto. Tô doidona, tou escrevendo merda, mas estou falando a verdade. A verdade da verdade.

A Gabi tem uma relação com o Arthur como tinha comigo. Meio sedução. Ela sabe que é capaz de me fazer ficar inteiramente apaixonada e diz: "Sou egoísta". Diz porque sabe que estarei lá para sempre. Ela fudida, chorando ou rindo ou até bem. Mas eu estarei lá. Tive certeza disso hoje. Não tem desejo sexual, nem nada, é amor mesmo. Ela me ama. Acho que sim.

O Arthur vai me amar. E meu pai vai me dar dinheiro para cheirar pó também. Um dia tudo isso será normal.

Minha mãe vai dizer que me ama mais do que tudo. Vai! A Gabi também. Um dia vai ser assim. E eu espero que esse dia seja amanhã. Espero isso há quatro anos. Desde 83 que eu quero a Gabi e tudo mais que implica em tê-la. Eu a quero! Eu quero o Arthur! Eu quero minha MÃE! Quero meu pai que já tenho. O resto eu conquisto.

Quero que sofram com minha morte! Quero que sintam a minha falta. Quero ser amada. Escrevo porque acredito no que acredito. Porque amo as pessoas. Amo a humanidade.

[05/01/1987]

Foi a partir de 1987 que seus textos tornaram-se mais longos. Como também ficaram mais elétricos, imagino que tenha sido a época em que a cocaína deixou de ser um divertimento social e passou a fazer parte de seu cotidiano. (Digo que imagino porque Bia jamais usou drogas na minha frente. Nem mesmo muito mais tarde.) São textos em que todos os seus afetos se misturam. Em muitos deles, estou presente – e o pai também. E também os irmãos. Há muitas referências carinhosas a Ricardo (às vezes chamado de Piu, Rico ou Rick nos diários) e outras às brigas constantes com Dudu, que a contestava.

Minha mãe é e sempre foi rainha de permanecer bela. Não passa o tempo. Parece sempre jovem e bonita. O tempo todo femme fatale, minha Marilyn! Olhos verdadeiramente de mel. Duros e maternos. Sempre tão mãe, tem uma coisa de maternidade nordestina super contrária ao papai, que tem algo de mau, mas é terno, doce, ou bravo, explosivo, raivoso. Sempre em convulsões, excessos. Crises de loucura, de emoções compulsivas, jorrando forte.

Impossível não falar do Arthur, que a essa altura já devia ser meu marido. A ternura em pessoa. Sem explosões, sem verbalizações. Diferente de tudo o que eu conhecia até então. Doce, atencioso, carinhoso (...) mas incapaz de pronunciar uma palavra de carinho. Mas aí tem o olhar, o jeito de falar sempre manso. Disperso. Às vezes me confundo. (...) Sei que gosta muito de mim. Quase tanto quanto eu dele. Mas é tudo muito confuso. Nunca sei ao certo o que está querendo, quando está querendo.

A Gabi é a única pessoa que consegue entendê-lo por inteiro. Engraçado como não consigo sentir ciúmes dela. Pode sentar-se no colo dele, beijá-lo, ouvir suas declarações de amor e eu não me irrito. Pelo contrário, acho bonito o sentimento dele por ela. Admiro a capacidade dela de participar de sua vida integralmente sem castrá-lo. Sou capaz – e o faço diversas vezes – de ficar observando o contato dos dois. O olhar que ele lança disfarçado, as inflexões de voz quase imperceptíveis. Ele me fascina de uma forma estranha.

Dificuldade de aceitar que não seja apaixonado por mim. Isso eu tenho. Porque ele jamais se apaixonou. Isso é verdade. Sei disso e morro de rejeição, mas não admito jamais. Além disso, sei que gosta de mim. Não como sonho, mas gosta. Isso é suficiente. Ou pelo menos, torno suficiente e fico feliz.

Um dia, fiquei imaginando o amor de Pietro por mim. E o transferi para o Arthur. Seria o paraíso. Que Arthur me amasse e me assumisse como sua mulher. Mas no fundo é começo de relação. Só saímos onze vezes, ainda pode acontecer muita coisa. Nunca descarto a possibilidade de tê-lo apaixonado. Conheço bem, através da Gabi, sua capacidade de sentir. E acredito em mim para recobrar seus sentidos.

Poucos dias mais tarde, o assunto ainda é o mesmo.

8:30, não ligou. Não vai ligar, eu sei. (...) Não entendo não gostar de mim. Sinto tanto sua falta. A Gabi também começou a perceber. Não quer dizer. Seria incapaz de magoar. Então não diz nada, disfarça, tenta mudar a situação. E eu fico como uma idiota. Meus Deus, a Gabi deve estar com pena de mim. Que horror! Por que eu demorei tanto para ver? Ele não gosta. Ele não sente nada por mim. Me dispensa. Dispensa sem constrangimentos. "Ô Biazinha, não sei, ainda não resolvi nada, mais tarde a gente se vê." Se vê como, Arthur?

Esquecer, eu devia esquecer e só. Acabou. Ele não está a fim e pronto.

E assim segue seu diário ao longo de alguns meses. Noitadas, cocaína, porres, um curso de roteiro ao qual ela pouco dava atenção, sua tristeza pelo aparente desinteresse de Arthur.

Por esta época, Bia questionava muito sua vida. Mas questionava no sentido literal. Não compreendia porque lhe aconteciam coisas que ela julgava não merecer.

Praia com a Gabi! Arthur?

Hotel Praia Ipanema – tava tudo ótimo, Baiano de bom humor, Gabi legal. Até que eu fiquei chata. Aluguei todo mundo. Tava bebum. Ai, que merda! Odeio fazer essas coisas. Fui chata! O Arthur chegou, deu dois beijinhos, saiu. Tchau! Tchau...

Perguntei-lhe: aconteceu alguma coisa? Hein, Arthur? Aconteceu?

[22/03/1987]

O episódio acima não deve ter sido isolado. Eu sabia bem o quanto Bia era capaz de ser doce e inteligente. Mas também conhecia seu lado do avesso, o que a deixava agressiva e afastava as pessoas de si.

> Estou só. Pela primeira vez na vida estou só. Por quê? POR QUÊ?
> (...) Queria ouvir a voz de gente presente, dele. Ou de um amigo. Cadê meus amigos? Que é que eu fiz dos meus dezoito anos de vida? Que relações construí? Quem eu tenho? Ainda bem que tem minha família. Agora é o que há de mais sólido, de mais importante. (...)
> Falei com minha mãe, com meu pai. E agora me sinto mais segura. Desejo o Arthur da mesma forma. Espero seu telefonema. Mas espero com eles a meu lado e é tão melhor. Sentir a presença, o carinho, o amor.

É assim que chegam seus dezoito anos. O tom do diário mostra bem seu estado de espírito: desalentada, mas fazendo força para parecer que não tinha sido tão ruim assim.

> Meu aniversário!
> 18 aninhos!
> - Arthur me pediu pra passar lá amanhã. Não sei se devia. Mas vou.
> - Festa do vídeo da Vampira – Barão com Joana – Acho que o Arthur não vai querer ir. Tomara que pelo menos a gente saia. Já nem sei. – Papai chega de Brasília.

- Mamãe vai a Duque de Caxias trabalhar.

Gabi teve problemas, não quis sair, Arthur adoeceu. Fui jantar com papai e Tetê. Gosto da Tê. Ela tem um carinho confuso que eu acho lindo. O dia foi meio estranho. Mas eu fiz aniversário.

XI
Manual da mãe imperfeita

(...) tem sempre a minha mãe, que me salva e restabelece minha relação de gostar, de sentir prazer com as pessoas.

[10/10/1987]

Ler os diários que Bia escreveu aos 18 e aos 19 anos, quase trinta anos passados, me ajuda a responder algumas perguntas – e a me fazer outras tantas. Hoje, tenho uma visão de conjunto que à época eu não possuía. E, principalmente, hoje sei como terminou a história – o que, evidentemente, eu não tinha como saber.

Muitas vezes, me pergunto o que eu teria feito de errado. Até hoje não sei. Deveria ter sido mais rígida com Ricardo e Bia? Àquela altura? Com os dois já adultos?

Nem eu e nem Zé Mario conhecíamos a gravidade da situação. Naquele tempo, o problema mais visível era o álcool. Mas eu tinha certeza de que tudo aquilo não passava de uma fase. Na nossa geração, era assim que as coisas aconteciam. Todo mundo tinha seu período de loucuras na passagem da adolescência para a vida adulta.

Mas Zé Mario ficava exasperado com a situação dos dois e pegava pesado.

> Pagar. Papai quer que eu pague. Pague por mim, tenha noção das coisas, sinta os preços. O advogado do vestibular, o "não". Ele não pode pagar por mim eternamente. Tenho que aprender o luto, a perda. Tenho que aprender a sentir dor, a ficar só e responsável por mim.
>
> Me assustou ser assim de vez. "Não pago mais! Pague você." Calma, vamos com calma, preciso aprender, estou aprendendo. Me ajude. É difícil transar o tempo, a perda. Optar e pagar por isso.

[16/08/1987]

O que eu me lembrava era que o rito de passagem para a vida adulta incluía correr riscos. Muitos jovens tentavam provar sua maturidade por meio do abuso de álcool, do excesso de velocidade nas ruas, das experiências com drogas.

Para mim, para Zé Mario, e para parte da minha geração, a necessidade de risco foi vivida por intermédio da política. Eu ainda tinha muito presente a lembrança do começo da minha vida adulta, a vontade de questionar, de não me submeter a regras injustas, de brigar contra o autoritarismo. E, neste ponto, confesso que não mudei muito. E nem queria ter mudado. Continuo politizada e combativa aos 87 anos.

No entanto, era muito comum que jovens passassem por um período de rebeldia *à la* James Dean antes de seguirem suas carreiras e formarem suas famílias. Eu tinha certeza de que era isso o que aconteceria com Ricardo e Bia.

Eu acreditava que pessoas com problemas sérios com drogas fossem, obrigatoriamente, filhos de famílias desestruturadas. E este estava longe de ser o nosso caso.

Apesar das brigas comuns a todo casal, eu e Zé Mario éramos muito ligados – e assim estivemos até a morte dele. A noção de família era muito forte entre nós e tanto Bia quanto Ricardo partilhavam esse sentimento. Bia passava todas as férias em João Pessoa, com os primos e com a avó. Seus amigos frequentavam nossa casa. Ela gostava de nossos amigos como se fossem dela também – e eram. A última coisa que se poderia dizer dos meus filhos era que viessem de um ambiente desestruturado.

> A casa alegre, os princípios libertários, as viagens, a felicidade de cada um, as festas, as expressões relaxadas... Mamãe admirada, os meninos bonitos, brincando. A única das famílias que permanecia família, sendo grupo, sendo festa, sendo a fim, alegre...
>
> [01/03/1988]

Para mim, como um pensamento mágico, isso era uma espécie de garantia de que, no fim, tudo daria certo. Eu nunca tinha ouvido falar de filhos de classe média, criados em famílias estáveis e boas escolas, que tivessem sucumbido à droga. Essa realidade não existia para mim. Só vim a descobri-la muitos anos mais tarde.

Naquele momento, eu tinha uma filha um pouco rebelde, que tinha tomado bomba no vestibular para a PUC em 87, mas que havia passado para Direito na Cândido Mendes no ano seguinte. Ricardo, apesar de parecer constantemente alterado, estava na faculdade e iniciava seu primeiro estágio. Dudu, que também já havia nos dado algumas preocupações – comuns a todo adolescente –, já estava terminando seu curso e era um ótimo aluno. Enfim, parecia que tudo se encaminhava para que entrassem na vida adulta normalmente.

Mas, sobretudo, eu acreditava na qualidade da relação que tinha com meus filhos. Os diários de Bia são repletos de menções a isso. Mesmo quando o convívio dela com o pai tornou-se mais difícil, nós continuávamos confiando uma na outra.

> MIIINHA MÃE! Às vezes fico com a impressão que as coisas perdem o sentido muito rapidamente. Basta que eu fique só. Por que não aprendo a ficar bem sozinha? Mas tem sempre a minha mãe, que me salva e restabelece minha relação de gostar, de sentir prazer com as pessoas. Como pode ser tão demais assim? Linda!
>
> [10/10/1987]
>
> BRUXAS – Com mamãe. Bom só pelo fato de estar com ela. Minha mãe é realmente o máximo! Sinto um orgulho imenso, pequena.
>
> [18/10/1987]
>
> Amanhã é mamãe [que viaja]. E eu doente, e o vestiba. Quem me mandará estudar? Quem cuidará de mim, tão pequenininha? Hoje chuparia o dedo a noite toda. O dedo,

a cama da mamãe, o choramingo... Noite passada mamãe não dormiu, hoje ainda pentelhei um pouco, mas amanhã... Que bom que vai ficar bem!!!

[12/01/1988]

Já tô com saudade

Tentei estudar, mas dormi. Dormi em cima dos livros. Por que me ataco? Por que não estudo? E não faço nada, jogo fora o tempo, me desperdiço e só. Não sei ao certo, o tempo me parece vago. Eu quero a minha mãe! Maiê! Vou morrer de saudade! Não, não vá embora!

Tem momentos que a gente tem que voltar ao prioritário. O que há de primeiro em mim, o que me liga ao mundo. Claro, tem muita gente importante, mas é uma importância secundária, de vir depois, em segundo. Hoje eu tô assim, emocionada, me sentindo estranha, precisando das pessoas, e não das que vieram depois, mas as primeiras. Uma saudade da minha mãe... Educação talvez tenha cura, mas essa relação não tem. Nada melhor do que você. NADA!

[14/01/1988]

Fiz compras, passei o dia no comércio. Minha mãe, a gente se irrita, briga, briga, mas sempre com essa vontade de fazer as pazes, de se presentear, de se entender e ser amiga. Ficar juntas. Vai ser assim.

[12/02/1988]

Mamãe tá triste, tão nítidas suas ideias. É clara, gosto de vê-la assim, dissertando sobre qualquer assunto. Fala com firmeza, lucidez. É brilhante em qualquer área, realista, sacadora. Os cabelos presos. As emoções também. Mas sinto-as fortes. Importantes. Andando de carro. Adoro fazer isso quando estamos felizes. Chovia horrores, o cheiro era o mesmo. Mas a felicidade era apenas lembrada. Fica bonita mesmo triste. Acho que anda nostálgica.

[10/03/1988]

Ganhei coisas lindas! Lindas! Mas briguei com papai, brigamos seriamente. A gente sempre briga seriamente. Queria saber no que vai dar tudo isso, o que é isso. Ah, não vai dar em nada, não dá.

Mamãe falou de viagens. Queria que falasse mais assim, adoro quando disserta sobre coisas felizes, épocas boas. Fica com a cara mais iluminada, legal.

[08/03/1988]

Ô, Dona Magda, o que lhe passa pela cabeça quando me olha assim? Fico emocionada, não sei direito por que, mas é lindo. Queria que me olhasse eternamente... Me olha, mãe!

[12/03/1988]

Eu olhava. E via uma moça inteligente e carismática, que tinha passado no vestibular para Direito na Cândido Mendes, e que em breve amadureceria. Era questão de tempo. Eu tinha certeza.

Enquanto isso não acontecia, eu acreditava que meu papel de mãe era o de protegê-la. No início dos anos 80, quando a cocaína começou a ser vendida nas favelas cariocas, os números de homicídios no Rio e em Nova York eram equivalentes, 23 por 100 mil habitantes. No final da década, havia diminuído em Nova York e triplicado no Rio.

Nós morávamos ao lado de uma favela, em Ipanema. Já sentíamos o clima de tensão no ar. A oferta de drogas era farta e permanente. Era fácil demais para os filhos da classe média comprarem o que quisessem, na hora em que quisessem.

Minha maior preocupação era a de proteger Bia dos jovens agressivos que eu via sempre na esquina de casa. Ou dos excessos de rigor de Zé Mario, ou do que quer que fosse. O instinto de proteção à prole falava mais alto. À época, realmente não me passava pela cabeça que Bia precisasse ser protegida de si própria.

PAPAI – Me deu um tapa, fez escândalo, falou barbaridades e depois não se arrependeu. Sempre se arrepende, agora nem isso. E fica por isso. E minha mãe? Em tudo o que mais me preocupa é minha mãezinha. Que sacanagem. Ele não podia!

[15/10/1987]

Tenho uma única certeza: em cada momento, em cada crise, dei o melhor de mim. Quem estava ali era eu. Só eu conheço as inúmeras variáveis que se apresentaram a cada necessidade de opção. A cada bifurcação de caminho.

Naquele momento, acho que fiz a coisa certa. Zé Mario já era suficientemente severo. Eu precisava manter uma porta aberta, uma janela de comunicação e carinho entre eu e meus filhos. E a mantive. Até o fim.

De manhã, à tarde, à noite. Finalmente a noite foi. Dessa vez meti o pé na jaca mesmo. Foi um horror! Passei mal. Tão mal! E o Baiano não me deixava ir embora. Tava excitado, queria falar, eu gosto de ouvi-lo, mas o enjoo... Fui ficando mal. Cerveja, litros e litros de cerveja, e nada, não destravava. Tonta. Pensei que fosse morrer. Morrer! Cheguei, acordei mamãe e fiquei na cama dela. Por que não fiquei com o Arthur? Mamãe entende, me dá remédio e me põe no colo. Nada mais real do que seu colo. Demorei muito a dormir. Mas dormi.

[10/02/1988]

XII
Uma frenética monotonia

Pelo menos isso. Nunca me poupei.
Isso não vem na biografia, me usei até o fim.
Até abusar.

[29/09/1987]

Parece que nada acontece, nem dentro, nem fora. O telefone toca, toca, toca... E eu não tenho nada a dizer. Ficaria o dia todo aqui sem dizer uma palavra, ou me mexer. Só nessa doce expectativa de tudo.

[03/03/1988]

Tudo era um novo ano que começava com desafios. Bia finalmente tinha entrado na faculdade e se esforçava por gostar de Direito.

Acho que estou doente. Um sono incomumente grande. Cansaço.

Preciso ao menos ir ao inglês.

FUI! E ao diretório também! Que bom que eu fui, adorei! As pessoas diferentes, legais, fiquei empolgada, de fato. Hoje eu me senti querendo fazer parte daquilo, senti que posso me dar bem lá dentro, é só saber as pessoas certas pra transar. Alcançar essas pessoas. Pode ser bem legal, sim. – E tinha tanto menininho bonitinho... E meninas incrivelmente bonitas. Ludmila, legal a apresentação. Bem, é isso, fiquei a fim da faculdade, pela primeira vez me empolguei.

[23/03/1988]

Mas ainda não tinha sido desta vez. Depois de cursar dois anos de Direito, aos trancos e barrancos, Bia acabou saindo da faculdade em 1991.

A julgar pelo que escrevia, o período que vai de 1988 até o fim de 1990 foi de uma frenética monotonia. Não é que nada acontecesse. O problema é que nada mudava. Sua vida social continuava intensa, as brigas com o pai prosseguiam, ela não conseguia acordar a tempo de ir para a faculdade, não conseguia se concentrar para estudar, bebia cada vez mais.

Sua vida amorosa também mantinha a agitação de sempre. Embora Arthur fosse presença constante em seu diário, ele não parecia disposto a assumir um namoro. Um dia a queria, no outro não queria mais. Entre um lamento e outro pela indiferença de seu "louro", ela colecionava paixonites e deixava atrás de si o rastro de corações partidos de sempre.

Era a mesma Bia, cometendo os mesmos erros, reclamando que fazíamos as mesmas cobranças. Parecia que nada evoluía. O vestibular não tinha trazido o ingresso na vida adulta que esperávamos.

A dificuldade de amadurecimento de Bia se revelava também em suas cada vez mais frequentes brigas com amigos. Há vários relatos nesses anos. Destaco um como exemplo. É do dia 5 de algum mês de 1989.

> Hoje já é dia 5, já se passaram dois dias e a ressaca é a mesma. Por que sempre os mesmos erros? E meus amigos são sempre machistas nas suas conclusões, solidários entre eles. E eu, pequenininha, ninguém alivia, fui provocada, tava acelerada, doida, ninguém se lembra disso! E talvez não tenha sido tão grotesco, ou escancarado. Não vai dar em nada. Não posso achar. Não vai dar em nada! Em vez de pensar nas consequências, devia pensar na repetição dos erros. Eu repeti, e deixei ir, só isso, fui.
>
> Queria não me preocupar, pedir desculpas pra Gabi, mandar flores e esquecer o resto. O que

mais? Ligar desmarcando, sumir do local de trabalho da meninada e esquecer essa história. Não pensar. Não pensar!
    Como é que se faz? Por que já fiz? Não quero pensar! Queria ter a simplicidade do Arthur em estar só e pronto. Sem maiores ansiedades. Mas eu nunca consigo disfarçar nada, dou bandeira sempre, o tempo todo.
    Ainda sou pequena, não consigo crescer emocionalmente nunca! Parece que o que cresce de um lado atrofia do outro. E eu a ler Thomas Mann e fazer arte. Acabo ligando pra vovó, não consigo conversar com mais ninguém. Talvez esteja errada, mas acho que a Gabi devia ligar. Não custava nada, me dar uma acalmada. Sabe que se dissesse que tava tudo bem eu acreditaria. Mas não diz nada. Foi dura e depois não disse mais nada. Ficou com a voz impaciente. Não sei se tem direito.

Acho que este é o trecho de diário mais significativo a respeito do tipo de relação que unia Bia a Gabriela. Era mais do que fascínio. Bia queria agradar a amiga de todas as maneiras. De certa forma, dependia emocionalmente dela. Nunca saberei o quanto o desejo de agradá-la fez bem ou mal à minha filha.
    Sempre que Gabi a rejeitava, Bia ficava arrasada.
    Nessas horas ela precisava da avó. Minha mãe era uma espécie de paraíso emocional para os netos. Ela acreditava que os meninos já estavam bem servidos de cobranças. Já tinham pai, mãe e a sociedade para fazer exigências. Por isso, exercia seu infinito amor sem a menor preocupação. Para ela, seus netos estavam sempre certos, não importa o que fizessem. Não é nenhuma surpresa que em momentos de crise Bia ligasse para João Pessoa em busca do consolo da avozinha.

Porém, nessa mesma época, tivemos uma trégua e um alento. Ricardo começara a namorar uma moça no ano anterior e agora tinha ido morar com ela. Eu e Zé Mario depositávamos muitas esperanças naquele relacionamento. Era uma mulher bonita, inteligente e somava seus esforços aos nossos para que Ricardo, finalmente, crescesse e abandonasse seus vícios.

Que ninguém imagine que me lembro dessas datas todas. Hoje, tudo se embaralha na minha memória. Mas está no diário de Bia de 1989. É o rascunho de uma carta que ela envia a Lucinha. Fala não apenas de Ricardo como também de Arthur e de seu projeto de mudança de faculdade.

> Minha casa de uns tempos pra cá voltou a funcionar com a beleza tradicional. Mamãe anda bonita, bem bonita, Rico estudando, morando com a namorada, mas sempre em casa. É, vai bem esse meu irmão. Enrolado como sempre, mas a fim das pessoas que tá transando. Tem saído comigo, é meu lado saudável, praia, dia, cinema. Se bem que ando pouco assim, ando bem rock n' roll. Mas legal, tô gostando de viver, a atuação em diversos campos só me resguarda o prazer que ainda posso quase tudo, e sem muitos riscos. Tenho visto possibilidades mis pra mim, pra optar. Ainda estou em teste com todas elas. Menos o Arthur.
>
> Ah, ruiva, você tem que conhecer, é tão bonitinho, meu *petit prince* é bem menino, mas é diferente, é autêntico, muito rock demais, "*blasé*" toda vida, mas tem coisas sérias, tem responsabilidades sinceras, quase que só emocionais. Não gosta de ler livros, não tem muita paciência com os intelectuais que eu adoro. Mas é inteligente e bacana. É bom conviver,

> é bom transar, é bom ser namorada. Dá pé. Fora disso tem milhões de dúvidas, milhões de desejos à espera. Mas vai dar, tem que dar.
> A facut tá também experimental, penso em mudar. Mas nisso tenho pensado com muita seriedade. Ando muito séria no que se trata de minha profissionalização. Pô Lucinha, foi foda ser reprovada numa prova que eu já tinha passado no ano anterior, foi desbundante.

Essas novidades nos deixavam animados. E, para coroar nossas esperanças, no réveillon de 1991, Bia veio com uma novidade. O namoro com Arthur tornara-se sério. Agora era para valer.

> O réveillon juntos, tão juntos! No Leme, a festa onde pela primeira vez era real meu papel de mulher do Arthur, de sua namorada...
> [02/01/1991]

Não era sem tempo. Os dois estavam cada vez mais grudados. No ano anterior, era cada vez mais frequente que Bia dormisse na casa dele. Desde que assumiram o namoro como oficial, não demorou muito para que ela se mudasse para a casa em que ele vivia, na Gávea.

Naquele momento, por algum tempo, acredito que tenha havido uma dissociação entre os relatos que Bia fazia para nós e o que seu diário descreve.

O que sabíamos era que ela estava começando a trabalhar na agência de publicidade da qual Arthur era sócio. Que queria trocar o curso de Direito pelo de Comunicação. Estava empolgada. A cada dia que nos encontrávamos, trazia uma novidade. Um dia ajudava na criação de uma peça, outro no atendimento, outro na fotografia. Também sabíamos que Bia e Arthur brigavam – até porque a cada vez que isso acontecia, ela ia dormir lá em casa. O que mais? Que Arthur e seus dois irmãos tinham iniciado um novo negócio além da agência de publicidade: uma casa noturna. Agora, era ali que passavam quase todas as noites.

O que não sabíamos – ou apenas suspeitávamos? – era que o casal brigava muito mais do que Bia dava a entender. Que ela oscilava perigosamente entre o amor e crises profundas de insegurança. Que andava bebendo e se drogando muito mais do que supúnhamos.

Não era apenas Bia que vivia uma *doce expectativa de tudo*. Nós também depositávamos muitas esperanças na sua arrancada. Faculdade, começar a trabalhar, construir a vida com um homem a quem ela amasse.

Só quando li seus diários tive a exata dimensão do desastre que à época se avizinhava.

XIII

Esse amor magoado
que não se parece
conosco

Ontem na clínica. Se algum dia eu estiver lá... Me sentirei parecida com isso? Será? Acho que não, nem ele. Ninguém é assim. Até ser.

[07/09/1991]

Havia um motivo bem concreto para não percebermos que o amadurecimento que Bia exibia não era tão real quanto ela queria nos fazer crer. Pela primeira vez, compreendíamos que não daríamos conta de Ricardo sem ajuda especializada.

Já fazia algum tempo que ele frequentava um psiquiatra. Ou que nós pagávamos um psiquiatra a cujo consultório ele pouco comparecia. Mas, depois de se separar da namorada, ele havia piorado tanto que chegamos à conclusão de que só um especialista em adição poderia nos ajudar.

A procura, as consultas, as tentativas consumiam nosso tempo e também nossos nervos. Alguém dizia que conhecia um ótimo especialista. Lá íamos nós. Outro garantia que o filho de alguém tinha feito um tratamento muito eficaz em outro lugar. Lá íamos nós.

Àquela altura, estávamos perplexos e perdidos. Não havia muitos amigos com quem dividir o problema. Todos pareciam ter filhos normais, bem-sucedidos. Podiam nos consolar, mas tinham menos experiência no assunto do que nós. Só mesmo os mais chegados sabiam do que acontecia em nossa casa.

Para efeito externo, nos apegávamos aos sucessos de Ricardo. E eles existiam. Sabe-se lá como, ele conseguia suplantar seus problemas e mostrar-se eficiente no trabalho.

Isso servia quando os amigos perguntavam: e como vão os filhos? Ah, Ricardo está fazendo estágio, Dudu está se preparando para o mestrado e Bia está trabalhando com publicidade, já morando com o noivo – devem se casar em breve.

Só um círculo muito restrito sabia do que realmente acontecia. Entre eles, era inevitável que estivessem alguns vizinhos. No prédio em que morávamos, era impossível esconder o problema de Ricardo. Chegava muito alterado em casa, gritava, brigava. Já havia traficantes rondando o prédio, cobrando dívidas.

Foi naquela época que começamos nosso interminável périplo em busca de tratamento para Ricardo.

> Rico consegue não surpreender. Continua numa fraqueza doente, de alma doente.
>
> [17/04/1991]

> Sozinha na Gávea. Ninguém pra trazer um beck. Eu tão sozinha. Sem chance. Rico ligou. Sei lá. Que merda, fico chateada, ainda tô chateada com ele, mas ele não entende (e qualquer opinião a respeito me magoa). Arthur pode achar qualquer coisa que é irritante. Não quero! Não quero que ninguém ache nada, tenho vontade de proibir qualquer um de olhar meu irmão por outros olhos que não os meus. Ainda me sinto muito responsável pelas pessoas. Não relaxo.
>
> Um ego tão frágil, multidividido e sem controle. Como não expô-lo?
>
> [01/02/1991]

> Rico veio nos fazer visita, meio trêmulo, tristinho, chorando... Ai! Pobrezinho! Não consigo ver meu

irmãozinho assim... E é tão infantil! Eu chego a ficar irritada com umas coisas dele... Bobo!

[06/02/1991]

Isso foi em fevereiro. Ao longo do ano, tentamos alguns tratamentos. Mas a situação só se agravava. Em setembro, tomamos a difícil decisão de internar Rico em uma clínica para desintoxicação. Comparando com o que viria mais tarde, era até um tratamento bastante tranquilo – embora nenhuma clínica de desintoxicação seja um lugar agradável. Ainda assim, foi traumático para todos nós.

A primeira internação tem um componente de choque (como as coisas puderam chegar a esse ponto?) e outro de esperança. Ela se apresenta como último recurso.

No fundo, imaginamos que a medida, por ser tão drástica, resolverá definitivamente a situação. Mas é preciso vencer muitas barreiras antes de adotá-la.

No começo, você acha que um psicanalista pode ajudar. E ajuda muita gente, ajuda os filhos da maior parte dos seus amigos. Mas não os seus. Ou talvez ajude (como saber o que teria acontecido se eles não tivessem feito psicoterapia?). Mas não o suficiente. O vício continua avançando. O próximo passo é procurar um psiquiatra. Depois, um psiquiatra especializado. E nada, nada se revela capaz de deter a fúria autodestrutiva que se abateu sobre seu filho.

Internar um filho é admitir para si mesmo que não é possível resolver o problema só com idas semanais ao psiquiatra. É um passo duro e doloroso. Mas foi o que fizemos, cheios de esperanças.

O dia na clínica. Meu querido irmão pequeno, meio dopado, acusativo, mas tão ele. Por mais feia que fosse a situação, era tão inconfundivelmente ele. E eu tão pior por tudo. Sem poder ao menos ser eu, ou me mostrar vivendo os momentos como se tudo pudesse ser driblável, e só existisse agora. E nem para ele, tão indefeso, eu posso aparecer. Nem a sua reprovação eu aguentaria. Mas janto com mamãe. Volto com Dudu, pensando no Nordeste e na minha vida imaginária de um futuro tão improvável.

[06/09/1991]

Ontem na clínica. Se algum dia eu estiver lá... Me sentirei parecida com isso? Será? Acho que não, nem ele. Ninguém é assim. Até ser.

Meu Deus, do que eu estou falando? Da pena que sinto dele, desse amor magoado que não se parece em nada conosco, com o que sempre fomos. Mas as pessoas mudam demais, não há sentimento que resista intacto a tantas perdas. Ôh! Rico passa! Mas dói, dói mesmo!

[07/09/1991]

Hoje com o Rico foi muito difícil, muito mesmo. Fiquei insegura quanto à cura, quanto à sua vontade. E hoje sei mais do que nunca que a briga de ontem foi totalmente minha culpa, a de hoje de manhã também. Eu sei, mas sei também que eu tô muito frágil, eu não tenho tido força alguma.

[12/09/1991]

Frágil, Bia? Mas por que, minha filha? Disso ela quase não falava com a gente – embora seus textos sejam pródigos em menções a uma sensação que se aproxima do desamparo. Como pode uma coisa dessas? Uma menina que sempre foi tão protegida, até mesmo mimada... Mais tarde voltarei a falar disso.

É uma pena que Bia fosse tão descuidada com o registro dos fatos. Minha memória já não ajuda. E ela não escreveu nada sobre a saída de Ricardo da clínica. Então, não me lembro sequer se ele cumpriu o programa de desintoxicação por completo. Só sei que dois meses depois de seu ingresso na clínica, a situação parecia tão fora de controle quanto antes.

O dia foi tão pesado! Rico. Tudo tão duro, pra ele mais que pra todos. A cegueira, a compulsão, a repetição hedonista, louca, destrutiva. Tanto horror daquelas cenas, tanto medo... E essa falta absoluta de expectativas.

De novo, tudo de novo. Acho que eu não resisto, acho que nenhum de nós conseguiria. (...) meu irmão? Tão longe do que sempre foi, tão estranho a mim.

[09/11/1991]

Rico aqui em casa e eu amedrontada, na verdade, apavorada. Não sei como é que vão chegar. Em que estado... Com quem... Não fico normal, não dá!

Fico meio culpada pelo Rico, não foi o que eu quis pra nós. Não mesmo.

A FESTA – A LOUCURA E AS BRIGAS. TUDO ERRADO. TANTO MEDO E TANTAS CONCLUSÕES EQUIVOCADAS.

[11/12/1991]

XIV
A guerra lá do Kwait

Tava meio puta e todo motivo é motivo.
É definitivo: eu não me controlo nem na véspera de trabalhar.

[30/01/1991]

Hoje, com seus diários em mãos, é fácil perceber a defasagem entre o que minha filha nos contava e o que acontecia de fato em sua vida. Mas creio que não se tratava de mentiras. De fato, Bia estava trabalhando. Há peças de publicidade criadas por ela, vários filmetes, textos. Nada daquilo era ilusão. E eu não tinha motivos para duvidar de seu talento.

Talvez por ser mais grudada comigo, dentre meus filhos foi Bia quem mais viveu o clima intelectual de nossa casa. Ali se reuniam poetas, economistas, musicistas, artistas plásticos, gente de teatro e da política. E, como era comum a parte da minha geração, nosso divertimento era debater temas ligados a arte, psicanálise, política e economia.

Quem a via desde os quatorze anos discutindo com os adultos de igual para igual, citando autores para embasar seus pontos de vista e argumentando com tanto desembaraço não tinha a menor dúvida: o ambiente onde Bia floresceria seria o artístico ou o intelectual. Nem suas notas lamentáveis e nem os vestibulares fracassados quebravam essa convicção. Ela não seria a primeira e nem a última artista a ter dificuldades com o sistema formal de ensino.

E agora estava morando com um rapaz doce e apaixonado por ela, vindo de uma família parecida com a nossa e sócio de uma agência de publicidade. Um ambiente repleto de possibilidades para seu talento.

Não tínhamos nenhum motivo para desconfiar que ela estivesse sendo levada por um excesso de entusiasmo e uma boa dose de fantasia. Tampouco possuíamos um conhecimento mais concreto do funcionamento da área de publicidade – onde há muito mais projetos do que realizações. Ela estava entusiasmada, e nós a apoiávamos.

Estávamos tão envolvidos com os problemas de Ricardo que não percebemos que Bia começava a seguir o mesmo caminho.

Ressaca. Ai, meus preços! Eu mereço. Acho que fiquei dodói, vontade de ficar aqui dentro, dar sentido a isso, de ficar dentro... Em contato comigo, com as minhas emoções, meu corpo.

[08/01/1991]

Não consigo levantar, nada de sais de banhos. Cama, o quarto imundo, e nada me incomoda tanto quanto essa falta de força para levantar, tomar uma providência, saber o que ocorre na minha facut, como ficaram minhas notas.

[08/01/1991]

Nada do planejado. Tá quase certa a guerra lá do Kuwait e eu sem conseguir levantar. (...) Não quis ir à boate, nem pra lá. Tudo tão preguiçoso. Arthur chegou. Foi normalizador nosso dia. A hepatite do Rico preenche nossos dias de bagulho, cama e visitas.

[09/01/1991]

13hs - Manifestação no Sagres - Léo. Não fui, não acordamos e nem daria. Choveu um rio - voltamos pra casa da mamãe, tinha que vê-la antes que fosse embora, sozinha. Não houve de fato despedidas, mas tinha que vir. Fiquei de voltar pra dar um beijo, mas não vim... Sempre isso, eu viria, se fosse possível cumprir algum projeto, se os fatos e as seduções não me atropelassem tanto...

[12/01/1991]

Mamãe viaja pro Nordeste – às 6h ... Foi mesmo a moça. Deus! Ela foi. E agora? Onde é que eu tô? Sem mãe, sem despedidas, nem beijos, nem explicação. – Sono difícil, mas acordamos bem. Filmes, TV e baseados. Vai melhorando.

[13/01/1991]

Por que que eu tô tão letárgica e desleixada com meus projetos? Devia cumpri-los, devia! Não sei se devia ter ido a essa festa. Que festa doida... Tava tão exausta, comecei bebendo pouco, a fim de me controlar. Mas não consegui. Um tratado sobre derrotas.

[15/01/1991]

Tínhamos nos comprometido tanto. Eu com Léo, João Carlos... Mil coisas... E essa rebô! Sem conseguir levantar, com problemas de relação nessa ligação excitada do Arthur. Ai! Por que tudo é tão difícil comigo?

[16/01/1991]

Não dava nem pra sair, nem pra nada. Casa, tão chapada. O corpo sonado, totalmente exausta! – preciso ficar saudável de novo, ginástica, um trabalho novo qualquer de corpo, de movimento.

[22/01/1991]

Pegando pesadinho, hein madame? Festa – tava meio puta e todo motivo é motivo. É definitivo: eu não me controlo nem na véspera de trabalhar. Mas até que eu fui bem, fiquei controladinha. A noite toda tava bacana; a boate vazia, a gente se divertindo; foi bom. Dei umas brigadas com o Arthur, mas daquelas habituais. Não é bom se acostumar com esse tipo de situação, mas tem sido inevitável. Que pena. Mas hoje estou excitada com o trabalho. Bom ir lá.

[30/01/1991]

Acordei mal, me sinto doente; a garganta doendo; o corpo moído; um sono inexplicável. Durmo há três dias e tô deitada, me sentindo muito mal. Acho que tô com dengue. Só pode ser... Ainda ter que trabalhar é demais! Não vou!

[20/02/1991]

O que poderia acontecer hoje, senão faltar a todos os compromissos? E eu sabia que não tava podendo dar esses moles mais com a facut. É tão pouco o que eu tô fazendo. Pelo menos isso eu tinha obrigação de terminar direito. Só essas cinco matérias. Não dá pra dar mole mais, nenhum.

[19/04/1991]

Vou parar por aqui. Não porque faltem mais exemplos, mas porque não são necessários.

XV

Faço mais sentido sóbria

Tive conversas longas com o Arthur. É tão difícil terminar algo entre nós. Mas se tiver que ser mesmo que seja logo, pra gente não ter nunca, nunca mais que terminar...

[17/01/1991]

Quem visse Bia e Arthur juntos não diria que eles brigavam tanto. E nem que ela oscilasse tanto entre o desânimo amoroso e os muitos planos para o futuro.

Arthur me pega – 10hs – Gávea – Às vezes as coisas têm que ser monótonas para que continuem a existir. Tenho sentido mais emoções com coisas desligadas, sem projeto e de aparência muito importante, do que com meu trabalho, minha viagem, meu namorado. E o Arthur tem sido gracinha, paciente. Só queria saber a que preço. Isso vai ter um preço.

[25/02/1991]

Acordei meio sem entender o que é que tinha se passado comigo, com o Arthur. De onde surgem as impaciências, os direitos violados, a falta de vontade de conciliar, de atender e mudar essas circunstâncias tortas.

[13/03/1991]

A noite cheia de climas. Tava sensível com o Arthur, não conseguia me poupar. Tudo me irritava, principalmente sua capacidade de não ouvir, não ceder, não me mimar, enquanto eu me sinto doente e frágil.

[11/04/1991]

Rebô total — Dois dias de acabação, tinha que ficar arriada. Comida à pampa na Gávea, becks e sono cedo. Arthur parece ter se esquecido de ontem. Volto a duvidar das nossas possibilidades comuns.

[14/04/1991]

Acordamos doidos, muito machucados de tudo, por tudo que foi dito. Choramos juntos, muito, mas o choro de verdade saído dos nossos corações tão pesados hoje. Ainda pesados, mas ainda assim me sinto melhor. Ele tinha que saber, e eu me sinto melhor, apesar de tudo me sinto bem melhor. A gente fica triste, mas sabe que vai passar. Depois a gente ri, sente saudade e passa. Dorme assim, juntinho e esquece tudo.

[03/06/1991]

Que loucura, hein? Ficamos mesmo muito loucos. Todos nós. Que cena foi essa? Meu Deus! O olhar do Arthur ficou vidrado de um jeito, em transe. Ele não me reconhecia, não me via e isso era bem horrível, porque tinha tanto ódio... E aquelas elucubrações paranoicas envenenando sua confiança em mim. Foi duro passar por isso.

[24/06/1991]

É curioso que Bia não mencionasse a cocaína. Ela falava de baseados, becks, skank — e álcool. Muito álcool. Sem dúvida, boa parte dos problemas do casal vinha daí.

Fui pra boate, aliás, todo mundo foi pra lá. Léo, Guti, Lipe... Estavam todos juntos. Arthur até que se comportou bem, eu também. O mesmo velho probleminha do álcool. Não posso beber. Cheguei à conclusão que sou 10 vezes melhor sóbria. Faço bem mais sentido.

[04/04/1991]

O problema é que a conclusão não adianta de nada.

Fomos jantar com Pepe e depois fui lá na festa da Tetê. Não sei o que houve, mas não consegui controlar, fiquei bêbada, fiz uma cena totalmente desnecessária com papai, mamãe vendo... Mal! Devia estar ajudando e não consigo, pioro as coisas e me deprimo. Arthur tava com sono, sem saco para me ouvir chorar...

[21/09/1991]

Acordar tarde, fazer pazes e fumar o dia todo. Tinha que fazer essas pazes e desfazer as confusões que fiz ontem.

[29/04/1991]

Há um trecho interessante de outubro de 1991. Pelo visto, Ricardo tinha saído bem da clínica e estava apresentando à família uma nova namorada: Angélica. Não lembro o que motivou o assunto que tanto irritou Bia. Tanto pode ter sido uma conversa comigo e com Zé Mario quanto o telefonema de um amigo. O fato é que ela reagiu indignada quando usamos a palavra certa para definir o que estava acontecendo em sua vida.

De noite papai e mamãe, alguns chamados importantes, outros agressivos. "Alcoólatra? Eu???" Estavam falando comigo! Era eu ali sendo tratada como viciada, aquela família grave, de fatos graves, com intervenções graves nos destinos de outros...

[16/10/1991]

Pelo visto, a conversa não prosperou. E, pela primeira vez na vida, nossas relações ficaram difíceis. Era impossível não fazer cobranças. Ela ainda dependia quase que inteiramente de mesada. E não estávamos dispostos a financiar o que nos parecia um desperdício de vida.

Viajar e sair com Leozinho e Guti. Saudade de vê-los, de namorar o Arthur também, mas aí é mais complicado. Com Arthur é sempre mais difícil. - Tá mais difícil que tudo conversar com a mamãe. É uma conversa sem fim. Ela cobra coisas impagáveis e eu já desaprendi a mentir, a pedir. Não queria mais precisar de nada. Tem ficado tudo tão diferente e doloroso. Por que logo com a mamãe? Sempre me pareceu tão impossível...

[02/04/1991]

Finalmente, diante das pressões, em vez de resolver levar a faculdade, os cursos e a análise a sério, Bia decide abandoná-los.

Sabe de uma coisa, mãe? Papai tem razão. Trancar a facut - não a curso. Não faço absolutamente nada e pago algo astronômico pra não fazer formação, não fazer análise, não fazer trabalhos de facut.

- É horrível me sentir assim. Totalmente solta, sem vínculos, sem opções, sem nada que me prenda a um cotidiano rentável. Qualquer produção. Parar mesmo. Parar tudo – um semestre. Para o que não existe e faz algo de concreto. Talvez no próximo construa algo melhor. Faça existir a facut. – Por enquanto não faço nada. Nada parece real para ser executado. Tudo tão difícil e duro de assumir e reconhecer... Muito difícil...

[07/05/1991]

Não, minha filha, não! Bia não percebia que o caminho era exatamente o oposto. Tentar, se esforçar, e não abandonar a responsabilidade. Às vezes, penso que era assim que ela acabava nos manipulando. Quando a pressionávamos, ela simplesmente desistia. Então, eu tentava uma solução de conciliação, qualquer via que não a deixasse estagnar.

Não, abandonar o psiquiatra nem pensar. Seis meses sem faculdade? Que jeito? Já estava reprovada em todas as matérias, mesmo. Mas precisava levar a vida a sério. E ela prometia. Prometia tudo. Mas depois escrevia:

Tá tudo bom demais, tranquilo. Os projetos andando pra onde devem ir. Primeiro crio a fantasia, depois vou administrando o real em função do meu desejo. Isso, contra todos os mandamentos, tem dado certo. E eu fico com essa impressão maluca, onipotente, de que é tudo fácil de construir, de resolver. Bom, depois eu penso em fazer funcionar tudo melhor internamente. Hoje tá tudo certo!

[26/09/1991]

Se Bia tivesse me falado a respeito de suas angústias, talvez eu pudesse mostrar a ela que tal fórmula voluntarista jamais daria resultado. Pior: que era receita certa para a paralisia, para eternizar a monotonia frenética que alguns anos mais tarde viria a se tornar a tônica de seus dias.

XVI

Casar agora, eu?

Não vou destruir um trabalho duro pra provar que eu também sei ser moderna. Eu não acredito nessa modernidade, senão não casava. Eu caso justamente porque não creio nela!

[sem data]

O que aconteceu com Bia em 1992? Não consigo me lembrar. Não há registros daquele ano. Mais tarde haveria um padrão: sempre que ela estava muito mal, parava de escrever. Mas acho que isso ainda não acontecia aos 20 anos. Também pode ser que os diários de 1992 e 1993 tenham se perdido. A cada casamento ela carregava todos os seus cadernos. A cada término, ela os trazia de volta. Nesse movimento, vários se extraviaram. Pode ser que 1992 e 1993 tenham ficado largados em algum canto da casa da Gávea.

Há um caderno de capa vermelha no qual Bia escreveu vários textos se referindo ao ano de 1993. Baseio-me neles, em minhas minguadas lembranças e em algumas fotos da época para fazer uma reconstituição possível.

Bia já frequentava a casa da família de Arthur desde 1991. Desde o início, ela foi muito bem acolhida pelos pais do namorado. A mãe, Lívia, achava ótimo que seu filho namorasse uma moça com uma curiosidade intelectual tão acentuada. Bia gostava de literatura, de poesia, de psicanálise e de arte e as duas não demoraram a estabelecer uma relação tranquila e afetuosa.

Na vida noturna carioca, no ambiente publicitário, no meio intelectual, o uso de drogas era disseminado. Por que falo isso aqui? Porque tenho muitas dúvidas em relação ao momento exato no qual a cocaína começou a ser um problema para Bia. Mas posso levantar algumas hipóteses. Uma delas é que Bia tenha usado cocaína algumas vezes em casa de Gabriela e recuado em seguida – talvez por verificar o estrago que a droga tinha feito na vida de seu irmão. Nessa época de fato aconteceu alguma coisa que mudou tudo. Eu ainda não sabia o que era, mas percebi claramente uma diferença em seu comportamento, seu jeito.

O que houve naquela data? Uma viagem. Àquela altura, Bia e Arthur já estavam de casamento marcado. No fim de 1992, viajei com Bia para Paris. Aproveitamos alguns dias juntas e ela permaneceu na cidade esperando por Arthur, que chegaria logo em seguida. O casal ficou cerca de três semanas por lá, dividindo apartamento com alguns amigos.

Quando ela retornou, estava mudada. Talvez ali a droga tenha se tornado, de fato, a tônica de seus dias. Voltou mais tensa, com mais vontade de criar caso por bobagens. A gente tentando organizar a melhor festa de casamento possível dentro das limitações financeiras e ela fazendo um cavalo de batalha por qualquer detalhe.

Encontro no caderno de capa vermelha um trecho em que ela trava um diálogo imaginário com Marco, seu psicanalista, e comenta o estresse dos preparativos.

> Ai, Marcão! Acabei de encontrar um trevo de quatro folhas que você me deu, tão bom alguém que só disse "sorte, vai ser bacana". Tá tão raro esse humor por perto. Porque tomou um ar de casamento em todas as coisas. As pessoas estão acreditando no termo de uma forma que eu jamais pensei em dizer. E o pior é que eu fico achando que se essa situação rolasse há um ano atrás eu ia ter muito mais humor. Não tem dinheiro: bacana!

Vamos brincar com isso, colocava no convite: chiques e duros ou "na crise", sei lá! Uma coisa de rir disso e fazer os outros rirem. Mais leve, mais na boa. Mas não tô, não tô a fim mais de rir de coisa séria. Tô o tempo todo lidando com porradas, assim a sério. Queria ter alguma situação que eu pudesse de fato definir coisas e não tem. Eu nunca posso. Estou recebendo situações irresolvíveis e me comprometendo sem poder. Estou assumindo compromissos de grana super sérios sem nenhum respaldo, só de vendas que eu efetuo mentalmente, provando que eu tenho como pagar possíveis dividas. Mas confiando na piedade de minha mãe na hora que as contas chegarem, que o banco mandar meu nome pro SPC, coisas assim, confiando que diante da cagada minha mãe segure e se responsabilize pela merda que eu vou ter feito. Apesar de saber que é possível ela não ser muito confiável nesse papel de salvadora. Tá foda! Tô fazendo loucuras e preferindo correr riscos, sabe?

Sem dúvida, dinheiro era um problema. Para ela e para nós, que estávamos bancando a festa em meio a muitas outras despesas. Mesmo uma olhada ligeira em outro trecho, mostra que a situação era muito mais complicada do que parecia.

Dá vontade de pedir arrego pra mamãe. Mas Rico está pra ser internado de novo... Eles estão tão pobrezinhos lá em casa. Teve defesa da dissertação de mestrado do Dudu e ele tirou A, "excelente", em toda a banca, com grandes elogios. Foi divino pra família. Nova bolsa de doutorado, e lá vai ele e seu computador e carro novos, que custam 20 festas. Mas ele tá construindo alguma coisa real, bem concreta, com resultados óbvios, e é só isso que eles querem e eu não posso, não consigo dar. E não tô tão mal que precise ser internada. É muito mais difícil dar jeito em mim! Que jeito eu teria? Ser reprimida agora, como? É um túnel muito complicado de se estar. Talvez seja possível sair, mas aí quase ninguém tem nada com isso.

Três eventos simultâneos precisavam ser cobertos pelo salário de Zé Mario e pelo meu. Todos exigindo recursos financeiros que não possuíamos. A festa de casamento de uma filha que não sabia como se sustentar. A internação para um filho que naufragava. A ajuda, mais do que justa, para um filho que não precisava de mais que um pequeno empurrão para construir uma vida na qual estava solidamente engajado.

No entanto, eu sentia que havia alguma coisa a mais acontecendo com Bia. Acredito que Paris tenha representado a ocasião em que ela, de fato, mergulhou na cocaína. E, como é sabido, essa droga provoca uma onipotência absurda, que faz com que as pessoas acreditem que podem fazer qualquer coisa sem jamais arcar com as consequências.

Mas é claro que as consequências existem, e a relação deles deu uma desandada feia. Àquela altura, uma montanha de ressentimento já contaminava o relacionamento.

Marcão, por favor, onde é que eu tô? Que confusão virou a minha vida depois de tudo errado que eu fiz... Ficar vendo o Arthur pirar assim... Tão distante de mim, de tudo que se relaciona a mim. Ando tão cansada e doente. Tem horas que eu acho que não vai dar, dá um medo, eu arrisco tanto, me exponho e nada. Nada faz voltar a ter sentido.

Um ensaio de carta dirigida a Arthur reafirma seus medos.

Tá tão difícil pra mim. Ainda menininha, queimando o filme, regredida, fazendo o tipo de doidona... Errando de tempos em tempos, sem doçura ou demais. *Over.* Chata. Molenga. *Sorry.* De verdade. Tô arrependida. Tava assustada. Ando ansiosa. Tem muita coisa acontecendo junto. Tô com medo! Não queria decepcioná-lo ou perdê-lo. É difícil reorganizar uma personalidade, crescer, mudar de comportamento. Não tô querendo voltar, mas queria poder escorregar sem tanta repercussão. Fico triste de ser assim. – Fico morrendo de medo de perdê-lo, de continuar sendo chata. Mas tem tanta coisa legal para pôr na balança, não tem?

Você também tem trabalhado demais e tem rolado falta de espaço para a gente se ver, se reconhecer, se escutar. Falta mesmo é tempo. E é você que tá sem tempo. E sem paciência. Tudo que você não tava precisando era de alguém como eu. E também era tudo que eu não tava precisando ser. Agora, toma cuidado com o jeito de corrigir.

Não sei se a gente sai ileso desses climas. Não sei mesmo.

O que mais me espanta é que boa parte dos problemas era registrada por Bia desde os primeiros meses de namoro, em 1991. Em fevereiro daquele ano ela já escrevia sobre frustrações que prosseguiriam, sem alterações, até o casamento.

> Foi bom, mas podia ter sido muito melhor – tem uma diferença entre eu e o Arthur que pode acabar degenerando num erro essencial de pessoa: Não queria perdê-lo, mas não queria que me deixasse tão só.
>
> [10/02/1991]

> Dormir com a chuva, Arthur, picanha, carinhos... Aqueles... Não há leveza, nem amores fantásticos ou toques pessoais, é estranho como percebi que ficamos irmãos assim! Não, conosco não seria assim! Ou eu sou fantasiosa demais? Eu não sei, mas tenho a impressão de que poderíamos fazer um acordo amoroso. Meu amor que eu sei eterno e desejável, mas estaríamos pra sempre sob o mesmo risco de paixões. Sem paixão! Eu? Talvez esteja confusa com seus modos, seus carinhos duros.
>
> [18/02/1991]

> Saquei que não escaparia com vida de tantas coisas difíceis. Foi dura a noite com Arthur... O amor às vezes fica sem poesia. A violência do Arthur me

apavora, sua perda de sentido, seus surtos contra mim. Mas depois volta, volta sempre, descontínuo, mas eterno. Eu sei disso, sei que é real. Tanto que nem posso crer. Meu Deus! É real demais. Decidimos coisas lindas, a cor do chão, os travesseiros, a cozinha, o computador no quarto, a data do casamento...

[outubro de 1991]

Nada prático resolvido, só as situações sociais ficaram claras, as visitas e o humor com Arthur, sem muito carinho, paciência nenhuma e eu ficando frustrada de tentar. Tá ficando cada dia mais difícil e irresolvível.

[11/01/1991]

O que qualquer mulher faria se a situação amorosa ficasse mais difícil e irresolvível a cada dia? O que faria se permanecesse assim por dois anos?

O que as outras mulheres fariam não sei. Arthur decidiu oficializar o casamento e Bia disse "sim" – desencadeando o processo de organização da cerimônia e da festa e uma verdadeira tempestade cerebral dentro de si.

E desta vez foi realmente dentro de si. Em nenhum momento Bia dividiu suas dúvidas comigo. Alguma coisa, exterior a nós, havia provocado um distanciamento que até hoje não consigo compreender.

É incrível minha facilidade para desistir. Eu desisto de fato das coisas, e vai indo, é aos pouquinhos, mas não é um casamento muito mais separado do

que eu acreditei poder fazer da gente. O que eu fantasiei viver. Eu fico movida entre a insegurança e o orgulho, tem horas que não dá. Eu não acredito ser eu quem pensa essas coisas. Movida por qualquer motivo fútil, por medos impensáveis.
Como alguém se casa com esses medos tão primários, óbvios? Não vou destruir um trabalho duro pra provar que eu também sei ser moderna. Eu não acredito nessa modernidade, senão não casava. Eu caso justamente porque não creio nela! E aí tenho que ter essa postura equivocada pra realizar até a festa?
É muito doloroso. Tudo está sendo muito doloroso. Desligar novamente corpo de afeto? Eu casando? Como poderia?
Poderia não casar. Poderia? Acho que eu não. Casaria assim... Por quase nada, quase à toa, sem motivações poéticas. Agora sem mais delírios românticos, muitas mágoas, muita realidade, nenhuma cumplicidade ou confiança. Também não sei se é verdade. Nenhuma? Quase nenhuma é verdade! Não tenho certeza do que o Arthur promete. Não acredito mesmo, acho que omite, que mente, que engana, ele também acha isso. É só mentira na compreensão do outro. (...)
  Casar sem romance? Eu?
  É, é assim. É só um papel pra assinar, nada muda na relação. Pode mudar internamente — já foi um presente pra mim. Agora não sei mais o que é, tem tanta "troca" obrigatória, ninguém doa nada. Tá

difícil até trocar. Às vezes até mais trocar do que dar. Mas dar também é muito difícil.

Às vezes eu fico pensando que é quase uma cultura diferente, porque é tão distante a visão da coisa que fica impossível a comunicação. Sabe quando a gente pensa... "não é da nossa turma"? Que não se parece, não há identificação, e tudo isso tem a ver com aparência da coisa. As coisas aparentam mesmo.

Agora sei. Era isso que ela pensava enquanto eu e sua futura sogra nos esfalfávamos para fazer uma festa linda, especialmente planejada para ficar gravada em sua memória como o dia mais importante de sua vida. Por isso, criava tantos casos.

No entanto, em junho de 1993, quem a visse vestida de noiva jamais diria que Bia tinha dúvidas. Ela e Arthur se desmancham em sorrisos em todas as fotos do álbum de casamento.

Um único incidente marcou negativamente a ocasião. Foi protagonizado por mim, mas não me arrependo. Nem um pouco.

Bia estava se vestindo e maquiando em uma sala da casa de festas especialmente destinada a este fim quando meti a mão na maçaneta e entrei sem bater. Pretendia ajudá-la. Para minha surpresa e indignação, já havia uma festinha particular em andamento. A sala estava cheia. No centro do aposento, uma mesa baixa, de tampo de vidro, exibia várias carreiras de cocaína – algumas já cheiradas e outras prontas para serem consumidas.

Depois de todo cansaço, de todo trabalho, de todas as despesas, ver aquilo me deu uma raiva tamanha que não hesitei. Dirigi-me à mesinha, meti a mão no vidro e espanei pó para tudo quanto era lado. Em seguida, botei todo mundo para fora. Ninguém teve a audácia de reclamar.

Nem Bia. Já vestida de noiva, toda linda e luminosa, sorriu para mim e limitou-se a perguntar:

– Estou bonita, mamãe?

Estava, claro.

Sempre estava.

XVII
Medo e vontade de voar

Não dá pra ligar e dizer que me arrependi, dá? Me arrependi. Posso ligar. E vou! Liguei e fui. Tomei vários uísques e criei coragem de me mostrar a fim. Eu tô muito a fim!

[13/01/1994]

As novas relações com pessoas do meio artístico, advindas do casamento, poderiam ter dado a Bia um ponto de partida para encontrar seu lugar no mundo adulto. Ela poderia ter aproveitado as muitas portas que se abriram naquele momento. Visto a distância, o relato de seu encontro com Antunes Filho, um dos mais importantes diretores teatrais brasileiros, é um relato cru da facilidade que Bia tinha para desperdiçar seu talento e as oportunidades que a vida lhe apresentava:

> Fomos jantar no Mosteiro do Sumaré, perto do SESC, eu queria encontrar o Antunes, encontrei e pronto. Tive uma crise. Ele falou da falta de objetivo que havia nas minhas intenções... O desperdício de uma rara jovem bonita que não era imbecil. Do meu controle corporal... Das aulas de balé. Até para isso eu tinha sido preparada. O que ele poderia fazer de mim. É São Paulo, o que há de maravilhoso na capacidade de produzir e na internacionalidade do seu grupo. Mil e quinhentas perspectivas pra uma carreira sem submissão latina. Como é que eu poderia competir em nível de igualdade se não fosse com meu próprio material?
> Eu meio que dei uns sinais das minhas confusões pessoais e ele se empolgou, me incentivou a escrever sobre essas experiências, a usá-las para além de mim. Construir sentimentos profundos de elos com

as tragédias, com as composições de personagens elaborados! Tentar sair de mim pra viver as experiências com olhares perspicazes de observadora. E eu tão só! E o Arthur tão derretido de saudade no telefone. Tão disponível pra me amar que não dava pra voltar. Voltar tão restrita, tão precariamente de pé. Sem nenhuma chance de amá-lo como ele merecia. O vídeo parado. E eu impotente! Eu tentei tanto não envolvê-lo que me sinto uma prepotente, capaz de tentar anular tudo que ele representa, tudo que nos liga! Tentar me abstrair dessa ligação inexorável entre nós. Como?

[sem data]

Poderia ter sido um encontro fundamental, mas Bia deixa as possibilidades abertas se esvaírem em meio a seus devaneios. É como se a realidade só existisse em sua mente, sem nenhuma necessidade de concretização. Nem mesmo as palavras de incentivo de um grande diretor teatral conseguem fazer com que ela desça à realidade.

Da mesma maneira, ela engravida, mas não leva em conta seu corpo, não se cuida. Continua bebendo desmedidamente, se drogando. Obviamente, a gravidez não se sustenta.

Não consigo me lembrar exatamente da sequência de eventos daqueles meses. Mas não importa: os ingredientes da receita desandada já estavam dados. Alterar sua ordem não modificaria o final. O conjunto todo acendeu em nós uma luz vermelha. Alguma coisa não ia bem ali. E não era apenas o fato de ela se drogar. Tinha também Arthur, tão quimicamente comprometido quanto ela, embora com os pés um pouco mais no chão.

No entanto, nem sua noção de realidade salvou a festa de Natal na Gávea.

Não me recordo se Dudu estava conosco. É provável que estivesse. Com certeza eu e Zé Mario fomos até lá, para passar a noite de Natal apenas com ela. Arthur estava tão drogado que não apareceu na sala. Foi tudo meio constrangedor.

> A casa explodiu! Arthur não conseguiu descer pra dar boa noite no primeiro Natal que eu quis fazer na nossa casa pra minha família.
>
> (...)
>
> Natal é uma data tão difícil, a vontade da família, do aconchego, pra poder fazer melhor os balanços. A gente sempre tentando precisar as perdas, dimensionar o sofrimento, atentar para os riscos, para o tempo. Tudo isso pra zerar depois, e viver ativamente, a não ser nós, os malucos, que nos recenseamos três vezes por semana.
> Mas tudo certo, o ano novo será novo e belo. Os ganhos serão maiores que as perdas e a gente vai encontrar tempo pra se amar muito.
>
> [dezembro de 1993]

Naquela ocasião, acho que já havia acontecido um fato que contribuiu para o fim do casamento de Bia: a morte de seu cachorro, Bartô.

Tudo começou quando o funcionário que cuidava da casa deles (um "faz-tudo") começou a dar problemas demais. Era alcoólatra.

Certa noite, quando Bia e Arthur estavam fora, o caseiro aproveitou a ausência dos donos para encher mais a cara do que de costume e acabou provocando uma explosão em um botijão de gás. O homem não se feriu gravemente. Mas o estrago feito no quintal do vizinho – que já não gostava nem um pouco das festas que Bia e Arthur davam – foi grande.

Por uma estranha coincidência, poucos dias mais tarde, Bartô, o cachorro de Arthur e Bia, foi envenenado.

A negligência, a consciência e a morte. Ai, Bartô! Que dor! Que culpa! A destruição.

[29/01/1994]

Do que Bia se culpava? Não era pela morte do cachorro. Ou não era apenas por isso. Desde, pelo menos, novembro de 1993, ela havia reatado o caso com Federico, o homem com quem havia iniciado um romance pouco antes de seu casamento oficial. Ao que tudo indica, foi nos dias anteriores à morte de Bartô que o novo romance começou a se concretizar.

A noite feliz dos inconsequentes. Enquanto Bartô agonizava.

[28/01/1994]

- O desmascaramento!
- Voltando a mim, entre a desmoralização e a autodestruição! Muito medo, mas consciência da dimensão dos erros, das sacanagens, da desonestidade e negligência.

[30/01/1994]

Dormi o dia todo – durmo demais e depois...
Abstemia – a partir de hoje até 17/02. Com escritura e tudo. Começar a nos olhar mesmo a todos. E buscar essas revelações. Da onde vem essa exposição ao risco e essa negação dos preços... Da desmoralização. Tão abalada... Frágil pra caralho. Medo

de onde possa ser obrigada a parar. Cansei. Tô muito exausta e deprimida. Muito. Situação delicada – terapia todo dia ou SPA. Tá difícil me olhar. Tô morrendo de vergonha.

[31/01/1994]

Acalmando ânimos e animosidades. Quase foi grave aqui em casa, mas não foi, foi bobagem... Arthur tem mais é que ficar puto, e todo mundo entende. Mas todos sabem do direito à alegria que eu tô tentando. E quase... Quase. Foi tão bacana a possibilidade de ser "eu", "euzinha", a "moça". Tudo bem, eu entendo que não dê, mas vê se entende que é adorável demais. E é bom ver o outro assim... De guarda baixa, vulnerável e doce.

[03/02/1994]

Não me recordo exatamente como a coisa se deu, mas a morte de Bartô revelou o caso de Bia com Federico – não só para Arthur como também para nós.

Ali eu realmente fiquei furiosa.

Brigamos – eu e minha mãe – "tá repetindo igualzinho, e eu sei como é que acaba. Esse Federico se apaixona, o Arthur também e você fica vivendo conflitos afetivos em vez de viver a vida, trabalhar, estudar. E não tem horário de análise. Ou vai trabalhar na merda da TV ou não tem mesada, ajuda, nada! Não aguento mais erros repetidos e filhos em hospital". Ai! Que medo! Marcão, socorro!

[07/02/1994]

Àquela altura Arthur já estava mais do que apaixonado. Tinha deixado de representar um desafio. E lá ia Bia em busca de nova paixão. Ah, não. Não com a minha ajuda.

No início de 1994, Bia voltou para a nossa casa, deixando um Arthur emocionalmente destroçado sozinho na casa da Gávea. Ainda assim, ela tentou recompor o casamento. Ao modo dela. Trechos recortados ao longo dos dois meses seguintes mostram como girava seu raciocínio.

> Começo a ter medo de me apaixonar
> Tenho uma vontade irrecusável de ver Federico. Por que não? Não sinto nenhuma culpa de namorar com alguém. Eu e Arthur não namoramos mais há séculos. Não me sinto casada, ou comprometida. Eu sei que a gente se ama, que vai se amar pra sempre. Mas agora não é um amor apaixonado, não estamos vivendo nenhum desejo ou prazer que nos ligue como homem e mulher. E sinto desejo e prazer com o Federico. Não quer dizer que ame menos o Arthur por isso, só estou gostando de namorar o Fede – gostando demais! Cada vez mais envolvida e com alguém livre. Isso torna tudo perigoso e sem culpa.

Arthur fez de tudo para consertar as coisas. Mandava flores lá para casa, ia conversar comigo e com Zé Mario, procurava Bia. Mas, embora também tenha tido seus casos – e se preocupado menos do que Bia com o impacto que teriam no casamento –, recusava o modelo de relação que ela propunha.

Não é que ele fosse refratário a relações abertas. Também queria ter liberdade para sair com mulheres se lhe desse na telha. Mas havia uma diferença fundamental entre os dois. Arthur não via problemas em pequenas traições. Bia, por seu turno, não via a menor graça em sexo avulso. Era uma mulher que necessitava de paixões, de sentimentos intensos.

Era bem mais difícil conciliar um casamento com paixões avulsas. Mas ela tenta defender seu projeto.

> Durante dois anos fomos apaixonados de verdade. Depois foi virando outra coisa, outros valores mais importantes passaram a nos ligar: família, projetos de família... O amor e o carinho mútuo que nos ligam naturalmente, inexoravelmente. Foi então que começaram a pintar outras paixões, sexos melhores. Mas nunca projetos melhores, e nem nossos desejos comuns foram substituídos pelos novos. E isso meio que ficou permitido, ainda está permitido. Mas não pode haver nenhuma separação maior que essa, senão é o fim mesmo. O fim definitivo de todos os projetos, da nossa vida em comum. Arthur diz que a gente devia ter mais controle. Mas ele sabe como é difícil para mim compartimentalizar os espaços das relações. Juventude demais, é duro perder o romantismo, viver o que dá e aproveitar o melhor.

Acho que Arthur não imaginava que o retorno dela para nossa casa fosse definitivo. Acreditava em uma crise passível de superação. E Bia também. A diferença é que ela não queria mentir. E nem ser criticada por escolhas que julgava serem resultado de um entendimento comum.

Impossível não lembrar de seu comportamento adolescente, quando fazia questão de que todas as suas loucuras fossem não apenas sabidas por nós como também aprovadas. E de todos os problemas decorrentes daí.

Uma vez descoberto seu caso com Federico, em vez de negá-lo, Bia admitiu tudo. E, mais: queria liberdade para experimentar suas paixões – essas paixões sempre tão necessárias para que se sentisse viva. No entanto, a reação de todos – a de Arthur, da família dele e, não vou negar, também a nossa – foi severa. Ela acreditava estar agindo de acordo com uma combinação prévia – embora apenas implícita. De repente, descobriu que não era bem assim. E o mundo, literalmente, caiu sobre sua cabeça.

> Me separei do Arthur, um pouco. Precisava dessa atitude para ter certeza que poderia fazer. Não podia esperar uma emergência maior do que essa NÁUSEA constante que minha presença parece provocar nele.
> – A descrição que faz de mim para os outros é tão convincente. E eu não sei se sou assim. Só tenho certeza de que não quero mais viver debaixo desse olhar. Eu só queria que amanhecesse o dia e o amor ficasse esclarecido. Talvez não seja assim tão rápido nosso reencontro. Mas sei que terei um tempo de espera, disponível, pra voltar a ser sua mulher... Se tudo puder voltar a ser como dantes.

(...)

> Vontade de ir para Manhattan – medo do Arthur, que fala sério e diz que pode acontecer da gente se perder pra sempre por viver sonhos que magoam demais os outros... Medo e vontade de voar...

Outros fatores atrapalhavam a reconciliação: estava deprimido demais para se manter sóbrio. Pior, as crises de agressividade, que a assustavam tanto, só pioravam.

Fim de praia, rápido. Ia jantar de novo – família – Não deu certo, brigas. Fui no Baixo encontrar o Edu. Arthur passou com presente aglutinador dos desejos inconscientes – A noite se passou sozinha.

(...)

Arthur desconfia de mim em coisas tão graves, tão graves que eu nem sei. Não sei se somos capazes de superar coisas assim. Muitas verdades ditas de uma vez só. De que adianta nos gostarmos muito? Nenhuma ação corresponde à realização desse sentimento. Há uma desistência de preservar o outro das situações mais feias. (...)
Papai no hospital. Senti tanto medo de manhã. Foi horrível com o Arthur destruindo tudo. *Short cuts*. Banalidade de tudo que nos envolve. Sempre assim, com cara de escorraçada... Com tudo largado, quebrado. Sendo destruído, o tempo todo. Tudo destruído... Minha história, minha vida. Meus referenciais todos, meu pai, marido... Tudo perdido em mim.

Uma coisa é certa. Arthur se esforçou para recuperar o casamento. Mas oscilava demais entre a sedução e um comportamento tradicional que não combinava com o tipo de relação que os dois tinham tido até então. E muito menos com o que Bia pretendia para sua vida. Algumas atitudes dele irritavam-na demais.

(...) E tem o Arthur acordando mamãe, querendo dar limites. Estabelecendo níveis de compromisso. Amigos e transas são permitidos... Mas namoros, não. "Não quero e pronto."

Não quero e nem vou julgar Arthur. Era um rapaz doce, tão envolvido com drogas quanto Bia e tão jovem quanto ela. Como tantos homens, não segurou a barra de ver sua mulher apaixonada por outro. Enquanto isso, Federico se apresentava como o homem sedutor capaz de indicar novos caminhos para a eterna necessidade de apaixonamento de Bia.

– Conversa com Federico – propostas... Sei lá, tentando ouvir outras respostas... E ouvi. Acho que ouvi. Primeiro a agressão [de Arthur], depois o amor [de Federico].

De nada adiantou eu ou Zé Mario conversarmos, brigarmos, tentarmos alertá-la para as repetições, para o prejuízo que aquelas paixões cegas traziam ao seu futuro. Bia foi atraída para o novo amor como uma mariposa em direção à luz.

Desta vez, no entanto, seria diferente.

Para pior.

XVIII
Um amor abusivo e fatal

Difícil qualquer coisa, principalmente sair da inércia. Entendo perfeitamente o sentido da lei física que nos torna todos circulares em mecanismos repetitivos, e como chamava? MRU, movimento retilíneo e uniforme. (...) Torço para que a mágica funcione sempre a meu favor.

[1994]

Não seria justo dizer que Bia não trabalhava. Ela criava peças publicitárias com Arthur, escrevia roteiros, participava de produções. Tampouco seria correto dizer que não estudava. Bia era uma leitora compulsiva. Devorava livros de literatura, psicanálise e filosofia. Sua dificuldade era a de sistematizar o que lia e escrevia dentro de um *continuum* adequado ao que chamamos de mundo produtivo.

Gosto da faculdade. Não gosto é de me sentir aluna. Não me sinto mais, é chato, fazer prova... Já posso atender, queria só estudar com um bom orientador, fazer mestrado... Ai! Por que não terminei isso antes? Por quê?

[26/05/1994]

Isoladamente, já seria uma situação bastante angustiante. Mas a ela se somou a derrocada do casamento. E a maneira confusa como tudo aconteceu. Em uma relação em que os dois tinham liberdade para exercer sua sexualidade livremente, ninguém apontou o dedo acusatório para Arthur. Foi para Bia que todas as censuras se dirigiram.

Aparentemente, ela manteve a altivez e defendeu seu ponto de vista. Internamente, no entanto, ter tantas pessoas manifestando desprezo e desconfiança por seu comportamento materializou seu pior pesadelo: perder o controle sobre sua imagem, sobre o que pensavam a seu respeito as pessoas que ela mais admirava.

O que Bia sofreu naquele momento esteve muito próximo de um linchamento moral. E ele partiu de pessoas que ela amava profundamente: a ex-sogra, os ex-cunhados, vários amigos. Sua rede de apoio desabou de uma só vez.

Claro, ela tinha a nós. Mas o apoio que recebeu em casa não foi irrestrito. Retornar à casa paterna significava voltar a ter que dar satisfações a respeito da faculdade, do trabalho, dos planos profissionais para o futuro.

Logo depois de mais uma discussão, depois de escutar coisas que considerava profundamente injustas, ela escreve:

> Fico angustiada, mas não respondo. Ouvindo Tim Maia e tentando aprender a conviver com essa espera. Falo com mamãe, que não me ouve. Me queria independente... Diferente daquilo que sou...

Hoje, ler uma coisa dessas me parte ao meio. Fiz a coisa certa. Não dava para ver uma filha talentosa e inteligente se dissolver em meio a tantas questões subjetivas e ficar impassível. Bia precisava de um mínimo de noção de realidade, de disciplina. E precisava mesmo. Mas estar certo não é garantia de coisa nenhuma. A razão só faz sentido dentro de cenários pautados pela racionalidade. E estávamos muito longe disso.

Logo eu e Zé Mario, duas criaturas que acreditavam que tudo na vida pode ser explicado. Como poderíamos compreender duas pessoinhas tão refratárias ao senso comum como Rico e Bia? Uma carta dela para o irmão tenta dar um sopro de otimismo a uma situação que já se configurava amarga.

> ...E depois essa ausência de sucesso pra exibir. Fazer o quê? Não conseguimos conquistar o lugar em que nos imaginávamos... É foda deixar de ser quem a gente se programou pra ser e não ter

nenhuma possibilidade de tentar tudo de novo. Mas é preciso valorizar as pequenas conquistas. Potencializar a força que há em ter sobrevivido a todos os desvios. Não poder recapitular a história faz isso, torna tudo passível de dor e saudade. Mas nos dá a dimensão de quanto ainda há de chances de mudanças que podem tornar tudo muito melhor amanhã. Nada vai fazer com que tudo volte a ser como sempre foi.

Mas certamente tem jeito de ser mais feliz. Mesmo tendo que engolir um passado de que ninguém tira o cheiro, é possível construir algo que se sobreponha como definitivo em nós, que pode ser encantador.

[1994]

Esse cenário confuso, onde Bia se sentia agredida e humilhada o tempo todo, formou o pano de fundo que fez com que o caso com Federico se tornasse mais sério do que deveria ter sido.

Federico também trabalhava com publicidade. Era um italiano de presença forte. Impressionava bem à primeira vista. Falava com desenvoltura, se expressava com segurança e tinha um jeitão arrogante que não disfarçava uma personalidade egocêntrica e dominadora.

Ao contrário de todos os outros namorados de Bia, não manifestou nenhum interesse em nos conhecer. Aliás, logo deixou claro que não queria se envolver com os problemas de nossa família (e nem com os dela própria, diga-se de passagem). Para ele, não passávamos de uma família burguesa, envolvida em sofrimentos burgueses – como as crises de Ricardo, por exemplo.

Não que ele próprio não tivesse seus problemas com drogas. Como só viemos a saber mais tarde, ele os tinha – e bem mais graves do que aqueles com os quais lidávamos em nossa casa.

A dependência, no entanto, não era um fato público. O que se conhecia a seu respeito era que vivia um drama familiar. Sua filha única, uma garotinha adorável, tinha câncer. Recentemente separado da mulher, com quem mantinha boa relação, dirigia toda a sua atenção para o problema da menina. A situação toda emprestava a ele certa aura trágica, certa dignidade sofrida.

Aquele namoro foi uma cilada desde o primeiro momento. Para Bia, a situação da filha de Federico justificava tudo: sua instabilidade emocional, seus ciúmes doentios de Arthur e de seus amigos, seu machismo exacerbado e seus comportamentos abusivos.

Até muito poucos anos atrás, Bia nem sequer teria olhado para um homem que a tratasse tão mal. Era ela quem dava as cartas nas relações, pois era ela a parte cortejada, na maioria das vezes. Mas naquele momento, no entanto, sua autoimagem estava se esfarelando.

> Arrependimentos... Porrada na análise e revelação de um personagem que eu venho desempenhando há dois meses e meio. Foi foda, porque eu vi hoje a mim como todo mundo deve estar me vendo, sem que eu notasse.
> Regredida, infantil, insensível e porra louca.
> Difícil qualquer coisa, principalmente sair da inércia. Entendo perfeitamente o sentido da lei física que nos torna todos circulares em mecanismos repetitivos, e como chamava? MRU, movimento retilíneo e uniforme.
> Sem nenhuma intenção prévia.
>
> [25/01/1994]

Todos a culpavam tanto – e por tantos motivos diferentes – que ela se jogou nos braços do único que parecia lhe oferecer algum amor.

Mas que amor era aquele?

Era praticamente impossível conversar com Federico sem que uma briga se iniciasse. Ele não parava de falar de seu casamento em processo de finalização, de suas angústias, suas preocupações. No entanto, em sua versão, tudo ganhava um ar mais nobre, como se romantizasse a própria vida. Bia, no entanto, não podia fazer o mesmo. Aos olhos de Federico, a história dela era uma lamentável sucessão de equívocos — para dizer o mínimo. Tudo que ela falasse era usado contra ela na discussão seguinte. E sempre da pior maneira possível. Antes de se tornar um namoro, a relação foi um embate de narrativas. E Bia, tão hábil em construir seus personagens interiores, deixou-se abater por um contador de histórias cruel, que precisava reafirmar o fracasso do outro para sentir-se vencedor.

Nesta época, seus diários e anotações já estavam bastante fragmentados, de modo que precisamos adivinhar o que acontecia. Mas não é tão difícil acompanhar o desenho. É um mosaico de caquinhos. De pedaços de Bia.

...E eu tenho que ficar ouvindo essas coisas do Federico. Não "me acho". Ele nem me leu. Não sabe. "Inapropriada, dependente afetiva" – eu? Só um pouco perdidinha. E daí? E quem não está triste de rejeição? E quem sabe ficar sozinha? O que me importa trabalhar?

(...)

Tento confiar no Federico, mas no fundo sei que não deveria envolvê-lo. Nunca quis ter nada a ver com meus problemas, nada. No que se refere a mim, não passa de um crítico, sem sensibilidade, que não se põe no meu lugar. Não procura entender como dói estar aqui. Além do mais, não confio no silêncio dele. Noite complicada... Resistência...

[março/1994]

(...)

Eu resistiria a qualquer dor, qualquer coisa, menos isso. Menos esse medo que não dá pra dividir com ninguém. Nesse momento tão nosso, esse medo nessa solidão tão profunda, medo de não ter meu desejo mais puro com o homem mais amado e que nem pode entender, nunca vai ser cúmplice.

[12/07/1994]

(...)

Abafar os danos, preciso esconder e mentir tantas e tantas coisas (...) essa vergonha de quem eu sou, de que história posso contar de mim. Por que o Federico me faz sentir tanta vergonha de oito anos de honestidade, amor, carinho, dignidade?

[março/1994]

(...)

Meu coração é viciado em amar errado, crente que tudo que sente é sagrado. Torço para que a mágica funcione sempre a meu favor. Não aguento revelar fotos que me mostram demais. Não sei reconhecer o feio em mim. Eu minto, eu tento. Eu consigo por um tempo. E quando minha versão é destruída, sempre fica um pouco das fantasias todas, fica um pouco mal. Mas, na dúvida, eu convenço. Eu tenho algum poder.[3]

(...)

O que diabos faço de mim agora? O que há para ser feito de nós? – O que é melhor fazer? Não vou conseguir ficar sem você. Não consigo, não resisto... juro!
 Tudo muito complicado, tem horas que eu nem sei... Não tenho certeza nenhuma, sei que não sou falsa, não trai ninguém, só omiti bobagens... Criancices... Tolices... E esse preço tão alto... Não aguento tanta reação. Diz que ainda me ama... Mas... Confiança que é bom... Sei lá. Tá complicado. Como vai ser?

 Para nós, era visível que Bia não estava nada bem. Mesmo com quase todas as atenções voltadas para Ricardo, era impossível ignorar que ela pedia socorro. E não conseguíamos dá-lo. Pelo menos, não conseguíamos fazer nada que fosse efetivo.

 Dançadinha com mamãezinha – Ai, queria tanto preservá-la. Cuidá-la, não massacrá-la.
 Federico fala – você a massacra. Às vezes é verdade. E ela tão poderosa, fica assim com essa carinha de olhos se derretendo em sangue transparente. Um dia vai deixar de me reconhecer, de me gostar... Um dia acontece. Minha úlcera dói, eu fico triste

---

3 Texto com citações de Cazuza.

demais e fico levando esporros mal-humorados... E ainda entendendo.

[março/1994]

Conversamos com Marcos, seu psicanalista. Como qualquer pessoa que tenha alguma intimidade com a psicanálise sabe, o terapeuta de um adulto só inclui a família caso o paciente esteja em situação crítica. Era o caso. Tentávamos convencer Bia a se internar para fazer uma desintoxicação. A reação dela não foi das melhores.

> Dormi tanto, tanto... Mas a vida ainda assim não é doce. Me deram uma segunda chance. *Thank you.* Não sei como aproveitá-la! Não sei quase nada. A vida não vai ser fácil e eu quase não creio nas suas possibilidades de poesia, com tudo tão torto em mim. Me sinto muito torta. Com um medo do Marcão com a mamãe. Pra mim é tão regressiva essa situação analítica. Eles falando de mim num sentido tão abstrato... Tão pouco meu, sou tão pouco eu quando há aqueles olhos. Não vem com essa que abstrai porque ninguém abstrai coisa alguma. E eu não sou adolescente nem muito menos toxicômana. Ouviram?
>
> [24/03/1994]

XIX

Quer casar comigo?

Nenhuma vontade de sair desse sofá. – Desse estado entre o catatônico e o mágico. Um espaço possível para abrigar a dor do outro, que nem sabe se sente, e eu nem sei se posso competir em termos de cura. E eu? E a dor que sinto? E eu?

[1994]

Hoje, qualquer blog feminista traz artigos que alertam para o risco das relações abusivas – nas quais a mulher é tiranizada sem perceber, ou admitir. Mas no fim do milênio passado nem sequer a expressão existia. No máximo, se dizia que um homem tinha "humor instável", o que está muito aquém da dura realidade das mulheres oprimidas pelo afeto.

A maior dificuldade de reconhecer esse padrão de relacionamento vem do fato de as agressões – físicas ou apenas morais e emocionais – não serem contínuas. Elas vêm e vão, intercaladas com manifestações de carinho e desejo. Como a mulher nunca sabe o que pode provocar a próxima crise de ira, ela vai se encolhendo, vai deixando de se manifestar, vai dando cada vez mais espaço para o ego gigantesco do parceiro.

Pior, por um mecanismo perverso de dominação, o homem convence a mulher de que ela está sempre errada, que seu comportamento é motivo de vergonha. Quem namora um abusador não tem um parceiro, mas um juiz que sequestra a identidade de suas presas.

Começou diferente, foi ficando lindo, lindo! As flores... Dava pra ficar curada só disso. Se ela fosse um pouco mais constante... A felicidade. Existe de forma absoluta e tão real... Mas depois some. Tudo tão confuso e difícil.

[19/04/1994]

Vergonha de mim.
Mas tem fim de noite... Desejo

[20/04/1994]

Dia livre. Dormiu demais, perdeu a hora... Tava bom demais dormir juntos... Ai! Mais encanto! Mais poesia... Tô crente de novo! Ai! Que coisa linda o amanhecer. A melhor do dia. Boa a ida ao trabalho quase juntos...

Passei lá para buscá-lo. Beijos formais, mas depois teve tanto passeio... Outeiro da Glória, beijinhos atrás da igreja... Amor! Depois, jantar com amigos no Caroline e, em seguida, casa e loucura.

Perdeu, ficou louco, agressivo... Enlouquecido e eu, e eu... Tão sem reação... Mas amo tanto! Tanto que no fim dá certo. Acho que me ama também.

[22/04/1994]

No Jóquei foi tão distante, tão estranho.

Há uma instabilidade de humor assustadora, mas ficamos juntos porque vale a pena se amar. É bem você que eu amo com todas as desistências e medos. Não sei o que fazer. Me sinto entre perdida e feliz. Não grito mais.

[01/05/1994]

Depressão violenta o dia todo. Muito forte.

Muito forte e pesado tudo. Essa vivência do sofrimento inexato. Não queria sair da cama! Não queria! - Só saí às 16h e mesmo assim tão à força.

Só se salvou o dia pela noite linda! Linda! Me sinto amada de novo! Tudo azul, nada é só assim.

[01/06/1994]

Uma brutalidade que eu não precisava. Já aprendi, eu já passei por isso tudo. Com amor, sem amor, com violência, sempre com dor demais... E só. Me sinto profundamente só.

[04/06/1994]

Acordo tarde, mas meu humor vai se dissolvendo com suas agulhadas ríspidas. Por que é ríspido comigo? – Fomos a uma praia que ventava, ele estava triste, os olhos úmidos se entorpecendo de mar. Ainda bem que tinham flashes verdes pra mim. Flashback *full time*. Vejo o passado vindo... Memórias maravilhosas. É isso? A vida me deu memórias demais. Se existisse lavagem cerebral das más notícias. Morreu? Separou? Cadê? Saudade... Mas é assim. E ele está aqui, dorme do meu lado e eu sou alguém que parece necessário de se ter próximo. Eu quero!

[28/07/1994]

Pelo que Bia descreve, não havia uma única área em sua vida onde ele a apoiasse. A impressão que dá é a de que o sujeito era uma máquina de moer ego de namorada. Nada parecia bom para ele.

Tarde da noite – depois do Guimas, do Baixo, de elogios...
Devia ser uma noite feliz, mas não é. Nem hoje, depois da dor passada, do presente lindo da cura da dor... Nem assim tudo consegue ser encontro. Ele não perdoou nada, na verdade ainda quer ser seduzido com provas que me tornem absolvível... Provas que jamais serão possíveis de serem realmente dadas. É como se tentar o impossível fizesse parte de alguma vontade de destruição da nossa possibilidade de sermos casados e felizes. Escrevo bem sobre psicanálise. Tive a sorte de ter absorvido a teoria sem ideias equivocadas ou pre- conceituosas. Tive muitas facilidades. Mas já me achei mais genial do que agora. Eu precisava ser reconhecida por ele, que não vê em mim os motivos de admiração que eu sempre pensei ter. Agora eu mesma duvido da validade deles.

As pessoas só fazem confirmar sentimentos, e vivem sensações de orgulho ou decepção de algo que já acreditavam

[texto interrompido - 17/09/1994]

Como se a situação toda já não fosse instável o bastante, Federico ainda tinha o hábito de fazer confidências à ex-mulher. Orgulhava-se muito de ter terminado bem seu casamento e de ter Germana sempre por perto. Há uma anotação, um bocado confusa, mas que mostra que, por vezes, as conversas dos dois são mais uma fonte de angústia para Bia.

Federico, podia ter sido diferente, a gente sabe. Sabe tanto que pode imaginar tudo dando certo. Às vezes a gente até deseja, pena que nunca o suficiente. Nunca o bastante pra começar abrindo mão de estar certo e corrigir os seus erros sem cobrar do outro. É um vício maníaco. Eu só quero saber se você falou com a Germana, pediu a ela por mim. Com uma certa condescendência e compreensão com meus ciúmes e inseguranças. Se confessava pra ela. Sabe tudo, me expôs inteiramente e nem confirma. Nem que você queira me perdoar, acreditar... Agora não tem mais solução.

Acho que em nenhum momento ocorreu a ela que Federico fosse perverso e perturbado. Ela atribuía seu comportamento errático à angústia com a situação da filha e às crises de abstinência de heroína. Enfim, ele conseguiu: a dor, o sofrimento, a angústia e a razão eram prerrogativa dele. A Bia, restava o honroso lugar daquela que tinha a obrigação de fazê-lo feliz.

Não aguento a sua dor! Não sei como agir, faria qualquer coisa, juro, qualquer coisa! Mas nem há nada e nem adiantaria. Só posso contar-lhe o quanto o amo.

[30/05/1994]

Queria fazê-lo feliz, só.

O dia com tudo pra ser divino... E complica. As ondas, as cobranças... A falta... Federico que não consegue ficar feliz e bem comigo e eu sem saber o que o faz feliz...

[05/06/1994]

Dia terrível!

Pegar Giulia no colégio para pintar o sete tudo novo – pincéis, aquarela e cavalete – só falta espátula e roupinha de pintura. – Nada disso. Só fim de semana. Tá bom, que é que eu posso fazer? – Parar de vacilar. – Eu devia ter ligado para Federico do Fiorentino, devia! – Merda! Que noite horrível. Me odeia, como alguém pode odiar com tanta força. Eu o deixei triste e sozinho. E queria tanto ter ficado com ele. Por que não fiquei?

[14/06/1994]

O dia tão show, super devagarzinho, ressaca com abstinência... Foi pesado ontem e volta todo mal-estar do Federico. Ainda bem que adoro até cuidá-lo. Adoro o todo, muito, acho lindo. É lindo, doente, com carinha sofrida ou dormindo. Quem é lindo fica lindo de todo jeito.

[07/05/1994]

Às vezes é tão lindo. À tarde eu creio em tudo e sou feliz. Vou conquistá-lo! "Se me ama – e às vezes eu acho que sim –, vai ser fácil." Mas não é, vem a noite. O estar doido, a agressão, cheio de ciúmes doentes, enlouquecidos, estranhos, vindos de lugar nenhum... Por que essa noite destruindo tudo?

[16/06/1994]

Que dia duro, por tudo! - Impressionante como tá foda com Federico. Ele tem tantas dúvidas - queria que fosse ao atendimento comigo. Queria que fosse tudo diferente e mais claro, real, seguro e concreto. - Doida. Pirei - falei demais - vacilei.

[13/06/1994]

Ai! Quanto desperdício na vida, o tempo passa por mim e me sinto inútil, completamente inútil. Ouço o Federico e me sinto pior. Me sinto flagrada num momento tão sem sentido. Se pelo menos nós tivéssemos nos amando e felizes... Tudo seria diferente. Mas tenho certeza que vai dar certo se conseguir me organizar de novo. Quero tanto reconquistá-lo. Que ele volte a ver graça em mim. Ainda devo ter alguma graça. Tenho que me dedicar a nós, a ele!
Acho que perdi o Federico, se for verdade me mato. A noite toda chorando... Nunca fui tão infeliz.

[21/07/1994]

Meu amor infinito,
Só penso de fato em como fazer pra mudar. Mudar coisas em mim que te tornem mais meu. Eu preciso tê-lo! Não perde a paixão assim... Por pequenos (e horríveis) vícios, que eu vou corrigir. Pra nunca ser feia pra você, nunca estar distante ou te decepcionar.
Com todo amor,

Bia

[23/09/1994]

A única palavra que me ocorre ao ler esses textos é *humilhante*. Bia, a menina brilhante, inteligente e inquieta que eu criara estava reduzida a nada diante de um homem incapaz de amar. Mas, à época, nada disso chegava até mim. Embora ainda morasse conosco, Bia passava mais tempo na casa do namorado do que na nossa. E o clima em casa era um estopim de angústias.

As internações de Ricardo não deram o resultado esperado. Mas, mesmo assim, ele conseguiu voltar à faculdade e acabou se envolvendo com uma professora, uma moça inteligente e amorosa com a qual foi morar.

No entanto, mal firmou o pé em sua nova vida, recomeçou a cheirar e a beber além da medida. Batia com os carros, arrumava brigas na rua, desaparecia por dias. Acabou não conseguindo sustentar o namoro. Sei que, apesar das tentativas de sua namorada em consolidar a relação, Ricardo estava inadministrável.

De volta à casa, deprimido pela separação e mais mergulhado ainda no pó e no álcool, Ricardo absorvia todas as nossas atenções.

Não tenho a conta de quantos tratamentos diferentes tentamos à época. Tudo dava certo por um curto espaço de tempo. Mas não passava disso.

> Que loucura isso, Rico pirou! Não é possível, pirou! Me sinto arrasada. Arrasada!
>
> [13/07/1994]

"Pirou" é uma maneira suave de dizer que Ricardo estava completamente fora de controle. Se não lhe dávamos dinheiro, tirava da nossa carteira. Não suportava as crises de abstinência. E também recusava nova internação. Só queria que o deixássemos "em paz". Com dinheiro no bolso.

Como concordar com uma coisa dessas?

Tenho quase certeza de que foi por essa época que Zé Mario começou a frequentar uma organização de apoio a pessoas envolvidas com dependentes químicos, fossem parentes ou cônjuges. Foi uma maneira dele dizer: não sei mais o que fazer.

Eu também não sabia. A conselho dele, fui a algumas reuniões. Mas, naquele momento, não encontrei ali as respostas para as dúvidas que me atormentavam.

O que você faz quando um traficante interfona para a sua casa e diz que seu filho está devendo à boca? Que o preço é X até as dez horas da noite, e passa a ser o dobro depois disso... E o triplo no dia seguinte? E que se a dívida não for paga seu filho vai ser morto?

A solução oferecida pelo grupo era não compactuar de forma nenhuma, não pagar a dívida. Mas e aí? Vou deixar meu filho ser torturado ou morto? Ah, me desculpem. Essa não sou eu.

Era errado pagar? Eu pagava.

O que está descrito aqui em poucas linhas é um resumo compungido de muitas noites de insônia, de filho gritando pela casa, ligando da delegacia porque tinha batido com o carro, ou porque tinha sido pego com drogas, ou chegando em casa machucado porque tinha se metido em brigas de rua, ou ameaçando se jogar pela janela se não lhe déssemos dinheiro... São muitas cenas, todas dolorosas demais. Não posso afirmar com segurança quais delas aconteceram em 1994, ou 1995 ou 2000. Aquilo passou a ser a nossa rotina.

Há um texto de Ricardo, de 2003, escrito em uma de suas internações, no qual ele cita um caso que deve ter acontecido por volta de 1995. Foi mais ou menos por essa época que ele estagiava como advogado. Deste caso, eu nem soube – assim como não soube de tantos outros. Eu só tinha uma certeza: ele estava se metendo em ambientes perigosos demais.

Situações com drugs / risco de vida / sua; outros / como se sentiu?

Bom, é impossível deixar de citar todas as vezes que dirigi bêbado, acompanhado ou não.

> As situações foram inúmeras, sempre fui um usuário exagerado.
> Me vem à cabeça uma vez que estava comprando drogas no Chapéu Mangueira e fui confundido com um policial. Ao tentar me identificar puxei um cartão da carteira que, por acaso, não era o que me identificava como advogado, e sim o do Sivuca, a quem eu tinha defendido dois dias antes, nem preciso dizer que a emenda foi pior do que o soneto. O traficante me levou para o alto do morro, apontou a pistola na minha cabeça, puxou o cão para trás.
> Neste momento entendi literalmente a expressão se cagar de medo.
> Neste exato momento surge um outro traficante do Cantagalo e me identifica como um velho cliente e como advogado e convenceu meu executor a mudar de ideia.

Era com isso que eu convivia. Eu e todos nós.

No entanto, havia boas notícias: em 1995 Dudu resolveu fazer doutorado em Brasília. À época ele disse apenas que a UnB era melhor para a área que pretendia cursar. Mas é evidente que tentava – e de fato conseguiu – tomar alguma distância do tumulto que impregnava nossa casa.

Em meio ao sucesso de Dudu e ao grande problema de Ricardo com drogas, Bia tornou-se invisível. Para nós, ela estava namorando um sujeito brilhante (sim, Federico era muito inteligente) e temperamental. Os dois brigavam muito, mas isso não era novidade no histórico amoroso da minha filha. Ela estava, finalmente, na faculdade. Todo mês pegava o dinheiro para pagar a faculdade. (Só mais tarde soubemos que o dinheiro estava sendo usado para outras despesas.)

Mas o fato é que muitas coisas se passaram com ela sem que o soubéssemos.

Dor de novo.

Ler papéis velhos.

Do que diabos está falando? Papéis antigos e um sentimento que ele não entende. Por que acho que deveria entender? Talvez não ame assim, não o suficiente. Não sei, me sinto só. Volto a ter dores e tenho medo do exame. Muito medo. Sem ele. Monstro, monstro, te amo tanto!

[10/07/1994]

Jantei em casa, depois de passar no papai (tão deprê a casa...). Mas tão bacana ter Giulia e Federico... Mesmo sendo desconfiado e defensivo... Tem tanto amor... A felicidade é uma experiência tão concreta, real...

[16/07/1994]

Aniversário do Toninho. Não fui, Fede ficou com ciúmes e não quero fazer nada que o magoe, nada.

[17/08/1994]

Mamãe tava tão mal por causa do Rick que continua na mesma... Que até eu passei despercebida. Mas não dura. Já, já, não vai dar para poupá-la mais. Baiano foi ao médico comigo de tarde... Que bom ter amigos por perto. Queria que o Federico estivesse, apesar de senti-lo muito próximo.

[08/08/1994]

O que teria acontecido ali? Não sei. Ela teve algum problema, precisou ir ao médico e não quis me preocupar. O que me revolta é ler o trecho relativo ao Federico. Não se deu ao trabalho de acompanhar sua mulher. E Bia ainda o desculpa! Ela o sentiu próximo! Não, minha filha, ele não estava próximo. É o tipo de homem que só está próximo de si mesmo.

Enquanto Federico era incapaz de acompanhar Bia a uma simples consulta médica, ela assumia cada vez mais responsabilidades relativas à vida dele, principalmente no que se referia a Giulia, filha de Federico.

> Difícil o dia com Germana dizendo coisas. Não consigo entendê-la. Acho tão, tão cruel com Federico. Mas depois tudo volta a dar certo. Giulia vem, e era bem o que a gente queria, ficar juntos.
> Acho lindo vê-los juntos.
>
> [15/05/1994]

> Giulia veio, não quis ficar. Germana meio me agulhou. E eu? Eu não sei. Não acho justo ficar responsável, mas sou, sinto minha parte. Eu a sei. Ou pelo menos parte dessa parte. Eu metida de novo no lugar pior. Onde eu nunca quis estar! Queria também a Giulia, só. Queria ter podido... A noite... As pazes...
>
> [20/05/1994]

> 11hs – pegar Giulia de novo. Cadê Federico? Todo mundo trabalha... Ai! Que inveja!
>
> [03/07/1994]

Os sentimentos de Bia em relação a Giulia eram complexos. Sem dúvida, ela adorava a menina. Seu instinto materno estava muito aflorado. Cuidar de uma menina, ainda por cima de uma menina tão amada por seus pais, e que lutava contra uma doença grave, a deixava emocionada. E com uma vontade imensa de ter seu próprio filho.

No entanto, ela estava tão diminuída dentro daquela relação, seus desejos eram tão pouco considerados, que ela própria acabava se sentindo culpada.

Me sinto impotente, alheia. Medrosa de não haver sorte suficiente para sermos todos felizes. Pelo menos as crianças, que são nossas melhores realizações. De certa forma, me sinto justificada quando ouço a Giulia precisando de mim. Acho que deve até ser egoísta e mesquinho da minha parte fazer tanta questão de viver a coisa inteira, sentir cada pedacinho de surpresa e ter cargo de "mãe", com responsabilidades e direitos à proximidade, à eternidade.

[1994]

Mau humor fudido. – Passamos rápido na Tereza. – Oi, oi! Pronto. – Jantar no Butterfly e discutir. Tava um dia bom para brigas... – Queria falar de coisas sérias. E mãe? Não vou ser mãe? Nunca, né? Federico diz que não ia nem me tocar na gravidez... ai!

[25/04/1994]

Festinha da filha do Mauricio, fui com Giulia, mamãe e papai – presentes, aproximações, afetos novos, tão bacana o jeito que a Giulia se liga às pessoas por vias de afeto independentes, totalmente estabelecidas por ela. Ela assim tão só, pessoal e poderosa. Giulia me chamava de mamãe na festa, não saia do meu colo, tava tão gracinha e afetuosa... Fica foda não se apaixonar... E desejar.

[10/06/1994]

Desde pequena que quando algo faz tudo perder o sentido e minha vida parece sair do meu controle, me abandonava a horas de choro e desespero, mas depois alguma coisa me fazia submergir e ter vontade de viver coisas e encontrar saídas, caminhos pra ser feliz de novo. Queria que o Federico pudesse sentir isso – desejo de ser feliz comigo. De construir uma história linda pra gente. De acreditar num futuro melhor do que qualquer coisa que já foi vivida. E não se negar a fazer comigo projetos, independentemente dos riscos da doença da Giulia. Deixar nosso bebê não ser um acontecimento só permitido em segundo plano, dependente da segurança da cura da Giulia. Não é justo! Comigo e com o bebê.

[07/11/1994]

Em meio a tudo isso, Bia descobre novamente que está grávida. Mas mal tem tempo para ficar feliz. Não sei o que aconteceu aí. Não sei se ela perdeu o bebê ou se abortou por pressão de Federico.

Vazio e tristeza
Curetagem no ginecologista – estranho, é um vazio maior do que os outros. Vazios – maiores que tudo!
E o desemprego do Federico... As produtoras que não mandam trabalho... Tudo tão difícil.

[09/05/1994]

Tenho medo da inexorabilidade de tudo que a gente vive. As dívidas, as curetagens... As dores... As perdas do que não foi tentado de fato. Só tentativas dribláveis. Isso quer dizer algo. Só sei dessa não maternidade, dessa ausência, e o Federico inaudível sobre esse assunto. Tão difícil!
Federico – Queria tanto ainda poder atingi-lo. Queria que entendesse! Queria que me pusesse no colo. Tão triste! Tão a fim de um colinho... O amo tanto!

[19/05/1994]

Quer casar comigo? Ai!
Resultado da reunião no Teatro Ziembinski – Não precisam de coreógrafa. Uns toques, meio em aberto. Uma

participação, uma ajuda... Sei lá. Mas sem contrato. Eles têm pouca grana. Um belo crédito de agradecimento e ponto.

Penso incessantemente sobre tudo. Me sinto exausta. Nem alongamento eu aguento muito. Dores – exame.

Noite – desequilibrio total, Federico ama, odeia... Ama mas não acredita em mim. Como não acredita?

"Quer casar". Amo e me assusto.

[02/05/1994]

É só que eu gosto dos seus olhos, do seu rosto. Queria um bebê com seu gosto! Eu queria e não, não posso querer. Por que não sou ou me sinto livre? Por que não me deixa livre?

Talvez fosse mais feliz. Pelo menos teria um bebê meu! Meu! Meu! Tô com seu gosto, seus traços...

[03/06/1994]

XX
A vida vai se esvaindo de mim

Não há registro possível fora de mim. Tudo acontece com uma dor tamanha.

[10/08/1994]

Em 1994, Bia começou a finalizar sua mudança da casa da Gávea. Ela e Arthur estavam separados, mas não oficializaram o divórcio – ambos deixaram a parte burocrática de lado. Mas como ainda existiam coisas de Bia na casa de Arthur, Federico, que morria de ciúmes de Arthur, fazia disso um eterno motivo de brigas com Bia. E minha filha sofria com a separação, além de tudo.

Arthur. Saudades. Achei tão bonito entrando pela casa sozinho... Mas não queria que tivesse tão tristinho, tá sozinho... Tão magoado. E eu conheço esse olhar desse moço, conheço essa ferida do seu coraçãozinho frágil. Tristeza.

[05/08/1994]

Mas, em outras áreas, Bia estava animada. Tinha retomado as aulas de dança e encontrava perspectivas em um trabalho como coreógrafa. Não teria sido o primeiro. Mas aquele a animou em especial. Infelizmente, a instabilidade de Federico não deixava que ela própria se equilibrasse emocionalmente.

Quatro horas de aula! E consegui dançar! Fazer a coreografia toda, inteira. Ser aprovada. Tudo anda. Me sinto tão capaz, muito mais segura – Brigas com Federico no Guimas, tudo difícil, mas cheio de amor e saudades.

[08/08/1994]

Não sei nem aonde ir... São 6h e o Federico diz que eu o perdi.

Não há registro possível fora de mim. Tudo acontece com uma dor tamanha.

[10/08/1994]

Tento me recuperar de tudo que se passa e penso em como seria se nos afastássemos. Eu ter filhos... Seus pensamentos redondos que não o levam a perceber o que eu preciso. E eu preciso. Me sinto vazia, sem forças, sem vida, sem futuro, mas muito apaixonada. Isso sempre dá esperanças...

[11/08/1994]

 Sinceramente, não sei se a passividade amorosa de Bia por esta época se devia apenas ao conturbado momento emocional pelo qual passava. Mas, sem dúvida, esse era um fator importante. Nós não a tínhamos preparado para enfrentar o lado mais duro da vida. Ela seguiu de peito aberto, acreditando sempre que o mundo a amaria tanto quanto nós a amávamos – e sofreu um grande baque ao se deparar com uma sucessão de fatos.

 Naquele momento, nem mesmo sua recuperação profissional – ela estava cursando a faculdade, conseguindo alguns trabalhos interessantes – era suficiente para lhe dar a segurança necessária para sair daquela relação. O fascínio dela por uma figura destrutiva como Federico mostra o nível da fragilidade de Bia, à época.

 Federico era viciado em heroína. Mas ele tinha uma relação com a droga que – ao menos à primeira vista – fazia crer que esta era menos perigosa do que de fato é. Embora o vício o mergulhasse em sucessivos estados emocionais, de alguma maneira ele conseguia preservar sua vida profissional. Ele era capaz de consumir heroína à noite, se levantar pela manhã e ir correr na praia até se sentir em condições para enfrentar o trabalho. Sem dúvida, um caso muito raro de resistência – e o fato de estar vivo até hoje o comprova. Poucos viciados em heroína tiveram a mesma sorte.

Não sei se foi isso que deu a Bia a ilusão de que a mesma coisa aconteceria com ela. Na verdade, não sei exatamente quando foi que ela começou a dividir a heroína com o namorado. Em determinado momento, seus textos começam a fazer menção a um misterioso elixir ou a sensações químicas novas. Mas, de início, nada indicava uma mudança brusca em seu comportamento.

> Isso é loucura. Tô panicando! Rola um funcionamento tão químico. Mas me bastaria se pudesse ser contínua essa felicidade.
> [06/07/1994]

> Fiz algo? Porra nenhuma.
> Os dias passam em mal estares... Deixo o elixir pra de noite, depois não tem mais porque tudo é muito complicado. Não sei como ajudá-lo. Não sei. Também me sinto fraca, quase sem possibilidade de recusas. É difícil para mim também.
> [26/07/1994]

> Acordamos cedo. Foi bom poder ir à praia antes de me ir. Fazer o quê? Ai! Que dor! Tenho dores. A vida vai se esvaindo de mim em methergins e elixires. Sem cartas. Apenas a vida. Não parece o bastante. Não parece bastar... Dormir. Um sono difuso. Confuso estar assim.
> [29/07/1994]

Em setembro, no entanto, há uma piora de seu quadro geral. Mas não falo apenas da saúde física. Federico tinha uma série de vínculos sólidos com a vida real. Uma filha doente, um trabalho que o mobilizava e lhe dava prazer, um nome profissional já constituído. Era tudo o que Bia não possuía.

Quem era ela aos 25 anos? Ainda uma menina cheia de sonhos e carências. Bia, por si, não tinha conseguido, ainda, construir vínculos com a vida adulta. Naquele momento, a única via que a ligaria ao mundo dos adultos seria a maternidade.

Não sou especialista em drogadição. Mas tudo o que vi nesses anos todos me leva a acreditar que as pessoas que sobreviveram às drogas – e para meu espanto não são poucas – foram aquelas que conseguiram manter vínculos gratificantes com a vida real. Não era o caso de Bia, uma jovem adulta eternamente enclausurada em seu mundo de pensamentos nem sempre compreendidos e aceitos.

> Desisti do trabalho. Não posso fazê-lo assim... Nesse estado. Não posso expor-nos a comentários maldosos agora. Não é hora.
>
> Peço substituição e substituem. Todo mundo é substituível para isso.
>
> [13/09/1994]

> Noite – caminha, tevê e catatonia. Totalmente inevitável a paralisação que sofro. Um bloqueio em algum lugar faz diferente a sinapse e responde sem nenhuma relação de causa e efeito com os comandos voluntários dados ao cérebro. Entre o químico e o psicológico confundem-se os motivos que determinam cada atitude. A variedade de comportamentos torna qualquer interpretação simplista e provisória. Tudo muda radicalmente num tempo de atividade que é impossível absorver mentalmente, ou elaborar a significação de cada momento na relação.
>
> [23/09/1994]

Qualquer que fosse a droga que Bia andava consumindo, em novembro ela decidiu que precisava parar para preparar seu corpo para a maternidade.

> Achei minha agenda – Devolveram depois de meses. Sem resumo possível!
> Tanta coisa se passou, muita coisa legal. Foram meses decisivos pra muita coisa. Ontem até jantei com Arthur, muita coisa diferente em mim. Recente essa depressão, começou de fato hoje – abstinência barra pesada. Tomara que seja só isso... Parece tão mais grave. Esse Globo Repórter sobre filhos e eu assim... Olhando o Federico e me sentindo tão só... O que não deu pra realizar com o Arthur e que agora fica assim...
> [11/11/1994]

Mas, infelizmente, Bia não parou com as drogas. Logo, ela e Federico começaram a planejar uma viagem a Nova York. Bia estava radiante.

> Dia todo com Federico depois do ensaio e compras – só prazer e projetos felizes... Tudo azul demais... Tudo veludo, roxo e tudo!
> [16/11/1994]

Ela estava feliz. No que dependia de seu discurso, tudo estava tão bem. Como sempre, demos de presente o dinheiro para que Bia fizesse uma viagem a Nova York. No entanto, poucos dias após a chegada deles à cidade, recebemos um telegrama urgente. Ela estava sem um tostão. Não tinha como comer, pagar hospedagem e nem mesmo como retornar. Isso não está nos diários. Mas é impossível esquecer.

À época, não existia, como hoje, a facilidade de envio de moeda entre países. Enviar dinheiro para o exterior exigia uma burocracia toda realizada por meio de formulários preenchidos a mão, guichês de banco e muitas, muitas horas de prazo entre transações bancárias. A solução foi pedir a um amigo que morava nos EUA que adiantasse o dinheiro enquanto transferíamos a quantia para ele pelos trâmites normais.

Mas o fato é que Bia tinha saído de casa com dinheiro suficiente. O que teria acontecido com a quantia que ela levara? A resposta era óbvia. Tinha sido torrado em drogas. Nada disso está no seu diário. O que só mostra o quanto Bia conseguia se manter alheia à vida real. Tudo o que lhe importa são seus sentimentos. Seu mundo continua restrito ao que ocorre entre um pensamento e uma emoção.

NY - Primeiro dia, mal essa chegada. Que desgaste! Que merda! O Federico teima em negar o quanto me machuca. Tô arrasada! Arrasada! Não ficamos juntos, não saímos juntos. Ele sumiu e eu aqui nesse hotel sozinha, esperando ele pra nem sei o quê. O que lhe dizer. Não quero! Não quero! O único presente que eu quero me dar ele vai dar pra Germana, é foda! É muita falta de sensibilidade! Não dá! Não posso permitir que me machuque assim. Já basta a cena por causa do nervosismo, agora isso não! Isso mexe com afeto, com ciúme, com consciência dos valores dele que me magoam, porra! Não tem o direito! Não tem! Tô tão triste e assustada! Não é amor isso! Não é! Não tem mais carinho por mim, delicadeza, pena... Nada! É mau! E eu odeio ele! Me sinto tão diminuída e magoada e desrespeitada. E ele não volta atrás, não desiste, não é capaz de cagar pra ela por mim. Por respeito ao meu ciúme, à minha insegurança e à minha dor. Merda!

Já não vai ser a mesma a viagem, passa todo o romantismo, passa a ingenuidade, a vontade de ser feliz e sincero, se dar pro outro, se abrir para o outro. Vou ficar cheia de defesas, que eu sei. Nenhum presente mais vai ser comprado com pureza por mim. Vou passar a calcular, coisa que eu nunca fiz! Nunca fui materialista, nunca dei valor a essas coisas, mas aos símbolos que elas carregam. Nunca liguei pra grana. Queria só delicadeza, atenção, demonstração de carinho, que às vezes tem a ver com precisar da generosidade do outro. Precisava... Agora... Vou indo... Desistindo de romantismo.

[01/12/1994]

Dúvidas cruéis sobre a validade da minha presença na viagem.

Problemas de expectativas. Um espera do outro a demonstração do desejo. Narcisos incorrigíveis em busca de confirmações de amor. – Lógico que brigas. Amorosas, às vezes pelas negações desse amor, quase reais de tão executadas com sentimentos momentaneamente autênticos que geram a fantasia de definitivos. Tudo muito assustador. Mas confirmativo do meu amor, que supera quase sem danos essas situações.

[06/12/1994]

Mamãe, gavetas... Hipocrisia, eu mentindo e fugindo, fugindo.

Me dando mal... Sempre! Agora foi azar demais, mal interpretada demais. E já não aguento mais explicar. Me explicar e não ser entendida. Ninguém entende? Tô sofrendo. Sofro muito.

[07/12/1994]

É um momento complicado de viver. Eu sinto tantas dores! Federico me faz sentir culpada de tudo, de estar doente, de amolecer... De tê-lo iludido. E eu me iludi tanto, a respeito de tudo e todos que me cercavam. – As relações difíceis, complicadas demais. Eu não sei separar, me afastar, dar tempo aos outros de recobrarem o desejo. Eu ainda não aprendi a esperar. Não sei e atropelo.

[08/12/1994]

A estadia em Nova York durou pouco mais de uma semana. Mas, mal pisou no Rio, Bia começou a falar em ir para a Itália com Federico para conhecer seus pais. Bia tomava essa viagem como uma prova do amor dele por ela.

VIAJO OU NÃO – HOJE SE SABE – EU VOU SABER sobre o Federico. Se quer me levar, se gosta de mim. O quanto acredita ou aposta na nossa relação. Me leva? Se eu tiver que ir, por minha conta... Até vou... Mas não vou mais na mesma. Não vai ser mais a mesma coisa.

[14/12/1994]

Fim de noite de doidão – Brigas inesquecíveis – situações irreparáveis e a certeza de digestão de qualquer coisa. Capacidade de superar mesmo as vivências mais apavorantes. Ressaca moral monstruosa, mas consciente da participação do outro.

[15/12/1994]

Com todos os problemas, iriam. As anotações dos dias anteriores à partida não falam de preparativos, de malas, nada concreto. Um único tema ocupa a mente de Bia: a maternidade.

Cada vez mais presente a necessidade de ter a própria sensação de vínculos tão profundos. Me incomoda cada vez mais a falta da vivência de uma experiência. O incomunicável e insuperável como nível de grandiosidade emocional. O único prazer que me traria segurança da dimensão do nosso amor hoje seria a disponibilidade dele de desejar minha fantasia de maternidade.

[17/12/1994]

Não sei onde vão parar essas brigas. Não sinto meu amor menor, mas sei que tudo vai se acabar e vai restar tão pouco de tudo que eu sonhei! Eu sonhei tanto... E podia ter dado certo, podia! Mas Federico só fala de "inveja da maternidade alheia, frustração maternal".

[22/12/1994]

Eu não tenho inveja de ninguém. Nunca quis ser mãe de ninguém que já existe. Queria só o meu bebê, queria que tivesse o seu rosto, o seu corpo, o cheiro... Precisava criá-lo e tê-lo meu. E desejo, desejo isso mais que tudo. O que me frustra é achar que é só meu o desejo. Essa é a única frustração. A do amor que eu queria que você tivesse por mim... Maior que tudo. Capaz de superar, de recriar, de mudar tudo e apostar nesse amor a ponto de fazer um bebê.

[23/12/1994]

Depois disso, só há mais um trecho de anotação no dia 26, quando o casal já está em Milão. Depois, segue-se um longo período quase sem textos.

Milão again

(...) Contagiante a minha felicidade. Amanhã iremos a Veneza. Depois desse réveillon, numa cidade de sonho, com as imagens dos filmes nas praças. Temos duas festas, mas andar na rua é o despertar da nossa vida, nosso amor recém-compartilhado e vivendo uma memória igual de felicidade. Ano novo, um ano de paz, amor, confiança, certeza de ter dado certo. Desde de manhã acordei abraçada por seus braços indescritivelmente capazes de me dar toda esperança, nenhum medo...

[26/12/1994]

XXI
"Amar-me é ter pena de mim"

Mesmo assim, tudo em mim é de uma princesa colada num álbum velho de uma criancinha que morreu sempre há muito tempo.

[sem data]

Não sei se antes da viagem à Itália Bia já andava consumindo heroína. Se estava, era em quantidades pequenas, suficientes para prejudicar sua vida profissional e acadêmica, mas aparentemente sua saúde ainda permanecia boa.

Mas, na volta desta viagem, tudo mudou. Foram morar juntos. E não sei exatamente como eram seus dias. Os poucos textos que produziu se referem à heroína. Nenhum outro tema a mobilizava. Nunca mais falou em engravidar, ou se queixou do comportamento de Federico. Abandonou a faculdade sem nem mesmo nos comunicar. Pelo contrário, continuou a pegar a "mensalidade" todo mês conosco.

Até então, mesmo em seus períodos mais difíceis no que se refere às drogas e ao álcool, Bia jamais tinha abandonado a família. Estava sempre lá em casa ou telefonava, mantinha contato por carta com os parentes e amigos de João Pessoa – principalmente com Lucinha.

Agora, em vez de seus diários angustiados, esfuziantes ou – o mais comum – com os dois sentimentos misturados, quando raramente escrevia era para descrever suas sensações com relação à heroína. Como neste texto aqui, onde ela copia longos trechos de Fernando Pessoa e os comenta.

Um dos prazeres do entorpecimento da heroína é usar a sensibilidade apurada para ler Fernando

Pessoa descrevendo seu vício, é como se me sentisse mais próxima de uma pessoa alma atormentada por/adoecida de uma doença consciente, declarada de uma forma corajosa, mais do que compadecida ou amargurada. E essa, a vontade de beleza, é cumprida pelo talento, me transferindo de personagem, superar a miséria da dor e do sofrimento e me afastar da mediocridade e da imagem do sofrimento bagaceiro e vulgar de todo *junkie* sem alma ou capacidade de emoções "puras" e admiráveis. Assim minha vida ainda inútil e absurda, livre de uma exibição num programa de auditório popularesco, comandado por claque pra rir ou chorar.

Mas ainda assim não seria eu.

(...)

Talvez seja ainda mais prazeroso ler Fernando Pessoa descrevendo em suas poesias a sua condição de viciado quando estou sob efeito da mesma droga que ele. Não como eu sempre afirmei a mim mesma, que seria pelo apuramento da sensibilidade provocado pelo ópio; mas pela ideia de identificação com alguém que o vício não vulgarizou a existência, não o tornou sem expressão própria e, ao contrário da maior parte dos viciados – que a doença fez com que perdesse a vontade de beleza –, nele era uma fonte de inspiração que não se perdeu na dor.

(...)

Minha imagem tal qual eu via nos espelhos era como a de uma alma penada assombrando meu corpo que, compadecido e triste, a carregava no colo. Eu só podia ser. Eu não podia ser senão curva e débil, mesmo nos meus pensamentos.

Mesmo assim, tudo em mim é de uma princesa colada num álbum velho de uma criancinha que morreu sempre há muito tempo.

"Amar-me é ter pena de mim. Mas um dia, lá pro fim do futuro, alguém escreverá sobre mim um poema, e talvez, só então, eu comece a reinar no meu reino.

Deus é existirmos e isso não ser tudo".

[sem data]

Sim, Bia se repete. Escreve a mesma coisa várias vezes, tentando dar mais exatidão às suas palavras. Ela gosta das imagens que encontra, acredita que Fernando Pessoa pode ajudá-la a justificar a heroína e gira em torno de si em busca dos melhores argumentos.

Mas a única outra tentativa de texto produzida à época já não revelou a mesma busca pela exatidão.

Atividades de buscas:

De viagens, busca de conhecer comidas, bebidas, substâncias químicas* com sabores e efeitos (*manipuladas ou ainda em suas essências primitivas de plantas tipo: Daime, lírio, coca, papoula... rsrsrsrs!...)

com técnicas para experiências de métodos de incorporar a psicanálise freudiana, conceitos de Lacan, Jung, Laplanche: teóricos que acrescentam em suas obras mais elucidações das interpretações da psique. Chega-se a tentar lidar com as teorias da sensorialidade das tessituras da Lygia Clark, fundamentadas em Reich. Ou mesmo técnicas lindas das religiões orientais, como massagens tântricas, meditações budistas, reuniões em grupos de dança e entoação de cânticos, mantras... Ioga com respiração orientada, do-in,

[aqui o texto é interrompido e depois prossegue]

com pais e mães de santo, jogo de búzios, cartas e guias, astrólogos, tarot, estudo de óvnis, *quelque chose*, bossa wave... rsrsrs...) pra anestesiar ou produzir um flash de prazer que misture uma alucinação na memória como realidade paralela para evitar a sensação de perda inteira, de encarar os medos todos do fracasso das alegrias esperançosas, e essa dor INSUPERÁVEL não se tornar INSUPORTÁVEL!

E isso é tudo. A Bia que costumava colocar sua alma no papel todos os dias, até mesmo como tentativa de se organizar, tinha sido sequestrada. Em seu lugar, entrou uma criatura magérrima, que mal nos procurava, a não ser para pedir dinheiro.

Nunca fui uma mãe invasiva. Nunca fui à casa de meus filhos sem ser convidada ou sem ter combinado previamente por telefone. Mas a mudança de Bia me fez mudar de comportamento.

Ela não telefonava e nem atendia o telefone. Eu enchia uma sacola com quentinhas e batia à porta. Insistia. Apertava a campainha sem pensar na vizinhança. Finalmente, ela abria a porta e voltava a se jogar no sofá, completamente inerte. Eu tinha que obrigá-la a comer. E se Federico estivesse em casa, ainda precisava sustentar seu olhar – que era puro desprezo.

Me chocava especialmente o tipo de gente que sempre encontrava circulando por lá. Eu já estava mais do que acostumada aos amigos de Ricardo e Bia, uma gente barulhenta e excitada, às vezes até briguenta. Mas as pessoas que agora frequentavam a casa de minha filha eram apáticas, sujas, magras, com os olhos sempre baços, sempre parecendo estarem olhando para algum lugar fora da realidade. Ninguém discutia política, ou arte, ou psicanálise, nem mesmo a vida do vizinho ou a novela das oito. Nada parecia interessar àquela gente.

Um dia, cheguei lá e o banheiro estava todo sujo de sangue: no chão, pelas paredes, por tudo quanto é canto. Perguntei a Bia o que tinha acontecido. Ela respondeu vagamente que Federico tinha tido uma briga com um "hóspede". Só mais tarde vim a saber que o hóspede era alguém que trazia drogas para eles.

Bia se encontrava arriada em seu sofá. Depois de tentar fazer com que ela comesse alguma coisa, insisti, mais uma vez, que ela aceitasse tratamento. Mais uma vez, ela recusou. Embora não dissesse nada, eu sabia que ela dependia tanto da heroína quanto do amor de Federico. Não queria abrir mão de nenhum dos dois.

É nessas horas que o grupo de ajuda que frequentávamos aconselha você a se afastar. A não dar dinheiro. A não sustentar a situação que permite que seu filho continue a se drogar. E eu pergunto: você deixaria sua filha sozinha numa hora dessas? Eu não consegui.

E acredito, ainda hoje, que se a tivesse abandonado ela teria morrido não aos 44 anos, mas aos 26.

Não lembro de quantas ocasiões semelhantes presenciei até conseguir convencer Bia a se tratar seriamente.

Só conseguimos em 1997, quase dois anos mais tarde. Dois anos de heroína, sem parar. Disso, ninguém jamais se recupera completamente.

XXII

O que é que Deus tem a ver com isso?

Mas depois, depois das marcas, depois dos perdões...
O primeiro desejo proibido, a primeira insatisfação...
Como lidar? Como não ser igual nas soluções?

[sem data, possivelmente 1997]

A grande maioria dos tratamentos de recuperação de viciados em drogas traz, de uma forma ou de outra, elementos do programa dos Doze Passos.

O programa foi criado pelos norte-americanos Bill W. e Dr. Bob em 1935, e inicialmente destinava-se apenas a alcóolicos. Na realidade, o programa dos Doze Passos foi elaborado a partir de um outro, de apenas seis passos, criado pelo missionário cristão Frank Buchman, que tinha mais relação com a orientação divina para a superação de angústias do que com o tratamento de vícios.

Este pode ser um dos motivos pelos quais, na própria página oficial do Narcóticos Anônimos do Brasil, Deus é tão citado entre os doze passos.

1º. Admitimos que éramos impotentes perante a nossa adição, que nossas vidas tinham se tornado incontroláveis.
2º. Viemos a acreditar que um Poder maior do que nós poderia devolver-nos à sanidade.
3º. Decidimos entregar nossa vontade e nossas vidas aos cuidados de Deus, da maneira como nós o compreendíamos.
4º. Fizemos um profundo e destemido inventário moral de nós mesmos.
5º. Admitimos a Deus, a nós mesmos e a outro ser humano a natureza exata das nossas falhas.
6º. Prontificamo-nos inteiramente a deixar que Deus removesse todos esses defeitos de caráter.
7º. Humildemente pedimos a Ele que removesse nossos defeitos.
8º. Fizemos uma lista de todas as pessoas que tínhamos prejudicado, e dispusemo-nos a fazer reparações a todas elas.
9º. Fizemos reparações diretas a tais pessoas, sempre que possível, exceto quando fazê-lo pudesse prejudicá-las ou a outras.

10º. Continuamos fazendo o inventário pessoal e, quando estávamos errados, nós o admitíamos prontamente.
11º. Procuramos, através de prece e meditação, melhorar nosso contato consciente com Deus, da maneira como nós O compreendíamos, rogando apenas o conhecimento da Sua vontade em relação a nós, e o poder de realizar essa vontade.
12º. Tendo experimentado um despertar espiritual, como resultado destes passos, procuramos levar esta mensagem a outros adictos e praticar estes princípios em todas as nossas atividades.

Os poucos textos produzidos por Bia ao longo de suas muitas internações e tratamentos entre 1997 e 2001 são todos referentes aos passos 4, 8 e 9. Nenhum deles traz a data.

> Com medo, muito medo. Das esperanças da mamãe, das minhas... Medo de ficar só!
> Não creio em mim, nunca acreditei. Vivi como atriz uma vida egoísta e narcisa. Usei meu talento em criar textos... Discursos que justificaram tudo que eu queria das pessoas. Usei todas as pessoas, todos os amigos sinceros, provando um único talento real, o de mentir, inventar e enganar. Enganei bem, vendi uma imagem que durou o que podia durar... Depois, que é agora, acho que continuo os enganos. Esse meu ser sem salvação... Eu creio nisso até onde?
> Crer em mim? Por quê? Se eu não conseguir provar ser capaz? Vou ser humilde? Vou me perdoar, me aceitar? Me mostrar sem firulas, alguém cheio de dificuldades, de problemas... Insegura, sem nenhuma genialidade... Hoje fica tudo muito claro, a dor, o vazio, o arrependimento, a culpa... Enquanto estiver pagando o preço por tudo eu sei os motivos. As marcas no corpo, indisfarçáveis! Mas depois, depois das marcas, depois dos perdões... O primeiro desejo

proibido, a primeira insatisfação... Como lidar? Como não ser igual nas soluções?

O que vai me deter quando estiver me sentindo protegida de novo? Recomposta, refeita, com a imagem intacta, limpa mais uma vez, vida nova... Ai talvez seja mãe. Já pensou, mãe? De uma menina! Passar a limpo a vida... Dar-lhe todas as sinalizações, os códigos que indicam as ciladas... As repetições dos erros... Mesmo que saiba o quanto nada disso vai salvar-lhe de correr os mesmos riscos. Há sempre novas chances de reconstrução, de felicidade... E ela vai ter sempre essa noção. A confiança absoluta na sua mãe, a compreensão incondicional, mesmo no incompreensível. E eu sei que só entre mãe e filha, ou avó, esse contato pode ser o suficiente para criar uma relação de elos: que tornam pra sempre identificáveis esse suprassumo, extrato da essência da personalidade de um ser que se viu crescer, que se construiu junto; irremediavelmente eternos.

Preciso fazer isso, dar a alguém o que recebi de mais precioso da vida. Essa relação que me sustenta me torna esperançosa de, através dela, reconhecer em mim mesma algo que eu já não sou capaz de ver...

(...)

Mãe,
Sabe, eu pensei muito no que você me disse.

E agora me sinto culpada, usada, largada. Uma boneca inflável.

Sei lá o que aconteceu, ele era um cara atraente, inteligente, comunista, me fascinou, me pegou de surpresa. Eu me senti apaixonada, sei que é sem passado, sem futuro, que não devia ter ocorrido, mas aconteceu.

Não quero que se repita desse jeito, mas não me culpo. Sou uma menina, despreparada, metida a adulta, mas eu queria que você soubesse que não consigo, apesar de querer, me arrepender, pois aprendi, cresci, vivi.

Sei que nunca mais você vai poder me ver como a filhinha de sempre, mas não mudei em nada, sou a mesma.

Não queria te decepcionar

Desculpe,

Bia

TE AMO

(...)

Tem horas, pai, que eu acho que eu vou morrer frustrada porque eu nunca vou conseguir concretizar nas minhas relações o amor que eu tenho pelas pessoas. Tem horas que eu acho que eu nasci pra amar porque eu amo tanto! Mas nessas mesmas horas me sinto tão medíocre de passar tão pouco do amor que sinto. Queria te dar num beijo só, como na mamãe, no Dudu, no Rico, todo meu amor, carinho, atenção, paixão, energia, calor, compreensão, amizade, solidariedade, colo, firmeza, eu, tudo em close. Mas sabe? Um dia a gente vai conseguir focalizar tudo numa mesa de bar, num amor só. Isso pra mim é família. Amo vocês!

Bia

> "Pudesse eu comer chocolate com
> a mesma verdade com que comes..."
> Fernando Pessoa

XXIII
"É antes do ópio que minha alma é doente"

> Não! Não era antes do ópio que minh'alma era doente. Lembro dos prazeres coloridos das atividades, de relações, de viajar, praia... Amor... Amigos, risadas naturais. Lembro de um tempo são. Não vem da minha infância a dor, vem dessa falta que eu criei. Desse prazer que eu inventei pra sei lá. É tão difícil e complicado tudo. Depois de despertada essa anestesia é difícil não sucumbir à tentação de viver por só hoje...
>
> [28/02/2001]

Bia só voltou a escrever com regularidade em 2001. Quando estava muito mal ela abandonava seus diários. Desde 1997, lutávamos pela sua reabilitação. Muitas vezes temi que não resistisse. Magérrima, apática, passou por diversas clínicas, diversos médicos, diversos tratamentos. Superar a dependência nunca é fácil. Mas a da heroína é apavorante. A impressão é que jamais nos livraremos daquilo.

As crises de abstinência são tão graves, tão dolorosas, que exigem internação e – posteriormente – um controle rigoroso. E Bia tinha mergulhado na heroína de corpo e alma. Arrancá-la dali era um desafio.

Em 2001, ela já pesava 46 quilos. Era uma vitória. Estava muito magra, mas o perigo de morrer em consequência de inanição severa já tinha sido afastado. Ainda tomava muitos remédios, bebia e fumava maconha. Tentava voltar a trabalhar, estudar e resgatar amizades. Mas ela se sentia testada o tempo todo. E não era uma falsa sensação. De fato, todos os olhos estavam fixados nela.

> (...) festa da Marília na Atlântica. Dei meio vexame, escorreguei... Muito doida. A festa foi um desastre. Eu fui sem temores e não era isso. Era um teste. Talvez mais. Era uma chance, uma tentativa de me assustar. Mas ficou nisso. Eu me comportei como

uma amadora e errei tudo. Fui desarmada e detonada. Não era esse o convite.

[01/01/2001]

Não lembro. Mas foi *to be continued*, tudo. Acusações, ameaças, sem retornos. Nenhuma proteção possível. Período negro. Todos de acordo sobre mim. Susto geral. A semana foi um blefe. Eu apostando na mágica e eles esperando uma reação. Foi terrível! Nem todo dia é bom!

[10/01/2001]

Não fiz nada. Fiquei em casa. Depressão. Doente mesmo. Ouvindo os desaforos do papai, que não se convence de que eu estou doente. Me acusa, o clima é pesado, com Rico também. Tudo errado. Tem dado tudo errado comigo. E eu não sei sair disso. Ouço mamãe, mas não creio que ela entenda de fato, ou saiba como fazer funcionar.

[02/03/2001]

Acordei com disposição pra acordar depois de amanhã. Verdadeiramente descansada, mas não consigo descansar. Uso química pra acordar, dormir de novo. E dormir de novo. E conquistar o mundo depois de amanhã.

[05/03/2001]

Depois de amanhã. Esse parecia ter se tornado o lema de Bia.

Conheceu pessoas novas no NA – que estava começando a frequentar. E Gabriela, sua melhor amiga, havia retornado de um longo período no exterior com a filha, Júlia, que era afilhada de Bia.

Júlia estava então com doze anos. Reencontrá-la – e a Gabriela – foi uma das motivações para tirar Bia da letargia na qual se encontrava.

O começo do ano também lhe trouxe outra motivação: estava grávida. O tratamento para o vício em heroína parecia ter sido bem-sucedido, mas maconha e bebida ainda eram consumidas sem nenhuma parcimônia. Pelo que posso depreender dos diários, seu namorado à época, Paulo, cobrava que ela se mantivesse limpa caso desejasse mesmo levar a termo a gravidez.

> Piscina, Red Bull e sono
> Ainda grávida, sozinha eu consigo tornar tudo viável. Mesmo com tantas tonterias. Me levo a sério, viro alguém capaz e completo. Hoje eu podia determinar muitas soluções, só minhas e suficientes.
> [21/01/2001]

> Deus, me explica essa noite
> Um dia feliz, praia, roupinha de bebê, crianças, mães normais. Aí... Sei lá, não sei nem do que foi falado no telefone com Paulo. Só lembro a crítica da voz. Só uma voz que fala sem mim – cadê eu? Passei no Jorge no final da noite. Só pra piorar.
> Passei o dia sentindo que talvez ficasse menos só com esse bebê com cara e cores do Paulo. Querendo tanto esse bebê. Como pode querer tanto e pisar na bola... Assim... À toa.
> [23/01/2001]

> Paulo tava na praia. Dois beijinhos e depois esse telefonema absurdo.
> Não creio mais nele. Tô perdendo meu bebê. Perdi você, minha lôra.
> Ai! Criei problemas maiores que os necessários. Deus, que merda!
> [27/01/2001]

Eu estruturo minha vida a partir do outro. Por isso o perco. Os saudáveis. Ganho algumas neuroses administráveis, lindos casamentos, mas com fim. Nada pode ser tão intenso e infinito. Talvez seja o lado saudável do Paulo que o salvou de mim. Podia tê-lo enredado numa transa que nem eu seria capaz de conter ou consertar. Mas ele é sábio, fantasioso e desconfiado. Desconfiou de mim pelos motivos errados, mas não apostou. Perdi.

[janeiro/2001]

Mais uma vez, Bia não conseguiu tomar os cuidados mínimos para levar a gravidez a termo. Mesmo querendo tanto. Já fazia tempo que as drogas representavam uma vontade maior do que a sua.

O fato é que tudo era muito difícil. O estrago emocional feito pela heroína havia sido imenso. Bia tinha surtos de agressividade, de desespero. Ainda dependia demais de medicação para se manter minimamente estável. E lutava contra uma depressão insidiosa, que parecia mais forte do que todos nós.

Tristeza não tem fim... Sinto quando faço merda. E ainda faço... Pra sempre. Onde eu estou? Como encontrar culpados? Estou tão só! Tão confusa! Queria morrer e também não consigo. Só!

Fomos jantar no japonês. Mais confusão! E Gabi e Júlia e Paulo com Joca e meus pais. Minha mãe. Minha eterna e agora cruel... Mãe.

[15/02/2001]

Claro, sobrou para mim. Aos olhos de Bia, sou cruel. Cruel por cobrar que ela frequente a faculdade particular que eu pago. Cruel por lembrá-la de que não é mais criança. Que se quiser ter um bebê, não pode beber e nem usar drogas. Que precisa construir uma vida produtiva. Que não pode acreditar que vou sempre pagar as faturas das dívidas subjetivas e objetivas que ela vai contraindo ao longo da vida.

E é verdade que 2001 foi um ano desesperador. Mais um – porque não se pode dizer que os anteriores tenham sido leves. Só muito mais tarde fiquei sabendo que Bia tinha adotado um plano de desintoxicação particular. Transformou Ricardo em seu "fiel depositário" de doses progressivamente reduzidas de heroína. Por sorte – e talvez por ter visto pelos próprios olhos o efeito devastador que essa droga produziu na irmã –, ele não se sentiu tentado a mergulhar em mais um abismo químico.

Mas a relação que os dois estabeleceram a partir daí ganhou um elemento até então inexistente. Como era Ricardo quem guardava a heroína de Bia, isso dava a ele um poder inédito sobre ela.

O resultado não tardou a aparecer. Os dois, que sempre tinham sido solidários, começaram a brigar. Muito. Eu não compreendia o que estava acontecendo. De uma hora para outra, a casa desabava em pesadas trocas de acusações.

> Dia duro. Depressão. Rico vai mal
> E ele faz tudo parecer que fui eu. Não sinto culpa, mas tenho medo. Muito, muito medo! Leio Fernando Pessoa, *O eu profundo e os outros eus*. Que importa isso a mim? Se eu pensasse nessas coisas, deixaria de ver... Rico sumiu com minhas coisas.

Hoje, tudo fica claro. Mas à época nem eu e nem Zé Mario conseguíamos compreender como aqueles dois tinham começado a brigar tanto. Ricardo parecia muito mais fora de controle do que Bia. Estava naquela fase do vício em que a pessoa é capaz de roubar para comprar drogas. E ele roubava. Coisas de Bia inclusive. Ela se revoltava – e estava em um período de pouquíssimo controle emocional. O resultado eram brigas homéricas – que só não descambavam para cenas mais violentas porque Zé Mario – embora tão impotente quanto eu para barrar o caminho do vício – ainda tinha alguma autoridade moral sobre os dois e evitava que chegassem às vias de fato.

XXIV

Pobre de mim que acreditei em mim

Como se pudesse recuperar-me. Não posso. Desisto e tenho que contar isso a mamãe, logo. Não contar é me permitir fazer de novo. Sei que posso. Sei que sou capaz. Mas é difícil dizer-lhe isso. Não pretendia desiludi-la tanto.

[15/03/2001]

Com tudo isso, eu precisava trabalhar. E trabalhava. À época exercia uma função na Diretoria de Assuntos Previdenciários de uma grande empresa estatal e acabara de ser reeleita para o Conselho. Não era um cargo burocrático, pelo contrário. Exigia empenho, capacidade de luta e habilidade para negociações delicadas. Era ali que eu recompunha minhas energias. O mundo do trabalho era onde eu conhecia o poder de cada ação. Por mais complexas que fossem as forças em jogo, eu as compreendia. Sabia fazer com que marchassem.

No entanto, mal eu chegava em casa, parecia que todo o gás desaparecia. A apatia de Ricardo e de Bia era quase contagiosa.

Mamãe continua sem esperanças, não consegue crer em nada. Queria que conseguisse. Precisava vê-la mais feliz. É tão doloroso vê-la chorosa, suspirante, angustiada. Em casa, como se pudesse tomar conta de mim... Cuidar de mim.

[18/02/2001]

Dia em casa, em *day off*, calmantes, becks e telefonemas.

Os telefonemas foram inúteis, fiquei de molhinho, com mamãe a cuidar-me. Como pode. Seus bifes... Salvadores... E eu aqui tão deprimida. É bom saber que o Batista [psiquiatra] salvou mais gente.

Tenho que reconhecer que seu sistema funciona. Três meses. Não mais.

[27/02/2001]

Bia nunca tinha me dito que só havia se comprometido com o tratamento por três meses. Para mim, havia um processo de recuperação em curso. Mas, como mostra um texto seu de março, ela estava apenas dando uma trégua a si mesma.

Passou. Foi uma merda, mas passou. Fiz a vida. Mamãe, um tumulto. Mas não dei bandeira. Ela crê de alguma forma em mim. Só ela. Ninguém ligou. Estou só. Isso me dá medo. Nunca fiquei de fato só. E agora. Logo agora...

[03/03/2001]

Chapação, cama, arrependimento e angústia.

Gabi – preciso de ajuda. Bem cedo, cansada, com sono e culpa. Tudo muito confuso. Tenho medo de um dia a mamãe acordar e descobrir que eu não sou quem ela tentou fazer de mim. Tenho medo porque ela não vai gostar do que fez. Ou melhor, o que eu fiz de mim com a liberdade que ela me deu. Confiança incondicional. E eu...

[12/03/2001]

Dia morto, deprimente, sem coragem...

Mamãe ainda tentou me acordar... Ainda lhe restam esperanças... Tadinha, tenho tanta culpa! Tanta! Que tenho medo do dia em que ela não tenha mais esse restinho... Ai, quem vou ser eu? Ah! Pobre de mim que acreditei em mim.

[14/03/2001]

Como se pudesse recuperar-me. Não posso. Desisto e tenho que contar isso a mamãe, logo. Não contar é me permitir fazer de novo. Sei que posso. Sei que sou capaz. Mas é difícil dizer-lhe isso. Não pretendia desiludi-la tanto. Não quis desiludir ninguém. O problema é que fui sendo flagrada, pouco a pouco. Nada do que posso fazer deixa que não termine por delatar-me, e correr pra montar os cacos que ficam das relações. Lucinha dizia isso. Ela já sabia de tudo sobre mim. "A energia que eu gasto colando cacos seria redirecionada."

[15/03/2001]

Mais uma vez, ela entra na ciranda de culpa e apatia que me desespera. Mas logo percebo que voltou a se drogar pesadamente. Impossível ignorar. Um traficante leva a droga para ela que, evidentemente, não tem como pagar. À noite, quando chego em casa, recebo a notícia. Bia está novamente devendo à boca. E sinto que um torniquete volta a se apertar lentamente em torno de mim.

Tampinha passou aqui. Graças a Deus. Salvou.
Esse sofrimento todo de se esconder. Vários esconderijos... E o mundo por cair se algo for descoberto. "Lembre-se que é sua mãe, não vai ter que enfrentar o inimigo. Seja mulher, aguente as consequências, mas fale. Fale com ela pra esse trabalho andar. Pra gente poder conversar como duas mulheres que acordam." – Esperei chegar a conta. Fui um rato! E agora assim, flagrada, fico desbundada com a generosidade do seu amor. Mas sei no fundo que isso é grave na nossa relação, machuca.

[23/03/2001]

Autoenganos contínuos até... Quando?

Gabi – Não chegou. O dia à toa. Esperando mamãe, que chega com os remédios e sua expressão de dúvida. E eu de culpa. Estou vegetando ao invés de me tratar. Tá certo um tempo de internação, mas eu tô deixando esse tempo muito solto e sem sentido. Não me recupero. Nem me trato. Me engano. E agora cada vez mais eu vejo que é só a mim.

[26/03/2001]

Recuperar minha mãe pra mim. Dar-lhe esperança... Não fiz nada que tranquilizasse minha mãe. Pelo contrário. Só problemas... Dinheiro, desesperança e preocupação comigo. Comportamental, ela quer uma mudança comportamental.

[28/03/2001]

Aniversário da minha tia, não fui. Não quis, não fui à reunião, gastei 45 reais e não funcionou como devia. Troquei de remédios, amanhã vai começar tudo de novo. Eu espero. Eu preciso. Conversei tudo com a Juliana, e a ideia de ser voluntária. Dar aulas para crianças sobre cinema, me interessou. Isso é comportamental. Espero que mamãe também ache. Tá zangada. Zangada mesmo. E eu me arrisco à toa.

[29/03/2001]

Remédios! Mamãe e Daise.

Mamãe, parece que é castigo. Não podia ser pior... Ela entendeu tudo e foi só triste, sem interesse mais. E é assim que vai sendo cada vez, o avião que eu não piloto atropela a todos, o pesadelo é real...

[06/04/2001]

E os dias vão se passando assim. Bia toma os remédios, consegue se manter sem drogas por dois ou três dias e depois tem nova recaída. Ricardo nem mesmo disfarça. Não consigo ver saída. Como só vim a saber mais tarde, Ricardo estava entrando no crack. Tornou-se mais louco, mais agressivo, mais imprevisível. A cada dia é mais difícil chegar em casa depois do trabalho. Sinto-me tão cansada. Parece que nada pode piorar.

Mas piora. Bia começa a ter surtos. Em março de 2002, Lucinha veio ao Rio para um seminário de psicanálise. Bia resolveu que queria vê-la a todo custo, mesmo sabendo que ela passaria o dia no evento.

Sem avisar a ninguém, foi para o hotel onde julgou que Lucinha estaria. Era o hotel errado. Fez um escândalo. Achou que minha sobrinha a estava evitando. Depois, não sei como, conseguiu o endereço correto e rumou para lá. Invadiu o hotel, interrompeu o seminário, fez o diabo. Fomos chamados às pressas. Tivemos que interná-la. Mais tarde, Lucinha diria: "A heroína acabou com ela. A pessoa que eu vi não era mais Bia".

Engano dela. Era exatamente Bia – em surto. Fora de controle, como viria a estar tantas vezes nos meses seguintes. Saiu da internação três dias depois, revoltada com o que considerou uma injustiça minha.

Aprontei

Mamãe me abandonou. Sozinha, sem identidade, nem direitos, sob tortura. Noite de horror.

[23/03/2002]

Dia de horror. Nilo veio, mas não deu alta. Quase morri, sabe aquelas mortes por desmoralização não de adicto, mas de alguém injustiçado? E se me enforcassem? Com a entrada por tentativa de suicidio todos acreditariam.

[24/03/2002]

Sai da internação. Nilo liberou só hoje. Só hoje. Tantos sentimentos confusos, doídos, amores e culpa, abandono da minha mãe. Ô! Mar é mãe, mares não marés e eu tô nessa onda horrorosa de remoer raiva e rancor... Com dor!

[25/03/2002]

Mais ou menos pela mesma época, ela deixa de ir ao NA. No ano anterior, ela havia escrito:

terça-feira
Não acordei. Decretei doença. Pijama.
Casa, escondida. Ouvindo tudo o que eu fiz domingo. Tá tudo muito duro. E ainda não saber do Paulo. Não lembro, mas deve ter sido grave pra ele sumir assim, não atender o interfone... Nossa!

quarta-feira
Mal mesmo, abstinência de remédio, até mamãe me dar Seroquel – dia mal!
Noite horrível. Tentando rezar... Pensava em quem tem fé. Tia Bernadete, sei lá. Eu não creio, bato na porta como se esperasse uma resposta. Não sei se há resposta. Eu não sei ir além do imediato. A resposta clara. De socorro... De ajuda... Mas rezo, repetindo como um mantra até fazer

sentido. A melhor forma de esperar, acreditando em mágica. Confiando nos efeitos dos remédios. Meio desiludida com a química. Efeito colateral de Neuleptil. Maconha. Vontade de dormir... Frio...

quinta-feira
    AA 12:30hs – Muito bom... Até reunião à noite. NA Família Doriana, propaganda de margarina – é essa a linha do tempo de recuperação. Progressiva a melhora, tudo se encaminha para um *happy end* no NA. Tudo que eu não creio. Não há a consciência das perdas, não há angústias que perturbem. Só adequação e resignação total. Em todos os níveis. Até a Adriana me incomoda com essa serenidade absoluta, essa confiança irrestrita no destino...

Recentemente uma amiga que Bia fez no NA (com quem manteve relacionamento até a morte) me contou o que houve. De acordo com ela, Bia oscilava entre se envolver sinceramente e rejeitar as reuniões.

Muitas vezes, pedia a palavra para defender as drogas. Dizia que drogas eram boas e que ela não pretendia parar. Só precisava dar um tempo para reorganizar a vida. Arrumar um jeito de continuar se drogando sem prejudicar tanto sua vida pessoal e profissional. Várias pessoas a detestavam por isso.

O clima tenso se agravou no dia em que ela entrou no salão com uma lata de cerveja na mão e fez um longo discurso a favor dos estados alterados de consciência. Foi irônica com os que a criticaram. O tempo fechou. Pediram que ela não mais retornasse ali – o que ela, de fato, fez.

Sem o NA para confrontá-la, voltou suas baterias contra mim.

Acordei com mamãe me dizendo coisas loucas, péssimas. Péssimas! Ligo pros desejos. Nada funciona! Paulo me dispensa sem gentileza, assim como Federico. Gabi nada, Titi, Cris, Adriana... Não acho nada nem ninguém, meu companheiro é um espelho. E eu... Queria tanto ser feliz!

XXV

Não chame o síndico

"Não me escondam suas crianças nem me chame o síndico, não me chame a policia não! Não me chame o hospício. Eu não posso causar mal nenhum, a não ser a mim mesma, a não ser a mim." Mãe, nem a mim. Me deixe mostrar que eu mudei e sei discernir o mal do bem (...). Me deixa tentar mais uma vez.

[sem data]

Em junho de 2002, Zé Mario teve uma diverticulite. Precisou ser internado para fazer uma cirurgia. A princípio, tudo correu bem. Mas, subitamente, o estado dele se agravou.

Em uma semana, ele estava bem. Na semana seguinte, estava morto.

Fiquei em estado de choque – o que, no meu caso, queria dizer: tomar todas as providências necessárias para que o cotidiano continuasse funcionando.

Em casa, no entanto, a situação rapidamente rumou para o completo caos. Até então, havia certa divisão de papéis. Zé Mario era mais rígido. Eu tentava costurar acordos, compromissos. Com a morte dele, senti-me impotente para deter o descontrole de Bia e Ricardo.

Desde o ano anterior, nossos dois filhos vinham brigando muito. Mas agora a relação deles beirava o caos. Ricardo, quando não estava letárgico, ficava furioso. Precisava de dinheiro para comprar suas drogas. Ameaçava se jogar pela janela, chegava a se pendurar no lado de fora – e acredito que teria mesmo se jogado, tamanho era o desespero que a abstinência provocava. Bia fazia a mesma coisa. A qualquer recusa, começava a se cortar, completamente descontrolada.

Certo dia, Bia levou para nossa casa uma pessoa que tinha conhecido no NA: Joffre. Apresentou-me a ele como sendo seu novo amor. Como Bia não escreveu por esta época, mas Ricardo tentava fazer seus próprios registros por escrito, pego alguns trechos da agenda dele, de 2002.

Nossa, se o dia fosse pior já seria motivo de suicídio. Acordo com minha irmã bêbada, que pirou para cima de mim sobre os meus comentários a respeito da "nova" organização da casa. Alguns fatos são gritantes. Quem é verdadeiramente esta figura, JOFFRE?

- *de onde vem*
- *onde mora*
- *propostas de vida*
- *capacidade de deixar minha irmã feliz (drogado ou não)*

Havia ainda um agravante. O apartamento onde sempre tínhamos morado, em Ipanema, estava em obras. Neste período, nos mudamos para Laranjeiras. Ou seja, saímos de um prédio onde os vizinhos já estavam acostumados com os escândalos protagonizados por Ricardo e Bia – e, como os tinham visto crescer, bem ou mal eram solidários.

Em Laranjeiras, o clima era outro. Ninguém nos conhecia. De uma hora para outra, o prédio se viu sacudido por gritarias no meio da madrugada, pessoas de aspecto suspeito entrando e saindo a qualquer hora, polícia batendo na portaria.

A tolerância da vizinhança às mudanças foi zero. Por qualquer motivo chamavam a patrulha. Em uma dessas ocasiões, Ricardo desceu. Quando subiu, abriu a camisa e me mostrou o peito todo queimado por pontas de cigarro. Tinha levado uma "lição" dos policiais. Eu não tinha nenhuma dúvida de que, se continuássemos naquele rumo, meus dois filhos estariam ou presos ou mortos em um espaço de tempo muito breve.

Por essa época, eu andava frequentando seriamente um grupo de ajuda. Não era possível que não existisse solução para aquele tipo de situação. No grupo havia de tudo. Desde pais que tinham botado seus filhos para fora de casa – e alguns deles viriam a morrer na mendicância alguns anos mais tarde – até aqueles que davam uma quantia fixa de dinheiro, diária, para o consumo de drogas.

Dentro do grupo de ajuda, muitas pessoas vinham apostando suas esperanças em uma clínica de desintoxicação fora do Rio de Janeiro. Alguns ex-internos desta clínica foram até o grupo de ajuda para dar seus depoimentos. Pareciam estar bem. O próprio diretor deu várias palestras por lá. E comecei a acreditar que aquela poderia ser uma saída.

O problema é que Bia e Ricardo não queriam nem ouvir falar em internação. Na realidade, não queriam ouvir falar em nada. Estavam completamente fora de controle.

Chamei uma amiga para visitar a clínica comigo. Chegamos lá no fim da tarde. As condições de alojamento eram semelhantes a várias outras clínicas nas quais Bia e Ricardo haviam ficado internados. Mas fomos recebidos por um grupo de jovens que tocava violão à beira da piscina. Todos pareciam bem e equilibrados. De repente, vi um conhecido. Era um médico, amigo de Zé Mario. Tinha se internado lá, por livre e espontânea vontade, para tentar combater o alcoolismo. Conversamos longamente. Ele me deu ótimas referências do local e se comprometeu a cuidar de Bia. Saí de lá decidida a contrair nova dívida – todas essas clínicas são muito caras. Em novembro de 2002, internei os dois, mesmo contra a vontade deles.

Os primeiros tempos foram muito difíceis. A clínica não me permitia visitá-los. Não pude nem mesmo comparecer à festa de Natal. Enviei presentes por colegas do grupo que também estavam com seus filhos internados na mesma clínica.

No entanto, nas reuniões do grupo de ajuda não faltaram depoimentos de pais e mães que tinham visitado seus filhos e estavam muito otimistas. O próprio diretor se reunia periodicamente conosco – em uma sala que nós, os pais, havíamos alugado especificamente para este fim. Às vezes eram os psicólogos que conduziam as reuniões, explicando os métodos aplicados e propagandeando o sucesso destes.

Passei o Natal e o Ano-Novo amparada por amigos. Estava muito fragilizada, mas otimista. Só consegui visitar os meninos em fevereiro. Mas não podia ficar a sós com eles. Sempre havia um enfermeiro ao lado. Eles pareciam bem. E escreviam cartas que confirmavam esta impressão.

[carta de Ricardo para Magda]
Oi mãe

Estou te escrevendo hoje, pois houve uma pequena confusão e mandaram a carta do dia 1ª para outro fax, por isso estou podendo escrever dia 10; normalmente, só podemos escrever dia 1ª e 15.

Bem, não há muito a dizer, as coisas aqui são rotineiras, continuo firme em minha recuperação. A saudade é tão grande que nem vale a pena falar, acaba me doendo.

Fiquei muito triste com a perda da carta anterior, pois junto com ela estava outra de 18/11, aniversário da despedida de papai, foi escrita às 5:45 am, hora que costumo acordar aqui, não me lembro de todos os detalhes, mas vou tentar reproduzi-la:

"Quando acordo ainda está meio escuro, todos ainda estão dormindo, o horário de acordar é às 7:00 am, é o tempo que preciso para minha yoga e higiene matinal.

Neste dia, em especial, ao acordar fiquei olhando pela janela de meu quarto para o jardim. Notei um beija-flor solitário ciscando as raras flores que brotam no muro de cerca viva, e de repente ele veio em minha direção. Foi muito especial, era como se ele estivesse olhando para mim, senti como um frio arrepiando minha coluna, foi lindo.

Voltei a deitar na cama, me lembrar de papai, e me concentrar nas posições de yoga que iria praticar, e do nada fui inundado de lembranças de infância.

Das aulas de yoga na academia, você lembra? Aquela sala meio clara, meio escura, o forte cheiro de incenso, a Lúcia com sua paciência enorme, o seu carinho e dedicação para conosco e depois o Radhana, consegue lembrar? Aquela figura calma com cavanhaque, o seu jeito quase irritante de tão calmo, parecia que nada poderia perturbar sua paz, sua voz hipnótica. Aaah que delicia, que tempo feliz.

Tenho certeza que teremos toda essa felicidade de volta, não temos mais o papai, mas ainda somos uma família, e se é tudo que nos resta, então podemos nos considerar pessoas abençoadas, pois temos muito, todos nós somos especiais e formamos uma unidade muito coesa."

Era mais ou menos isso que estava na carta de 18/11. O resto é saudade.

Mãe, eu só posso escrever de 15 em 15 dias, mas você pode escrever sempre; então escreva, escreva muito, escreva sempre. Mande notícias da Bia, pois a última vez que a vi foi no dia 14/11, quando estivemos no sítio, que é um lugar onde as duas casas se encontram.

[carta de Ricardo para o padrinho, Claudius]

Oi Claudius, estou te escrevendo de uma clínica de recuperação onde estou me tratando, com muito fervor, para resgatar minha vida.

Estou contatando você pois o seu apoio foi fundamental, tanto no dia da morte de papai como na missa de 7ª dia. Você falou bastante sobre o problema da sua mulher e de como ela superou. Isso até hoje é um grande estímulo para mim.

Logo após a morte de papai, tentei sozinho e não consegui. A internação, hoje posso ver claramente, era a única solução. No momento agradeço à minha mãe por ter feito isso; pois a morte de meu pai somente piorou a minha drogadição (ao invés de atenuá-la). A internação era o único caminho a ser seguido.

Hoje já me encontro bem melhor, caminhando para retomar o curso da minha vida.

Aqui, além da sobriedade, tenho procurado resgatar, também, a minha família, não só eu, Bia, Dudu e mamãe; acho que esta palavra é mais abrangente, inclui tia Rita, tia Cristina, Marcelino, Afonsinho, Vera e tantos outros.

Mas sem dúvida você é uma pessoa que considero muito especial neste grupo.

Passei muito tempo sem dar o mínimo valor ao conceito de família, e hoje ele é algo muito precioso para mim. Aqui, em contato com outros adictos em recuperação, posso ver claramente o quão rara e especial é a nossa. Não somos marcados por disputas financeiras, não temos tragédias que não possam ser superadas (excluindo a morte prematura da Didi, que só agora, sóbrio, vim a lamentar e sofrer por isto. Desculpe nunca tê-lo confortado quando precisou, pois você fez isto por mim).

Então quando estiver pronto esse resgate será um dos meus objetivos, e espero poder contar com você nessa jornada.

Se quiser me escrever, é só falar com mamãe; conte como vão vocês (você, sua mulher, Vera Lúcia) e como vai a vida profissional. Ainda está na Procuradoria?

Bom, vou ficando por aqui.

Do seu afilhado,

Ricardo

[carta de Bia para Dudu]

Duduzinho, meu irmão protetor. É muito bom saber que eu posso contar com você, que você ainda me ama e me reconhece. É bom ter quem saiba quem a gente é. E é isso que é difícil; ter identidade entre tantos dependentes químicos, todos tão doentes quanto eu. Tá sendo difícil sim, sofrido, sozinho; às vezes a saudade é insuportável; mas eu sei o quanto eu precisava dessa injeção de realidade. Do quanto eu estou mudando, tem sido tudo muito radical. Aqui é o oposto da minha vida. É disciplina e muita paciência, obediência, tudo que você sempre quis pra mim e que é tão difícil viver.

Mas é confortante saber que há lutas sendo vencidas. Minha abstinência, a desintoxicação, a consciência da doença, do vício. Ainda tá tudo em carne viva, o luto do papai aqui, tão distante. Eu sonho com vocês, Rico, mamãe, eu, papai e você, sempre! E nos sonhos ele está conosco.

Adorei os presentes, mas Dudu, eu gosto é de Fernando Pessoa. Entendi que você quis que eu tivesse uma poesia bem humorada "nessa hora", mas não sou eu. Eu sou Alberto Caeiro, a que veste a máscara errada, a que foi humilhada. Mas preciso que você me lembre que eu também sou Vinicius de Moraes, romântica, que errou sem querer causar mal nenhum, a não ser a mim mesma, a não ser a mim. "Por isso não me escondam suas crianças, não me chamem o síndico, não me chamem o hospício. Me deixem bicho acuado por um inimigo imaginário a correr atrás dos carros, feito um cachorro otário, me deixem amolar a faca e esmurrar a faca cega da paixão e dar tiros a esmo e seguir sempre o velho cego coração..." Mas você tem razão, eu não posso causar mal a mim sem atingir a vocês, meus amores, meus protetores.

Não quero mais enganar ninguém, principalmente a mim, e preciso muito que vocês me vejam, me percebam e acreditem. Peço perdão por tudo que te fiz sofrer e peço que não esqueça que nem sempre foi dor. Lembre do nosso amor: eu só te quero bem. E perto! Saudades, sua irmãzinha

[carta de Bia para Magda]

Mãe, nesse belo dia, 31/12/2002, eu resolvi mudar e fazer tudo que eu queria fazer... Me libertar daquela vida vulgar que eu levava estando junto a você. O ar que eu respiro, eu sei o porquê, e sei que eu nasci pra saber. Agora só falta você!

E tudo que passo eu penso em você, e tudo que vivo, eu vivo por nós. E sei que vai ser pra nós uma vida viva, lúcida e feliz.

Eu mereço ser feliz de verdade, uma vida real, com a minha família real. Só sinto estar vivendo o luto do meu pai sem vocês. Tô de luto de tantas coisas, de tantas histórias que eu quis sem querer. De dominó errado.

Mas tenho certeza que a minha mãe magnânima vai nos ensinar a todos a amar melhor, mais concretamente. A minha, minha, minha mãe que eu tanto admiro e respeito, como nunca o fiz. Humildade se aprende assim, com a falta, a dor, o sofrimento de não tê-la. Minha "divina e majestosa, estátua graciosa que flor por vezes recolhida no seu divino amor, sublime amor. A que na vida é preferida pelo beija-flor. Se Deus me fosse tão clemente...", te traria aqui só pra me ver e me entorpecer de todo teu amor. (...)

Saudades, mãezinha, de você, de nós duas, de viajar, de te ter no meu colo, de ter teu colo!

Pra te fazer massagem, cuidar de você como eu sempre quis e não deu! Perdão, amor e beijinhos sem ter fim.

Saudades do papai infinitas, eternas, dor mesmo.

Bia

[carta de Bia para Magda]

Mãe, talvez seja difícil pra você notar as diferenças que andam se passando em mim hoje. Mesmo sendo honesta comigo, com o que sinto, com que eu agora tenho certeza (e dessa vez é diferente de todas as outras), não há como se provar a verdade que agora me habita de maneira plena sem o tempo. O tempo que esteve contra mim há tantos anos... Agora é outro. Eu sei dele. Mas como mostrar-lhe antes de realizá-lo? Como dar garantias de uma certeza interna que é realmente nova? Tudo que eu quis, mesmo com vícios de um comportamento indesculpável; eu sei que vou mostrar-lhe que dessa vez a fantasia não me ocupa! A verdade está em mim de forma tão absoluta que não há como questioná-la. Como não posso convencê-la disso com discursos (tantas vezes vãos); eu caio em armadilhas, mas eu tenho o tempo a meu favor. Meu tempo já começou. E amanhã é a continuidade dele, da minha necessidade de torná-lo real. De torná-la despreocupada. De concretizar tudo que esperamos de real em mim. Como meu amor por você. Absoluto, agora com possibilidades de ser concreto como seu; sem dribles. Amanhã tudo vai se tornar mais claro. A calça na lavanderia, as roupas lavadas, o carinho concreto sem necessidade de fantasias. Nem histerias de culpa e medo. Eu, aberta, inteira; pra você.

Num grande e contínuo dia das mães.

Desculpe as decepções de ainda.

Mas agora, eu sei; tudo vai dar pé! Principalmente entre nós. Todo amor que há nessa vida,

Bia

Então, em junho, Bia conseguiu contrabandear uma carta para minha amiga Nininha. Era um relato perturbador, que não combinava com o que vinha escrevendo até então.

Nininha, você só vai acreditar porque nem eu teria tanta imaginação. Eu estou internada num centro de recuperação protestante. Era só pra tratar alcoolismo e possíveis recaídas de drogas que eu já tinha parado, como heroína, cocaína, crack. Não, desculpa, o nome da minha doença é "ADIÇÃO", vem lá dos esteites, "addiction". É o tal do dependente químico que tem milhões de facetas. Foi descrito pela ONU como uma doença física, emocional e, veja você: espiritual. Ou seja: a cura é Pavlov. É comportamental.

Nós temos um pastor chamado Camargo, que é um ditador terrorista. Ele realmente é louco, faz sempre discursos "enormes", mas enormes mesmo, pra explicar porque justo ele, um dependente químico em recuperação (é assim que se fala, porque a doença não tem cura, tem só tratamento), foi ungido pelo Senhor pra nos salvar. E a gente escuta esses discursos de pé. Não é o fato dele não ter lido nada fora da Bíblia que me assusta. Mas as verdades inabaláveis que ele prega. Desligamento emocional quer dizer ficar sem visita até ele achar que você não vai manipular seus pais pra sair daqui.

Eu oro obrigatoriamente oito louvações musicais em jejum, inclusive de cigarro, num clamor que parece a dor de alguém tão derrotada. Sinto saudades da sua família feliz. Tem gente aqui que por causa desse distanciamento emocional passou dez meses sem ver ou falar com a mãe. Eu morro de medo de morrer de saudades. A comida é horrível, Coca-Cola proibida e eu tenho cigarros contados. Ou seja; é o céu, você não acha?

Esse tal Camargo, nosso amo e senhor, nos educa com punições progressivas, começa com cortes de cigarros ou comer restos, até o aumento da pena, quer dizer, permanência aqui. Tô exausta, Nina. E agora parece que também querem me libertar dos ansiolíticos. Que medo dessas libertações.

[a carta está interrompida aqui – sua continuação se extraviou.]

Para mim, ler esta carta foi como receber um soco no peito. Fiquei sem ar. Então, não estava tudo bem. Todas as cartas que Bia e Ricardo tinham enviado haviam passado por censura prévia. Eram mentirosas. Procurei um psiquiatra amigo e mostrei a carta a ele. Mostrou-se cético. Lembrou-me de que viciados tendem a manipular os responsáveis para assim conseguirem se livrar dos tratamentos. Mas minha angústia subiu a um nível incontrolável.

Decidi passar uma noite lá — àquela altura esse tipo de visita já tinha sido autorizada. E Bia me contou horrores do local. Mais, entregou-me várias cartas que tinham sido escritas, mas não enviadas, porque tudo o que saía de lá era previamente lido. Passei a noite lendo, horrorizada.

> Já são 3hs e ainda não se sabe o que sairá da terapia. Todos na sala, chamada respondida e alguns minutos para escrever isso ainda antes da palavra do Senhor. É o Ney. Tô fudida. Nem com o Camargo eu vou poder falar hoje. Que pena! Mais tempo sem saber o que vem por ai. Ney é só pregação, nem tema livre, nem nada terapêutico. Só mais falação de Deus. Talvez alguma agulhada pessoal. Parar de escrever antes que me tomem o caderno. Palavra de Deus Levítico 15. Sobre a sexualidade impura. Gonorreia. Ai, mãe, me tira daqui logo. Impureza da mulher. A mulher sangrará sete dias, e ficará impura todo mês. Todos que a tocarem ou os móveis ficarão impuros. Não posso crer! É a lei de Moisés. E o que nós temos com isso? A falta de limites que vivemos hoje na sociedade. Se tivéssemos seguido as leis de Moisés. Sobre o que ele está falando? Da impureza do caráter agora. As perguntas que eu não respondi. As da impureza. Ele nem fala sexo. Fala da gênese. Da culpa da mulher, que

Adão culpou Deus por ter criado a mulher. Ou seja, como desde sempre a mulher foi vista como impura. Como antes de Cristo, Moisés já percebia. Sabe o que eu percebo? Que eu não preciso disso. Juro, mãe. É demais. Eu preciso de tratamento, profissionais, gente séria. Que saudades de conversas normais, sem esses sermões de como os dependentes estão fadados à falta de limites e ao ponto que chegaram.

--

"Eu te odeio por quase um segundo, depois te amo mais." É porque te amo demais! Mas você podia ter vindo no Natal, e eu te dito tudo. O que é, como é, o que não tem. Não tem tratamento individual, o apoio do grupo (que é formado 99,9% por cento de semianalfabetos) tem três respostas: "Você está com vontade de usar droga", "Isso é projeção, você está muito ligada no mundo lá fora, se concentra em você" e "Fica tranquila, vai passar". Isso, quando acaba minha medicação e não usam nenhum substituto. Me deixam sem dormir, sem poder fumar e no escuro do quarto com angústia. Qualquer angústia tem essas três respostas, qualquer medo, saudades do pai que eu não vou ver nunca mais. Qualquer vontade de chorar é isolamento e incapacidade de lidar com a dor. Nenhuma profissional, ninguém interessado nas suas questões. "Você está negando. Todo dependente químico se prostituiu! Você tem que trabalhar sua sexualidade."

Verdades que são absolutas e você tem que resistir muito pra não ser induzido a confissões inexistentes. E que quem faz, sofre o preço. A Ana confessou que transou com um cara aqui, foi escrachada no salão, chamada de piranha, puta e dopada por dias. E o cara, nada. NADA! Ela está aqui há um ano e sete meses. O machismo, o moralismo, o tratamento que é dado às mulheres é uma atrocidade! A menina que cortou os pulsos foi diagnosticada com abstinência, levaram ela num carro até a porta de uma clínica psiquiátrica, onde não se sabe o que acontece, mas todo mundo que volta de lá tem horror de lembrar, prefere aqui. E ameaçaram deixá-la por lá. Aí ela reconheceu que o que sentia era vontade de se drogar. Foi transferida pra casa em que o Rico está, só com homens, e ficou lá um mês. Não imagino como foi tratada. Depois disso todas nós só usamos gilete na presença de uma monitora duas vezes por semana. Porque houve outra tentativa de suicídio. O clima é pesado demais.

As terapias são dadas por ex-internos e só se fala na palavra do Senhor, e os exercícios são feitos sobre o que fizemos de mal e nos sentimos culpados de ter feito, pra que o reconhecimento da doença seja inegável. Eu já dei o 1º passo no primeiro mês. O resto foi só tortura psicológica, desperdício de tempo de estar me tratando de verdade, no NA, com terapeutas; só solidão, sofrimento. E você sem vir me ver! Sem saber. Eu não entendo como podem te manipular tanto assim. Por que eu não poderia te ver se não tivessem nada pra esconder? Por quê? Mãe, isso de você não questionar, quando eu te disse no telefone que a Angélica até o meu aniversário só tinha me atendido uma vez, e ela ser a única pessoa com nível universitário... O Camargo fala errado, os terapeutas tipo Ney, Olavão, só leram a Bíblia e textos de autoajuda. Nem livros inteiros, eles precisam dos textos pra falar por mais de cinco minutos, senão se perdem. Mãe, é muito grave minha vida estar entregue a essa gente. Há cinco meses não posso falar com você. Um telefonema com o terapeuta do lado e a ameaça dependendo do que você disser. Qualquer pressão para sair ou críticas à casa podem adiar ainda mais a visita. E você não acha nada estranho?

Como não, mãe? Como não pensar o que é isso de trancar um monte de gente com todo tipo de mal juntos, e as piores pessoas, com problemas sérios, e sem ninguém pra cuidar? Uma piscina, uma sinuca, dama, xadrez e louvor. Violão e mais louvor. Proibir música do mundo. Desestimular de todas as formas as leituras que não sejam babaquice de autoajuda.

Não poder ficar sozinha com você, ou o Dudu. Você não se pergunta de que é que eles têm medo? Os seguranças armados? Mãe, isso devia ser uma clínica, e é uma prisão. E é pra quem pegou muito mais pesado que eu. Todas as meninas têm histórias terríveis de tristes. Espancadas na infância, todas se deixam levar pela hipnose e caem durante as orações, dizem que estão com o diabo no corpo. Participam de uma farsa em que eu realmente não creio que elas acreditem, mas não assumem. A mim ele nunca conseguiu arrancar nenhuma lágrima, riso ou libertação de pombas-gira. Fui orada diversas vezes e não senti nada. Me mantive plácida. Conclusão: "Talvez

esteja muito profunda sua comunhão com a pomba-
-gira, então precisa de mais orações". (...) Mãe, são
essas as respostas! E eu estou aqui. Resistindo, né?
Talvez eu, talvez a pomba-gira. Quem você acha? Até
quando você acha que eu vou resistir a essas pre-
ces, tentativas de hipnose, louvores intensos, retiros
onde só se escuta música evangélica, sei lá, caipiras,
bregas, angustiantes? "Deus é o teu pastor, nada te
faltará", "Aceite Deus em sua vida, tudo vai mudar".
Sintetizadores e uma voz metálica por horas, sem
cigarros, sem comida.

Mãe, por favor, vê se sai você desse esconde-
rijo de mãe ferida e vê o que você está me pro-
porcionando como tratamento! Isso é justo? Eu fui
tão incorrigível assim? Quanto tempo mais? E agora
depois de te contar. O que vai me acontecer? Você
vai confirmar essa história toda com o Camargo sem
a minha presença? Me apavoravam os castigos. Eu
preciso que você confie em mim. Eu torço para que
você seja iluminada pela Lucinha, pelo meu pai, pelo
bom senso. Pela minha lucidez de cinco meses de
recuperação solitária. E lucidez favorável a pensamentos conectados. Não posso te odiar, nem por um
segundo. Não me decepciona! Eu confio em você.

--

E minha mãe, com tudo acontecendo... Como será
que ela pensa em mim? (...) Queria tanto ligar pra
minha mãe! Até a Simara descontrolou, transou aqui
dentro escondido. Todos souberam. Foi pro meio
do salão ser julgada. Julgamento popular. Sentenças

terríveis, "continuação do comportamento prostituído". Pena – a tal da Dona Neuza na veia e fraldão, ridicularizada. O Camargo não acredita e insiste que eu também tinha comportamentos prostituídos. Quer fazer terapia sexual conosco. Tenho pavor!

--

Meu Deus! Esse Deus não existe, ou não é bom. Ou minha mãe me põe num lugar pior que a Talavera Bruce. E aceita tudo! Esse desligamento emocional. Para abusarem da gente. Meu pai não suportava aprendizes de feiticeiros lidando com problemas tão graves. Essas meninas são tão mais doentes que eu. Que é que eu faço agora? "E o que é que há com Rita? Quase todos estão por fora... Assim desde que entrei aqui." Mas a gente se resigna, aprende. O sofrimento ensina. A repressão deu sempre certo? O que foi a Era Vitoriana? Foi uma Era. Eu, aqui, volto a ela. Sexo forçado, prostituído ou escondido. Eu era tão pura perto disso, e eles jamais acreditarão. Minha mãe não sabe ou não está aqui. Por que não está mais aqui? Já sonhei que ela tinha morrido com meu pai. Me sinto órfã. Será que ela vai aceitar essa falta de notícias? Por quanto tempo? Digo notícias não censuradas, mensagens que passem pela Márcia [psicóloga da clínica]. Aquela mulherzinha horrorosa. Fútil. Autoestima! Tem-se que ter autoestima e lhe dar presentes. Mercurial, o que ela me faz fazer com as listas. Pra que minha mãe me ache fútil. Mas só assim mando algo meu pra ela. Minha letra. Será que ela não vê, trêmula, assustada e sem sentido. Ela não vai buscar mais sentidos nas terapias. No que eu preciso. E o Rico. O que será que se passa com ele? Tão orgulhoso. Nós só podemos nos falar com a presença de um monitor, nossos algozes. Que exílio! Que dor!

Assim que amanheceu, minha decisão já estava tomada. Tirei Bia de lá. Ela não estava se recuperando. Era um poço até aqui de mágoas e revolta.

Alerta às mães, pais, companheiros: tomem cuidado com as instituições/pessoas a quem vocês confiam seus entes queridos.

Só muitos anos mais tarde encontrei uma intrigante anotação do diário de Ricardo.

28/06
Ontem foi um dia que marcou o meu tratamento.
Essa marca ficou por conta da saída de minha irmã.
Ficou uma estranha sensação no ar. Alívio e tristeza.
O alívio vem por conta da interferência que a presença dela causava em mim, me desfocou muito o tratamento. Além de cuidar de mim, tive que zelar por ela, cuidar para que ela se sentisse melhor, providenciar cigarros etc...
A tristeza é mais óbvia. É evidente que minha irmã necessitava de uma estadia mais longa, mas o que me entristece mais é a dor que ficou por conta da expressão de cansaço estampada no rosto de minha mãe.
Vou ficar por aqui, relembrar tudo isso está me doendo muito.

O que, HOJE, posso deduzir de tudo isso?

Talvez Ricardo, por ser homem, não sofresse humilhações tão severas. Em um ambiente religioso e misógino como aquele, talvez ele enfrentasse apenas as dificuldades naturais de um tratamento pouco ortodoxo. Mas não era considerado, *a priori*, um portador do pecado original.

O fato é que, na semana seguinte, retornei à clínica e consultei Ricardo. Ele achava que o tratamento estava fazendo efeito? Queria continuar ali? Embora menos enfático do que Bia, ele avaliou que o tratamento era completamente ineficaz. E também voltou para casa.

Nos meses posteriores, pouco a pouco, voltaram a consumir álcool, cocaína e sabe-se lá mais o quê.

A estadia dos dois naquela clínica levantou uma série de questões para mim. Àquela altura, já havíamos experimentado toda a sorte de tratamentos. Nada tinha dado resultado. A esperança que eu havia depositado na tal clínica se revelara um engodo completo. Eu começava a me perguntar se existiria uma solução que não trocasse uma droga por outra – na forma de um Deus completamente diferente de tudo aquilo que nós acreditávamos.

Nos anos seguintes, acompanhei as tentativas de recuperação de vários amigos de Bia e de Ricardo. Todos tinham o mesmo perfil. Eram pessoas inteligentes, ateias em sua maioria, saídas de famílias estruturadas ou, pelo menos, portadoras de problemas comuns à maioria de nós. Só sobreviveram aqueles que tinham um vínculo sólido com a vida adulta – fosse na forma de um trabalho que os apaixonava e que ajudava a manter suas identidades coesas, ou de uma família construída, com filhos. Esta é uma observação puramente empírica. Não sou especialista em drogadição.

Mas o fato é que nem Bia e nem Ricardo possuíam esse vínculo com a vida adulta. Aos 32 e 40 anos, respectivamente, nenhum dos dois tinha conseguido nem sequer terminar o curso universitário. Não tinham filhos ou cônjuges que cobrassem deles uma vida mais estável. Não havia uma realidade gratificante esperando por eles do "lado de cá" da droga.

Eles já tinham se tratado várias vezes. A experiência da abstinência não lhes era estranha. Só não era... Desejável. Não havia nada que a vida real lhes proporcionasse como prêmio pelo bom comportamento.

Entre os dois e as drogas, havia uma única parede: eu e minha teimosia.

XXVI

Meu limite é minha mãe

Juro que queria ser melhor, talvez algumas amarguras tenham ficado, apesar de negá-las. Às vezes me sinto só e amargurada. Sei que é interno, nada a ver com a realidade, só sensações fugazes. Mas enquanto duram, cada segundo é eterno...

[sem data]

Durante os oito meses de internação, Ricardo e Bia acumularam raiva e ressentimento contra mim – contra a megera autoritária que os tinha colocado naquela situação. E agora, em casa, toda a ira represada vinha à tona. Os dois me faziam pesadas acusações. E eu me sentia completamente acuada. Tentava explicar, mas nenhum dos dois me ouvia.

Finalmente, Ricardo começou a compreender. Se não me deu razão, ao menos mostrou que aceitava que eu tinha tido motivos para apelar para uma solução drástica. Bia demorou mais.

O rascunho de uma de suas cartas mostra o tom que ela assumia ao falar comigo quando tentava ser educada (para pedir alguma coisa).

Primeiro, gostaria de agradecer, mamãe, a atenção de me ler concentradamente, em silêncio e com calma. Eu sei como é difícil para você deixar de ouvir os importantes comunicados dos pelo menos três jornais de uma hora e meia cada um. Fora a novela gravada, que é praticamente inadiável.

Como eu já vinha suplicando, vou tentar formalizar na esperança de maior capacidade de funcionamento. Quero reiterar que não há nenhuma desistência de internalizar esse movimento, mas apenas uma atitude paralela, meio paliativa, mas ambulatorial a curto prazo. E talvez, como em vários casos, o exercício do comportamento facilite a consciência da normalidade dessa ideia.

Bem, desde que eu separei do Federico e voltei a morar em casa, e sem renda própria, houve cinco reformas de convivio entre nós – [interrompido].

O rascunho não tem data, mas acho que foi logo depois de ela retomar o namoro com Joffre, fisioterapeuta que ela havia conhecido nos tempos de NA – o mesmo a quem Ricardo se refere no texto em que descreve o clima lá de casa logo após a morte de Zé Mario.

Bia e Joffre formavam mesmo uma dupla difícil de conviver. Quando se juntavam, parecia que o descontrole de um potencializava o do outro.

Os dois ficaram juntos por três anos. Embora os fatos se embaralhem na minha memória, lembro-me vivamente de uma ocasião em que Bia tinha saído de uma internação e ainda estava sob acompanhamento domiciliar. Precisei viajar a Brasília para uma reunião do Comitê dos Anistiados. Quando estava lá, em meio à reunião, meu celular tocou.

E, sem dúvida, aquela era uma emergência. Aproveitando-se de minha ausência, Joffre foi à nossa casa completamente alterado. Ele era contrário ao tratamento de Bia. Queria que os enfermeiros saíssem dali imediatamente. O rapaz que me telefonou informou que Joffre estava pulando em cima do sofá, descontrolado. Tive que abandonar a reunião e pegar o primeiro avião para retornar.

É claro que, quando cheguei, tudo já estava mais calmo – tirando o olhar de pânico do enfermeiro, à beira de pedir demissão.

Mas nem tudo foi loucura. Houve um momento em que Joffre decidiu, mais uma vez, entrar para o NA e ficar sóbrio. Acho que foi por essa época que Bia cismou que precisava ir morar com ele.

Mamãe, eu sei que preciso de tratamento, mas é que eu sonhei com uma *delicatesse* maior depois de tantas superações. Não sua, que tem sido perfeita em tudo, mas da vida que eu achei ter ganhado, não de presente, mas conquistado. Esse amor parceiro, confiável completamente, apaixonante e fraterno. O céu, ou o sonho disso, que quase sempre conseguia. Achava que estava cumprindo a minha parte. Mimando-o quando e como podia, pra agradecer-lhe a presença. Não sou fácil com quem é muito próximo, só que imaginei limites maiores. Menos medos e pesadelos.

Mas são só duas pessoas se esforçando muito pra melhorar, se salvar, e como o bem e o mal estão em todos, às vezes falhamos, com mais ou menos gravidade. E essas falhas nem sempre me deixam ter tempo de raciocinar ou falar corretamente sobre meus sentimentos. Falhos, confusos, traumatizados e adoecidos.

Não me sinto em condição de perder mais nada, nada importante assim, como a convicção da esperança de que, agora sim, tudo estaria em paz. Espero que tudo esteja perdoado entre nós duas. Meus desatinos, meus excessos de pedidos de proteção. Quase sempre desnecessários, mas muito mais como pedidos de carinho ratificados, que você sempre deu de graça, por grandiosidade e prova de amor por mim.

Juro que queria ser melhor, talvez algumas amarguras tenham ficado, apesar de negá-las.

Você sempre foi a mãe mais generosa e amorosa do mundo! Perdoe as ingratidões, os sustos, as decepções, as imaginações covardes... Perdoe te usar tanto sem complacência, com desrespeito, mas nunca, mãe, nunca com desamor. Isso não! Juro, juro. Sempre fui e serei a mais apaixonada das filhas, e talvez culpada sempre de nunca demonstrar isso de forma mais concreta.

Perdão. E todo amor que houver nessa vida. Você ainda é a minha maior razão de viver e tentar ser melhor e feliz, por nós. "Antes de você ser, eu sou, eu sou amor da cabeça aos pés." Mesmo com isso às vezes trocado.

Sua,
Biazinha

Os dois pareciam sinceramente comprometidos com o tratamento. Concordei em pagar o aluguel de um apartamento para eles perto da minha casa. Ficava em frente ao consultório do psiquiatra que cuidava de Bia. E aquele era um profissional e ser humano excepcional, envolvido. Quando Bia não aparecia para a consulta, ele atravessava a rua e ia até a casa dela para ver o que estava acontecendo.

Mas nem com todo o apoio ela conseguia se manter limpa.

Mãe eu falhei, vim ao japonês e vim ao toalete te escrever. Não consegui. Primeiro dia de abstinência livre. Pedi um saquê no balcão, escondida do Joffre, de você, de mim... Esperando que além do horizonte meu pai me veja. Minha dor, vergonha... Que não servem pra nada. Repete-se por toda vida o mesmo erro. Nunca ainda se descobriu o porquê. A gente acredita numa memória tão distante, quando tudo era divertido. Como se isso pudesse voltar nesse saquê. E não volta e a gente sabe e nega.

[sem data, diário de 2005]

Feriado de finados – Depois de uma noite inteira de esperas, rezas e mágoas, minha doce mãe vem me ver. Deixa compras, dinheiro, mas não fica. Fica ligando enquanto eu espero... Sufocada de dúvidas atrozes da sua [Joffre] capacidade de sacrifícios pelo seu amor por mim. Você almoça com seus pais em Santa Teresa, vai pra Botafogo e disserta sobre a responsabilidade de cuidar da casa. Passa a tarde em caixa postal enquanto eu aqui, tão só, deprimida, triste. Mas vem. Não! Isso foi ontem. Hoje você nem saiu. Ficou. O dia todo. Chegou a brigar, me ameaçar pelos meus erros, foi capaz de me descrever como "deprimida, neurótica, mitômana e egoísta". Todos torcem, distorcem as situações de tal forma que parecia coerente uma fala completamente injusta. Eu não sabia ser clara e delicada. Quis só dormir. Comer...

[02/11/2005]

E amanhã vai ter... Gente olhando, apresentações e gestos. Uma simples sexta-feira. E eu assim tão ameaçada... Logo com quem? Não é a preocupação das pessoas em si, mas a gente como casal em teste. Depois da tarde com a mamãe, cinema... Tentar amenizar nossas faltas tão profundas e indigeríveis. Só mesmo alguém tão estoico e disciplinado como Dona Magda poderia suportar tanta carga, tão poucos sinais de transformações positivas. Mas inabalável nas suas próprias certezas de continuar a cumprir seu papel de suportar e dar suporte a suas crias. Sem perder a majestade e sua forma independente e autossuficiente de se manter admirável, física, emocionalmente e até intelectualmente. Claro que com o tempo essa estrutura se esvai e já começou. Sinais de descompensação, passionalidades. Começou a se permitir entristecer e declarar isso em rompantes de desespero e desilusões. Isso só me torna mais desprezível por não levar isso em conta quando não me supero e lhe trago nenhuma perspectiva nova e confiável no meu futuro. (...)

Mas tenho que reconhecer: visualizo as desilusões mais quando as vejo refletidas nos olhos de chumbo dela do que na minha própria sensibilidade. Minha culpa não me move a realizar algo real por nós. (...)

[novembro/2005]

XXVII
Um enorme silêncio dentro de mim

> Estamos sem fé, essa situação parece imutável, está encantada há tanto tempo nos impondo uma dor, essa dor terrível a mim, tanto ou mais que a você... Todos os dias tão concreta a dor, chega a ser física, paralisante...
>
> [carta sem data]

Nos anos seguintes, Bia tentou, ao modo dela, manter-se operacional e sóbria. Retomou alguns contatos e começou a fazer alguns trabalhos.

Ela e Joffre frequentavam o NA; ela fazia terapia e, quando necessário e indicado pelo psiquiatra, tomava medicações para controlar os sintomas das crises de abstinência.

O problema é que um acabava boicotando o tratamento do outro. Não eram dois viciados tentando se ajudar mutuamente, mas um casal com imensas dificuldades para se manter distante da cocaína.

Onde há excesso de drogas também há, fatalmente, excesso de brigas — na maior parte das vezes por bobagens. Tudo é amplificado, tudo fica *over*. O casamento de Bia com Joffre não durou muito.

> Leva o que já é seu, monitor, impressora, **TV**, tudo que encontrar, livros. Ninguém sofre mais que eu com essa separação. Mas ela já aconteceu. Eu não sou sua "companheira de viagem". Torço por você como por mim mesma. Amo você mais do que a mim mesma. Mas é uma opção, talvez os dois fiquem bem até poderem ficar juntos... Eu te enfraqueço e você... Não sei explicar. Mas me

deixa mais triste do que perder tudo, tudo que eu já perdi.

Bia
[outubro de 2007]

Bia propôs fazer novo tratamento e levou-o a sério por algum tempo. Recaiu. Concordou com uma internação ambulatorial. Também funcionou por algum tempo. Eu ainda apostava nela. Ficava arrasada com cada derrota sua, mas, ao mesmo tempo, eu sabia o quanto ela sofria com sua própria condição. Por isso, quando ela resolveu ir dividir um pequeno apartamento com Gabriela, não me opus.

Ricardo é que parecia mais fora de controle. Era internado, fazia o acompanhamento e, logo em seguida, recaía, cada vez mais agressivo e com comportamentos mais temerários. A convivência dele com Bia dentro de casa não ajudava.

Mãe, não há desculpas pelo o que eu fiz ontem. Sem falar na gravidade do risco que poderia estragar toda a recuperação do Rico.

[23/05/2007]

Mãe, o que eu fiz ontem não tem nenhuma explicação. Me sinto desprezível.

Não só pela gravidade do ato em si, mas por ter sido justamente quando eu arrisquei estragar todo o esforço do Rico. Agradeço ele não ter me flagrado, mas eu sabia que essa atitude só podia magoar você profundamente.

> Olha, eu agora só posso garantir, jurar, prometer que isso nunca mais vai acontecer. E refletir muito pra descobrir o que se passou em mim pra ter uma atitude tão egoísta, inconsequente e sem respeito nenhum nem pela dor que eu sabia que causaria em você... Se arrependimento matasse... Porque eu sei que foi completamente indesculpável.
>
> [22/01/2009]

Em outubro de 2010, nossa família havia recuperado sua estranha normalidade. Eu tentava botar limites para Bia e Ricardo – e nem sempre conseguia. Era habitual que um ou outro chegasse em casa mais alterado do que de costume. Volta e meia havia uma discussão. Não era incomum a presença de traficantes batendo na portaria, cobrando dívidas que eu acabava pagando para não ver meus filhos mortos.

De certa maneira, acho que todos nos acostumamos àquela situação. Ninguém gostava dela, ninguém era feliz, mas era o que havia para ser vivido.

A noite de 17 de outubro começou como outra qualquer. Eu já estava na cama. Bia chegou em casa relativamente cedo e trancou-se em seu quarto. Ricardo chegou em seguida e também foi para o dele.

Acordei cedo, como sempre fiz, e fui dar uma espiada em cada um. Bia dormia. Ricardo também. Mas o aspecto dele me chamou a atenção. Estava pálido demais. Tremia. Não precisava ser médico para verificar que estava tendo uma overdose. Gritei por ajuda e o arrastei até o carro. Ele deu entrada no hospital às sete da manhã. À noite, já estava morto.

Passados já tantos anos, ainda não tenho palavras para falar a respeito disso. Não há como descrever o choque que levei.

Há um enorme silêncio dentro de mim. Quanto mais me aproximo dele, maior se torna. Não há palavras que o preencham. Não há explicações que o dissipem. Sim, drogas matam. Todo mundo sabe disso. Mas não matam todo mundo. Tantos sobrevivem. Eu acreditava que meus filhos estariam incluídos no grupo dos sobreviventes.

Por quê?

Pura esperança.

Sem esperança, nenhuma mãe atravessa o caminho que eu percorri.

XXVIII
No meio da noite

> Depois da morte do meu irmão acordei diversas vezes com minha mãe me olhando dormir. E o medo era o mesmo do que se eu estivesse escalando os Alpes. E hoje o que sei é que a morte é totalmente casual.
>
> [sem data – possivelmente 2010]

Até a morte de Ricardo, eu tinha a sensação de que minha vida era arrastada por um rio. Ora era furiosa, ora era serena, mas a sucessão dos dias tinha alguma direção. Quando o coração dele parou de bater, foi como se uma das margens do rio se rompesse. A realidade meio caótica em que vivíamos alastrou-se por tudo, o fluxo do tempo perdeu o sentido e passei a boiar num mar sem fim e nem finalidade. É impossível traçar uma linha reta no meio do oceano. Não dava mais para acreditar que minhas ações provocariam as reações que eu esperava.

Nem mesmo as grandes obrigações cotidianas – como o trabalho, que por tantos anos me fez manter uma agenda organizada – existiam mais. Eu já estava aposentada. Aos setenta e oito anos, me sentia cansada pela primeira vez. Muito cansada.

Em termos profissionais e políticos, podia me considerar realizada. Escapei das piores ciladas da ditadura. Mesmo em meio a um ambiente extremamente repressivo, consegui trabalhar em empresas que valorizavam minha capacidade de implementar mudanças dentro de sindicatos e em departamentos de relações humanas. Não era fácil, mas era o meu habitat. Eu conhecia suas regras. Sempre pisei em terra firme. Claro, poderia ter acabado presa e torturada – destino de vários companheiros de luta. Cada passo comportava seu risco.

Com relação a meus filhos, no entanto, jamais tive essa segurança. Não existem regras universais para a criação de humanos. Aquilo que funciona para um não funciona para outro. Gente não sai do útero com manual de instruções.

Há quem acredite que possui a fórmula mágica da vida bem-sucedida. Geralmente, são pessoas que creem que sua própria vida pode ser replicada. Estão felizes consigo mesmos. Seguiram tudo o que a sociedade lhes disse que era o certo. Baixaram a cabeça para todas as normas. E, milagrosamente, foram felizes. Se deu certo para eles, pode dar certo para seus filhos, vizinhos e compatriotas. São os arautos da norma.

Conheci vários deles nos grupos de ajuda. Acreditavam, sinceramente, que seu modelo de vida era universal e poderia ser replicado sem restrições a qualquer um. E oscilavam entre a raiva e a perplexidade ao constatar que seus filhos – ou maridos, ou mulheres, ou irmãos – não se adaptavam à vida que eles consideravam perfeita. Alguns conseguiram resgatar seus entes queridos para seu seguro conjunto de valores – pelo menos por algum tempo. Outros, ao constatarem que a tarefa era impossível, abandonaram esses mesmos entes queridos à própria sorte.

No meu caso, os mesmos valores que me conduziram a uma vida adulta produtiva e combativa produziram o efeito contrário em dois dos meus três filhos. A ânsia por liberdade me conduziu à disciplina, ao estudo e à militância política. A mesma ânsia por liberdade levou dois de meus filhos às drogas.

Nada – nem o medo da prisão – me afastou do meu trajeto. Da mesma maneira, nada – nem o medo da morte – afastou Ricardo e Bia de um caminho que até hoje não compreendo.

Eu me esforço. Li as mais de 1.200 páginas que Bia deixou escritas e até consigo ter alguma empatia por sua visão de mundo. Mas não deixo de me perguntar o que a impediu – ou a Ricardo – de buscar a mesma liberdade por vias menos destrutivas.

Acredito que muitos pais se façam a mesma pergunta.

O fato é que a morte de Ricardo me deixou em pânico. Eu temia que Bia seguisse pelo mesmo caminho. Tentava conversar com ela, mas a receptividade era próxima de zero. Ela se recusava a aceitar o fato de que drogas podem matar.

Acabou abandonando a terapia do luto que fazíamos juntas. Fechou-se. Parecia exasperada com minha preocupação.

Para Bia, Ricardo não morrera de overdose. Havia sido um acaso. Uma fatalidade. No fundo, ela sabia que não era assim. Mas não o admitia em voz alta.

É bem sintomático que ela tenha parado de escrever seus diários. Passou a escrever em cadernos, textos sem data. Escrevia um pouco em um, passava para outro, fazia anotações em papéis soltos. E descobriu o encanto das redes sociais, onde seus textos encontravam resposta imediata e sua necessidade de socialização germinava em terreno fértil. Por isso, a partir de 2010, a dificuldade de reconstituir seus passos torna-se mais aguda.

> Inspiração
> Eu me pergunto o que estou fazendo nesse mundo. Será que dormi o sono da bela adormecida e acordei em outro tempo...? Muita dificuldade de entender nosso tempo, aceitar... Impressão que não sou daqui. Sinto-me mais próxima dos que habitam mundos perdidos, onde saber que é realidade não é tudo...
> A ficção começava em nós mesmas.
> O escritor pode ser louco. Isso não enlouquece o leitor, ao contrário: pode afastá-lo da loucura. O escritor pode ser corrompido, pode ser triste, pode não prestar, mas faz companhia ao leitor. Por isso não consigo parar de escrever. Se você para de escrever, se torna infeliz.
>
> [sem data]

Àquela altura, eu já havia perdido a esperança de ver Bia profissionalmente realizada, ou mesmo independente. E ela também. Nós duas sabíamos que ela só tinha a mim.

E sofríamos por isso.

Mãe, eu sinto tanto ter que ser tão sem poesia, me sinto tão mal confrontando alguém que amo tão intensamente com algo tão aparentemente e talvez realmente inaceitável...

Mas não é uma afirmação definitiva. Estamos sem fé, essa situação parece imutável, está encantada há tanto tempo nos impondo uma dor, essa dor terrível a mim, tanto ou mais que a você... Todos os dias tão concreta a dor, chega a ser física, paralisante...

E eu estou inviável como cidadã independente. Não sou capaz de ser ninguém sozinha. "Não sou nada. Não posso querer ser nada..." Mas é verdade, à parte isso, ainda tenho um ou outro sonho, às vezes... O que é mais importante e eu preciso que você tenha certeza é que eu não sou e nunca serei Flávia.[4] Não há uma solução que você possa viabilizar para me tornar viável ou capaz de ser capaz. Ela não tem uma questão emocional, não está triste, deprimida ou viciada, ou feia ou desinformada, ou esquecida, ou maltratada, ou muito só, ou desgostosa, desiludida, magoada, velha. Não é uma questão afetiva, nem química, nem psíquica. É neurológica. Ela é deficiente, isso é imutável.

Eu tenho chance. Tenho chance de acordar de bom humor "vie dissipée de mauvaises e faire la fête de ce qui est nécessaire". Eu posso, mãe! Eu talvez consiga, só depende de mim! E eu quero! Eu tô no páreo e tô tentando! É difícil! Eu tô doida, foram muito fortes os golpes, a vida tá ruim, os preços são altos. O corpo que adoece não tem

---

4 Amiga de Bia que se suicidou.

dignidade. Não há controle possível sobre ele, por isso eu o estou retomando. Ele tá voltando, ainda tô feia, magra, mas tô dentro da faixa de normalidade de feiura, do fluxo de quem não é deficiente, não é mais gravíssimo, não tô *junkie*. Não tô muito viciada, tá sob controle, é só grave. É o coração, a desesperança anda dominando. A razão, essa idade, pela razão não há lógica de tentar reverter nada depois de tantas perdas, mas a gente não é só razão. Então a minha chance é recuperar as emoções que me façam ter fé mais uma vez. Por favor, tente também.

Beijo.

Bia.

Às vésperas de completar 80 anos, eu me perguntava o que seria da vida de Bia caso eu morresse. Claro, ainda havia seu irmão, Dudu. Mas deixá-lo "herdar" o sustento de Bia seria algo absurdo para a vida de qualquer um dos dois. Desde a adolescência, cada qual a seu modo, tentavam manter uma relação minimamente civilizada – sem grandes resultados. Eram cabeças diferentes demais. Além disso, Dudu tinha constituído sua própria família. Tinha mulher, uma filha pequena para sustentar, uma carreira construída com esforço próprio.

Existem coisas que ninguém pode fazer em nosso lugar. Ninguém mais poderia cuidar de Bia. Ela cabia a mim.

A partir dali, passei a me dedicar a mantê-la viva. Do jeito que desse, do jeito que ela concordasse viver.

Àquela altura, eu já tinha começado a mergulhar nos livros sobre drogas. Biografias, depoimentos, entrevistas, artigos, estudos, qualquer coisa que me ajudasse a compreender melhor como lidar com a situação.

De tudo que li, um estudo de uma jovem psicóloga, Jacqueline Ramos de Andrade, me impactou profundamente. Reproduzo aqui um trecho que julgo muito sensível.

Nota-se a total submissão do sujeito às drogas e o rompimento dos seus vínculos pela impossibilidade de se darem sob afetos genuínos. Eles reconhecem a sua dor, mas sentem-se incapazes de sofrê-la. O desconforto que sentem os indivíduos quando a realidade se impõe faz com que se percebam sem o conhecimento de recursos internos próprios para lidar com tal realidade e, sob esse viés, a droga funcionaria como um recurso externo para que o indivíduo cale sua dor mental ao tranquilizar seu espírito e suprimir provisoriamente o conflito psíquico.

Talvez muitos não acreditem, mas durante muito tempo, mesmo depois da droga, Bia foi uma ótima companhia. Eu adorava conversar com ela, íamos à praia, ao cinema, ao teatro, discutíamos suas leituras e – sim – fazíamos planos.

Eu ainda acreditava que meus cuidados de mãe poderiam evitar o pior. Durante os quatro anos em que Bia sobreviveu a Ricardo, era preciso convencê-la a se alimentar, a acordar, a interessar-se por alguma coisa que a tirasse do mundo em que vivia mergulhada. Eventualmente, ela mesma pedia para ser internada – quando sentia que estava passando dos largos limites que havia imposto a si mesma.

Desde 2011, muito influenciada por uma amiga, Bia tinha começado a tentar uma série de tratamentos alternativos que talvez até pudessem dar resultado, caso não fossem aplicados de forma tão heterodoxa.

Há pouquíssimas anotações de Bia no ano de 2012. Dentre estas, um trecho me chama a atenção.

31/03/2012 – sábado
Saber das luas
7 minguantes, deixar 7 crescentes
mel de abelha no corpo – lambuzar e ficar embaixo

da cachoeira o maior tempo possível. Flores amarelas. Rosas.

12/04/2012 – quinta-feira
Procurar floresta com nascente de água doce.
Guaratiba – combinar carro e comprar mel, encomendar rosas amarelas
– escrever um mantra de pedidos de superação.
1ª lua minguante
– Rosas amarelas na cachoeira – mais pura, e mel de abelha para lambuzar a pele, que a corrente da queda d'água doce leva os pensamentos focados no desejo de deixar ir embora – *laisser partir* – *laisser-faire*

12/05/2012 – sábado
2ª lua minguante
- Guaratiba
mel e rosa amarela – escrever mantra dos desejos de superação

Rosas amarelas e cachoeiras. Pedidos a Oxum. Feitos assim, meio aleatoriamente.

De outra feita, essa amiga de Bia resolveu que ela deveria tomar o Daime, um chá enteógeno cujos efeitos dependem muito da aceitação das estritas regras estabelecidas. Até mesmo um leigo sabe que a bebida, com forte potencial alucinógeno, só pode ser consumida durante os rituais – e sob supervisão dos responsáveis.

Pois não sei como, desobedecendo a todas as regras, essa mesma pessoa conseguiu contrabandear o chá e o deu para Bia, com resultados desastrosos para a saúde dela, já muito debilitada.

No começo de 2014, uma ex-companheira de NA de Bia tinha acabado de retornar de um tratamento na Argentina. Estava muito animada com o resultado: manteve contato assíduo com Bia pelas redes sociais e insistiu muito para que ela também tentasse. Mas, no fundo, minha filha não queria aquilo.

Ela não queria parar de usar drogas. Não concebia uma vida sem estímulo químico. Não acreditava que, aos 44 anos, pudesse traçar um rumo diferente para sua vida.

Foi também no início de 2014 que – como eu só soube depois de sua morte – Bia voltou a consumir heroína.

Em junho, Bia estava magérrima. Tornara-se um sacrifício fazê-la comer qualquer coisa. Era preciso implorar para que ela tomasse sorvete – uma das poucas coisas que aceitava. Tomava litros de Coca-Cola. Fumava desbragadamente. Acabou pegando uma gripe forte.

Quando vi que estava com febre alta, insisti em levá-la ao médico. Tive quase que arrastá-la. O que era para ser uma consulta normal, rapidamente degenerou em pesadelo. O médico pediu um raio-x dos pulmões. Foi constatada uma pneumonia. Contra sua vontade, Bia foi internada. Seu organismo não conseguiu reagir à infecção.

Foi como a reedição de um pesadelo. Uma reedição mais cruel. Se a morte de Ricardo tinha deixado um vazio, a de Bia ampliou aquele abismo deixado dentro de mim.

Não, não compreendo. Nenhuma explicação me conforta.

Ainda assim, não cesso de procurá-la. Leio compulsivamente tudo o que encontro sobre o assunto. Principalmente biografias e depoimentos. De alguma maneira, me consolam. Me sinto menos só.

Espero que este livro tenha o mesmo efeito sobre pessoas que, como eu, lutam diariamente para compreender como seus entes mais queridos se tornaram prisioneiros de si próprios – dentro de uma cela cujo cadeado é a droga.

XXIX

Façam da minha falta um sucesso absoluto

O medo maior que senti na vida ainda sinto como minha sombra.

Uma sensação de deixar de existir a cada instante em que não estou presente no pensamento de quem tento emocionar.

Não dá para não chorar. Mas o que me acalma é pensar no cartão que Nininha enviou para a clínica: "Não tenha medo, querida amiga. De uma hora para outra, aparece quem deixou sua parte conquistada no coração que passou na nossa história. Por isso, não tenha medo, a mentira que pode estar te afligindo agora, um dia passa".

A história é feita de esclarecimentos que revelam o quanto a prática, as nossas escolhas e ações realmente são as que nós sabemos que nos mostram quem somos, ou fomos, cada um como sabe que, no fundo, é a única coisa que tentou honestamente convencer que é real e comprova a lógica dialética da realidade. A história só é construída por realidades e verdades. Toda mentira se perde se não tem nenhuma beleza poética, artística, para eternizá-la.

O mau humor é o despertar para o terror, que vem a ser a própria existência. Ele advém de um fracasso que você não localiza.

Fui, sou e deixarei de ser exatamente o que eu me arrependo e me orgulho, na mesma medida. Não fui o que quis – e não quis ser nada do que quiseram de mim. Então, os fracassos foram todos não propositais, aleatórios, gratuitos, nada dignos de pena.

Sou só Biazinha, a sublime contraditoriedade da filosofia que pensa e da prática da citação pela indisciplina.

(...)

E pelo amor de Deus, mamãe, amigos, não permitam que se manifestem a meu respeito os hipócritas que sublinham os futuros e destinos e sucessos e histórias e vidas cujo potencial eu teria desperdiçado.

E a culpa deve ser enfiada no cu, porque é externa e não conseguiram me convencer.

Fim de festa – saio de cena com um único pedido.

Façam da minha falta um sucesso absoluto, porra, póstumo!

Não perdoarei quem enxugar suas lágrimas por mim.

O primeiro a se resignar com minha perda será o meu maior traidor.

Quero quorum, plateia, casa cheia.

E que fique muito **CLARO** que quem apaga a luz sou eu.

"Nunca ninguém se perdeu. Tudo é verdade e caminho."

Assinado: o monstro

Epílogo

O mundo está cheio de gente como Bia. Brilhante, indisciplinada, questionadora, refratária às regras estabelecidas pelo mundo produtivo. Uma ínfima minoria chega a produzir uma obra visionária e lindamente louca, consegue sair de seu casulo e tocar o coração de uma parte da humanidade sensível à arte.

Quando isso não acontece, essas almas perecem. De inanição. De incapacidade de estabelecer um contato minimamente sólido com a chamada vida real – essa cheia de regras, vestibulares, editais, casamentos formais, contratos de aluguel, contas a pagar e a receber.

É fácil encontrá-los. São uma multidão. Estão abandonados nos hospícios, jogados pelas calçadas, esquecidos nas prisões, rejeitados pelas famílias.

Que ninguém se engane. Há mais artistas que morreram sem conseguir se expressar do que toda a arte que conhecemos. Mais anônimos do que famosos. Mais fracassados do que bem-sucedidos. A história da arte não passa de um catálogo de sobreviventes.

Muitos daqueles que conseguiram levar sua percepção em relação à vida ao público tematizam em suas obras os terríveis percalços pelos quais passaram para conservarem-se vivos em um mundo cujas regras não conseguem dominar.

Minha filha não conseguiu se inscrever nessa lista.

A dor de Bia permaneceu enclausurada.

E é por isso que, por mais que doa reler e remexer seus escritos, fiz questão de trazê-los a público.

Muito mais do que a história de uma mulher consumida pelas drogas, seus diários e anotações relatam a trajetória de uma artista que não conseguiu transformar sua visão especialíssima de mundo em obra.

Por que não ser uma escritora?

Eu queria ser uma escritora competente que conseguisse contar as histórias que eu senti. Devia ser simples escrever o que se viveu, o que se conheceu, se experimentou. Eu só queria conseguir descrever a beleza das cenas, a complexidade dos participantes, os fatores todos aleatórios que mudaram o rumo das coisas e como tudo ficou depois disso.

Mas se eu tento descrever com detalhes de sentidos fica dèja vu, e se tento só descrever secamente, sem prolixidade, fica sem textura. A história existe, os personagens são lindos, eu queria tanto dividir. Porque, por mais que eu leia, nada se parece realmente com a história que eu queria ter o poder de contar.

Se eu pudesse explicar o que me fez ter certeza de que precisava largar tudo e ser inconsequente porque sabia que duraria pouco, sabia do sofrimento de depois, sabia que me arrependeria quando aquele sorriso desaparecesse, mas ainda posso lembrar e sentir o calor de quando era olhada. Como poderia me arrepender de fato do momento mais feliz que minha memória me traz? Às vezes posso, quando lembro que um sonhador tem que acordar e que é triste viver sem sentir o momento de maior beleza que se imagina não vai mais ser presente, que sem o outro é tão cruel ser passado quanto ter sido ilusão, ter sido só imaginado. Se pudesse ser ilusão, não teria as outras sequências na memória que lembram dos mesmos olhos sem mais desejo, ou tão misturados de mágoa que não permitem continuar a existir o sentido de felicidade e inspiração só por me ver acordar. Por isso é diferente do sonho, o passado não filtra os tormentos do que mudou, porque às vezes chega a ser pior deixar de existir o amor do que passar por olhares que nunca disseram nada. Pode ser pior em certos momentos, naqueles que nos arrependemos, e às vezes é impossível nos arrepender, porque deixaria a vida vazia como se o seu melhor não tivesse sido seu.

Penso como uma cantora, uma grande voz como Billie Holiday, que vem ao mundo pronta, não precisava estudar canto, não treinava a garganta com exercícios para aprimorar a voz, ou não tomava gelado, conhecia música com aprendizado teórico; e uma cantora lírica, que além do talento vive uma vida disciplinada, entregue à música. Estudando, melhorando, conhecendo as diferenças entre timbres, notas, como escolher uma linha de proposta atonal, ou propondo formas de escrever partituras que revolucionasse aos que fazem parte da *entourage*.

Essa diferença pode existir na música para uma cantora, é uma possibilidade de ser uma das melhores do mundo sem precisar ser esforçadíssima, mas não pode ser assim com uma bailarina.

Eu estudei balé, eu me destaquei no princípio quando era criança a ponto de fazer prova pra Escola de Dança do Municipal, e eu sem ligar a mínima pra prova, nem dormir cedo na véspera, nem ensaios extras, entrei e fui logo pro nível mais adiantado.

A professora me colocava no fundo da sala, gritava enquanto o que corrigia não era real, mas enquanto tinha as visitas da Tatiana que me puxava pra frente, me pedia pra demonstrar a coreografia e tinha sempre um certo destaque com as visitas, até com o Baryshnikov. Até aí eu fui levando, foram seis anos tendo que fazer prova na volta das férias porque eu tirava o verão inteiro de férias, isso é sair da Escola, então tinha que em março fazer prova pra entrar de novo. E enquanto mesmo parando eu nunca me atrasei foi bacana. Até que na apresentação de fim de ano do Lago dos Cisnes eu já esperava não protagonizar, mas não tinha dúvida que nas formações das principais que dançam como quartetos eu continuaria a ser escolhida, como foi nas apresentações de Gisele, e não fui. Fui deixada como coro com as menos importantes. Meus movimentos não tinham mais a firmeza de antes, e mesmo com a vantagem de conhecer todas as coreografias como público desde pequenina, enquanto a maioria nem tinha hábito de frequentar espetáculos de grandes companhias que se apresentavam no Municipal. Foi nesse dia que fui pro coro das esforçadas e sem diferencial que eu abandonei o balé clássico e fui fazer contemporâneo, porque entre esses eu continuava me destacando. Era uma época que não havia grandes companhias de contemporâneo no Brasil. Hoje já é outro quadro. Mas foi fácil pra mim decidir largar uma coisa que eu tinha mal ou bem investido anos.

Não havia pra mim a menor possibilidade de uma carreira que me exigisse uma vida de sacrifícios. E soube disso antes, quando houve uma seleção para entrar no Béjart. Eu fiz a prova, fui aprovada entre centenas de estudantes e seria o ninho de quem quisesse ser bailarina na vida, mas eu fui ler sobre Praga, a temperatura, a vida cultural de uma adolescente e não é [que] amarelei; eu simplesmente não iria abrir mão da minha vida super divertida e alegre, com namorados, amigos, noitadas, praia e convivência com cariocas e nordestinos dulcíssimos pra ficar estudando onze meses por ano, com dor pelo corpo, sem recompensa qualquer que não fosse o prazer de ver as cortinas abrirem, sentir um frenesi no corpo tenso, dois minutos de posse total do corpo como um instrumento e o final do espetáculo ouvindo e apostando em quantas vezes se conseguia de palmas pra reabrir a cortina.

Essa história do balé eu contei pra comparar com minha resignação de não conseguir ser uma escritora razoável. Minha resignação não, minha consciência de que, talvez, se eu me esforçasse realmente pra me dedicar a contar uma história que eu consigo ver o quanto podia ser um lindo romance, me obrigaria a um tipo de retomada de estudo. Começar escrevendo com ensaios, pra me habituar aos personagens, a um conhecimento do uso da língua. Bom seria uma certa autobiografia de uma vida passada a limpo e com algumas fantasias como parte, com a intenção de falar mais do que eu observei das pessoas que convivi e como notei suas riquezas como seres profundos e tão criadores de vidas tão ricas do que realizaram, do que tentaram, do que pensaram e trocaram de pensamentos pra fazer com que a vida pudesse continuar. E não é algo que eu queria notar porque convivi com intelectuais, artistas, grandes nomes, mas porque eu tive a sorte de ter seres humanos riquíssimos de singularidades.

Mas se eu não tiver muito esforço e seriedade, vou acabar com estudos psicológicos nada originais, histórias legais contadas por alguém que não sabe contá-las.

Fiquem tranks, que eu nunca submeteria meus amigos a terem que ler uma autobiografia de relatos jornalísticos que acabariam com lembranças extraordinárias da percepção que tenho dos seres humanos pela minha incapacidade de escrever um romance, e a ideia de um *ghost writer* me faz sentir uma enganadora.

O que eu tento é me testar escrevendo ensaios com temas variados das coisas que eu tenho mais saudade, juro que sem muitas interpretações psíquicas pra não tornar muito óbvias as identidades das pessoas citadas, e também não distingo nos textos quais foram verdade, quais foram meio ficcionais, baseadas em lembranças reais, ou quais são puramente invenções fantasiosas.

É assim, nem tudo pode ser mesmo que Deus não exista. "Se Deus não existe, pode tudo." Mas em certos casos, ou profissões, talento é fundamental. Isso é uma frustração. Se eu pudesse trocar o balé, mesmo pra ficar no coro, preguiçosa, eu poderia ser uma escritora realizada.

Prosa poética

Eu queria que me vissem como eu me vejo, ou como sou, ou talvez como imagino ser. Mas o outro não pode me ver como eu, eu pro outro sou uma simples projeção de algum lado deles.

[19/08/1984]

...

É tão difícil olhar no espelho, me ver como os outros me veem. Isso me fode a cabeça, é que eu não sou tão terrível como pareço!

[20/08/1984]

...

Sempre tive maus hábitos! O domínio, o falso domínio das minhas criações, da minha fertilidade. A sensibilidade alterada, múltipla e ainda minha. A inteligência. A gente repete os erros, os mesmos. Ainda implico com meus dribles, por mais que eu saiba que a verdade inteira nunca será dita, que ela não tem expressão possível... Eu tento a verdade parcial.

[1986]

...

Bebi esse último gole de cerveja acreditando ser champanhe; talvez eu finja isso? Será que é desse tipo de fingimento que está falando? Se for, é, eu finjo coisas na vida, pra mim, pra ser melhor. Isso pra mim se chama romantismo; se não for, a vida perde um pouco do sentido, da beleza... A vida. Único bem real. A que eu levo ao seu lado, é só isso, a vida. E eu preciso achar algo sobre ela e acho boa.

[18/02/1986]

...

Eu sou grande? Sou pequena demais? (...) É tão difícil o limite. Conhecê-lo. É tão fina a linha que separa meu brilhantismo da minha mediocridade ou o meu charme da falta de beleza até o que me faz feliz ou deprimida!

[25/04/1986]

...

Ouvi dizer por aí que o bom é ser normal. Sem essa de especial. Especiais são todos, eu quero é ser normal. Especialmente!

[10/05/1986]

...

Queria ser atriz. Queria repetir o feito. Ser bonita. Às vezes quero coisas babacas também. Por que não? E o meu lado babaca? Não vale? Hoje chove, e tudo assim com esse clima... Queria ficar no meu quarto, receber visitas, permanecer no ritual da concha, com incenso, chuva, nessa luz... Que meus cabelos não secassem nunca, nem saísse esse cheiro. Bom o perfume. Gostoso esse pós-banho no quarto, roupa leve... Incenso, caneta e agenda.

[31/05/1986]

...

Quero ser mãe! Às vezes tenho umas vontades tão medíocres. (...) Gosto não só de criança, mas da relação de mãe. Tão próxima. Isso é gritante nas minhas relações todas. Ai, mãe, eu quero é você!

[05/06/1986]

...

Sei que existem muitos rumos. Há indivíduos que são alguma coisa, outros que não são nada, depende do que fazem de sua vida. Quando se é jovem não se sabe ainda o que se vai fazer dela. Daí o tédio. Mas desde que a gente se interesse por alguma coisa que não nós mesmos, não há problemas.

[02/09/1986]

...

Uma vontade incontrolável de pular fora de mim, de contar pra alguém, até pra um estranho, de gritar, de dançar. Impressão de poder ser sempre assim, involuntariamente feliz. Me dar bem, tentar. Até essa coisa que eu não acreditava do coração ser pequeno demais, do peito parecer repleto, de cantar o tempo todo... É, me convenci que dá pra ser verdadeiramente feliz. Não é o resultado, a moral da coisa em si, não, são as perspectivas, os desejos, as vontades, que voltam e adquirem uma dimensão infinita de beleza.

[02/12/1986]

...

Eu tô me experimentando, me testando e aonde eu chego? A mim, à minha família, aos laços que me unem ao mundo. A melhor viagem. Ao maior amor e a todas as possibilidades de ser feliz. Bom ter me descoberto no mundo adulto, de pessoas legais, gostáveis, que me gostam, e eu assim, bem. Sinto vontade de abanar o rabo.

[julho 1987]

...

Voltei-me para o espelho: uma menina boba, os pés descalços manchados de talco. E os cabelos escorrendo água, como o rosto escorrido, aguado, com um resto de maquiagem. Enrolei-me na toalha, encolhi os ombros. Não queria mais aquela imagem, apesar de achá-la vagamente bonita. Uma expressão indecisa nos olhos levemente estrábicos. Por mais banhos que tomasse, permanecia o cheiro da memória: se eu pudesse limpá-la, tirar dela ao menos as lembranças mais tristes ou sei lá. Mas ela ficava lá, no espelho orvalhado de banhos quentes.

[1987]

...

Houve um tempo em que o mundo todo girava em torno de mim, todos me amavam, todos os livros, todos os discos e coisas bonitas eram escritos, tocados e sentidos por mim, só por mim. Hoje não há vontade nenhuma de ouvir música, de ler, de nada, só de sentir um abraço carinhoso na minha cama.

E eu já nem sei se vai ficar tudo bem. Só sei que sofro de um medo estranho, de uma doença incurável, de males tratáveis sem certeza de cura. (...)

Tudo quase inútil, possibilidades de nada. Então me leva. E sozinha não tem importância nenhuma. Sozinha não produzo como Graciliano, sonho com o final feliz, acompanhada. Ô cara, sofro tanto. É como se existisse uma sensibilidade em mim que não sou capaz de segurar.

[25/05/1987]

...

Uma beleza forjada, o cabelo, a boca, a maquiagem e a pele sem viço, sem juventude, sem felicidade. Como foi que perdi minha alegria? Quando foi que deixei de ser feliz? Eu era uma menina alegre e meiga. As pessoas se aproximavam de mim só por isso, como se pudessem ficar pelo menos com a sobra da minha alegria. Agora eu tenho as olheiras também murchas, o ar de tristeza. Vivi, vivi coisas impressionantes de se contar. Mas aquela alegria verdadeira, intrínseca, autêntica. Aonde foi?

[17/06/1987]

...

Ainda chove, mas eu sinto um calor intenso, imenso, agoniante. Vontade de tirar a roupa. Ou olhar fixamente para o Marco, deixar que me olhe sem movimentos. Viver com Pietro. Acordá-lo, estar de bom humor. Não saberia viver sem que existissem essas pessoas. Nunca entendi porque terminou com o Arthur. Mas terminou, não é? Assim, mesmo sem motivos. Dessa vez eu não fiz nada. Estava tão calma, feliz com tudo, sem pressionar nada. Mas ele simplesmente não conseguia mais.

[1987]

...

Entendo que se aflija com drogas, etcetera, mas com o sexo do próximo? Cuide do próprio e já faz muito. A gente já invade tanto os outros, comete tantas perversões preocupadas, mas mexer na zona sul do outro. Já é tão difícil amar, crescer, ser amado. E tem que vir alguém determinar o momento do sexo. Desculpe, mas não vou deixar. Isso é meu.

[agenda 1987]

...

Odeio sofrer! Odeio! Não gosto de gente trágica, dramática. Não sou assim! Não sou uma mulher histérica, nem infeliz. Gosto das pessoas, gosto. Até as amo. Porra! Não há nada sólido, não tem nada de concreto na minha vida. (...) Eu tô sozinha pra cacete. Numa solidão cheia de sorrisos e pessoas. Eu não quero ficar sozinha. Mas vivo de relações frias. Cadê as coisas que eu sei que existem?

[1987]

...

A tristeza profunda, visceral, ela é econômica. É uma não intenção, uma não expressão, uma ausência. Acima de tudo uma limpeza. Quase serena.

[1987]

...

O amor é o sonho do sonho, é a viagem, o desejo, a autenticidade, a realidade é o conflito. A verdade é ficção. A crise só faz crescer, como as viagens, os sentimentos porque tiram o que há de real dentro de nós, lá dentro onde não se conhece, muito menos [se] comanda. "Você me amou ou quis porque seria bom?"

[1987]

...

Ah, os seres humanos não devem ser eternos, ok! Mas pelo menos trezentos anos a gente podia ter pra viver. E se eternizar. Ninguém podia envelhecer. É uma degeneração, é a aproximação do fim. Não quero apodrecer. Devíamos ser jovens sempre. As relações também. Deviam manter-se no seu apogeu de proximitude, de felicidade. Entre homens e mulheres a paixão seria imortal. A relação seria sempre novidade, cheia de surpresas. Seríamos todos felizes. Por que não ser felizes? Ai! Como morrem inutilmente pessoas amadas, importantes! Ou mesmo as infelizes, já lhes basta a má vida, ainda a morte!

[1987]

...

Se você tá na merda, se comovem, ficam perto, comentam entre si, e sofrem junto. Organizam-se e ajudam. Uma ajuda objetiva, honesta. Mas se você está feliz, bem, não permanecem mais de três horas ao seu lado, não se comenta. É como se ser feliz não tivesse importância. Teriam outras desgraças pra se preocuparem? Acho que sim, sempre há bastante desgraças.

É tão altruísta isso de deixar a felicidade só pro dono direto e compartilhar amigavelmente das tragédias. Talvez forcem-se a isso. A serem bons. Talvez sintam-se bem por fazerem o bem. Mas não acredito. Esse tipo de postura não pode ser autêntico, intrínseco?

[1987]

...

Se pudesse ter ao menos tudo documentado e que essas coisas fossem vistas, sabidas. Cada beijo que foi dado, cada gesto teria uma importância infinita, que não poderia ser levada para um desimportante túmulo. Tia Thereza, Branquinha, Flávia. E nada mudou em nossas vidas. Ou mudou tão pouco. Sempre acho que os vivos devem aos que morrem... Que sentimento estranho esse meu. Por que o tenho assim, forte?

[1987]

...

Gosto dessa loucura feliz, da expressão prazerosamente drogada. É preciso ter coragem até pro vício.

[1987]

...

Um dia eu tenho que chorar, chorar lágrimas grossas, quentes, chorar. Deixar escorrer todo o acúmulo, tudo que se deposita lá no fundo e a gente nem percebe. Dessa vez ninguém vai pôr você no colo, menina, ninguém vai dizer as coisas que você espera ouvir. Dessa vez não haverá nenhum consolo, a não ser esse reconfortante prazer de chorar.

[1987]

...

Existem dois tipos de pessoas, as que nunca têm tempo, ou as que têm tempo sobrando. No segundo caso, creio que estejam doentes. O tempo deve ser usado a serviço do desejo, quem o tem livre, não está realizando seus desejos, tende a adoecer. CUIDADO, moça!

[22/09/1987]

...

As pessoas se acabam, mudam de um jeito que deixam de ser o que eram. "Perde-se antes até de nascer." A vida é um processo de perdas. É sim. (...) Só quando se absorve a capacidade de assimilar a perda é que a criança pode se tornar um ser individualizado. Matando a mãe amada, para a sobrevivência da mãe maior. Capaz de ser internalizada, e aí pode surgir entre mãe-bebê uma relação mais profunda, continua.

[01/12/1987]

...

Quem foi que nos roubou esse direito de criar padrões próprios, fantasias nossas, desejos verdadeiramente originais? Às vezes acho que eu também fui cooptada por tudo isso. Me pego com medos que não são meus, assim como vergonhas que não são minhas, também. Chego a mudar atitudes, vacilar em satisfazer meu eu profundo pra agradar um padrão não meu. Algo externo, pouco importante. Não sei o que se passa em mim, em horas assim, mas elas existem, povoam meus dias, me deixam insegura, me modificam como ser. Claro, eu meu policio, me forço pra tentar me preservar disso. Mas é tão difícil não colaborar. É assim que eu me sinto, colaborando pra que tudo funcione como estava estabelecido.

Como se fosse prejudicial mudar o estabelecido, fazer valer a verdade, o amor, as relações onde se pode ser autêntico, livre. Talvez eu esteja também já um pouco invertida. Será que me inverteram? Quais são os valores que me movem de verdade?

[02/12/1987]

...

É impossível negar o medo, a possibilidade de em vez de mostrar pros outros o que eu sinto, assustá-los e ser repudiada. Não aguentaria ser repudiada. Não aguentaria nem não ser amada. Talvez por isso ceda no que duvido de mim, em conseguir convencer as pessoas a virem pro meu lado. Quando há a possibilidade de perda, amarelo. Fico fraca e cedo, colaboro com a permanência do que não acredito. Penso, "é melhor assim, tudo errado, enquanto posso tê-las e me alegrar com o que há de verdadeiramente belo nelas. Absorver o bom do que a realidade oferece." Antes pensava que estava me insuflando pra explodir de dentro, ou pra ter maiores chances nas mudanças. Hoje sei que não, fico porque arrego mesmo. Pode ser que consiga, estando dentro, passar coisas de bom dos meus valores pras pessoas. Afinal, eles são meus! Mas não foi isso que me levou a evitar o confronto direto. Foi o medo do desamor.

[02/12/1987]

...

Seria terrível o desamor. Nem imaginam como me magoam as pessoas que não me amam. Mesmo que não as ame, a falta de sentimento delas é insuportável. Detesto toda vez que me lembro que o mundo não está inteiro apaixonado por mim.

[02/12/1987]

...

O Sol não apareceu, já é noite, chove. Tudo me soa como mensagens. Ô! Quando me desespero fico mística, rezo, procuro verdades, vítimas, culpados. Busco no mundo as respostas que não quero ver em mim.

[1987]

...

Certamente minha forma não é constante, ou mesmo constante não é sólida. Não sou firme nem prática, nem procuro soluções que convenham. Sou diferente, pelo menos nesse tipo de relação, sim. Sou melada, sentimental, romântica, mas sou instável. Tenho mil vontades e não as castro. Preciso conhecer e experimentar pra decidir. Não posso saber se quero ter filhos se não sei como é ter 20 anos e ser livre, independente, sei lá, os desejos de amanhã. Não quero castrá-los com decisões de hoje.

[1987]

...

Os relógios moles, o tempo relativo, o futuro nu; nada altera a certeza que tudo que existe, todos os tempos do mundo acontecem exatamente, exatamente agora. Todo o ano passado, tudo que sou da antiga, tudo que é diferente e novo em mim, tudo isso é exatamente vivo nesse instante.

[01/01/1991]

...

Até hoje meu corpo me incomoda, não o sinto "eu". As dores ainda são algo que me levam a achar que é um estranho, me impondo uma realidade externa. Isso hoje tem esse sentido óbvio. Não consigo levantar, nada de sais de banhos. Cama, o quarto imundo, e nada me incomoda tanto quanto essa falta de força para levantar.

[08/01/1991]

...

Não sei se conseguiria trocar minhas vivências inteiras. Os arrependimentos sempre passam por uma autocrítica super severa com a atuação que eu desempenho, que eu ainda acreditasse poder agir diferente durante as situações que eu crio, eu continuaria a desejar voltar no tempo ou prever o futuro com exatidão. Mas como eu consegui me conhecer e intuir as situações futuras (aprendendo a dominar a consciência dos mecanismos que determinavam o próximo instante)? E esse poder, essa sabedoria, não modificou em nada meus deslizes, nem ao menos me protegeram de cair nas mesmas armadilhas. Eu entendi o Pedro Nava. É impossível escolher usar, fazer, viver coisas sem sofrer o efeito delas. Ninguém é capaz de controlar as situações quando está envolvido nelas, com a mesma consciência de quando está em outro momento, podendo pensar sobre o que não é presente. Então nada pode fazer; de um jeito ou de outro repetimos erros, fazemos tolices e descobrimos que nossa liberdade de escolha é bem limitada. Podemos nos privar de experimentar riscos, mas se optarmos por viver na defensiva também não somos livres.

[16/04/1991]

...

Não sei direito como me veem. Detesto me ver invadida por outros olhos que não os meus. Nunca consigo permitir aos outros formarem ideias a meu respeito. Aliás, tento não permitir, tento confundi-los. Mas tenho sempre bandeiras (sintomas) demais.

[24/01/1991]

...

Se conseguisse, mesmo que pudesse, sempre preferi fugir. E sempre o mais cedo possível. Não posso ir pra não conseguir. Não posso ser derrotada de maneira nenhuma. É difícil isso pra mim. Fico com tanto medo. Não dou conta, não acredito, não confio em mim e desisto.

[06/05/1991]

...

Tinha vontade de ser qualquer pessoa, fazer qualquer coisa, ter um lugar qualquer para ocupar. Tão complicado, tudo... Menos seis meses de vida. Perco-os assim... Sem estardalhaços, sem escândalos.

[13/05/1991]

...

Vou vivendo o que é inevitável, como se continuasse levada, na terceira pessoa, atropelada pelos fatos, pelas emoções incontroláveis, por todas as tragédias juntas! Ai, vozinha, me leva contigo, me deixa menininha com os sonhos ainda pra virarem verdade. Não deixa que me olhem com a consciência que nem eu tenho de mim. Você sempre soube, eu era assim, cheia de incapacidades e fantasias. Mas a gente ia resistindo, fazer com que tudo fosse verdade. Não sou tão má assim, né, vó? (...) Se fossem apenas consciências particulares, assassináveis, mas assim... Tanta gente!

[05/09/1991]

...

O dia era pra ser triste assim, na sua medida. Mas quando a biografada senta e lê a carta, fumando cigarros, pensando no nada, sentindo saudades, o dia fica imensamente sem razão. Principalmente quando a casa fica desarrumada com o namorado que vibra com o futebol enquanto a biografada chora desesperadamente de tristezas atávicas, e tão remotas. "De tudo só importa não ligar e ser feliz."

[08/10/1991]

...

Eu tô com medo, os resultados do que eu faço são sempre dubitáveis, nunca sei o que vai poder ser reabilitado das minhas combinações comigo.

[21/10/1991]

...

Já me decidi. Quando se pensa na possibilidade de ser má é porque se quer muito isso, eu já sabia que faria e seria assim, muito má. Até porque quando se verbaliza pra alguém algo que se pode optar, se ganha um cúmplice e um compromisso. Agora com tudo resolvido, não tenho medo, não mais. Já passou. "Eu só queria amor... E mais nada."

[05/11/1991]

...

Talvez não dê mais. Acho que não vai dar. Mas ainda não consegui entender a dimensão do que isso vai significar de perda pra mim. Como vai ser agora, depois de tudo? Tudo mudado e não se sabe pra onde. *Bye-bye* presente, porque eu não consigo determinados prazeres juntos, e as conversas têm obrigatoriamente que ser histéricas e inúteis. Insustentáveis levezas de felicidade, eu vou embora. Sou história, sozinha, sem nada. Nada nem do que me arrepender.

[11/11/1991]

...

7:30h – madrugada – bem cedo, um pouco depois do tempo, quase tarde demais – Esse momento pra sempre indeterminável na espera, no ato, na memória – impossível de viver, deixar passar e saber que houve. Porque não se sente "a coisa" como real, não é aquilo ali que se vive. Vem tanta coisa, toda a vida que se teve, os sonhos, a verdade de tudo que se é de fato, e do que já não é mais possível ser. Essa mistura do sofrimento pela perda irreversível, de dor demais e a negação disso. A certeza de que nada tão absoluto possa ser verdade. Não dá pra acreditar e sentir tudo, de alguma forma se intui.

Como da morte, eu me protejo dos sentimentos que ela me traria, não acreditando nela como fato. A dor vem de tudo que ela produz; da saudade que se experimenta, das mágoas, da certeza, dos arrependimentos e medos que sempre existiram e por saber que nada mais pode ser mudado. Nenhum carinho a mais, nenhuma correção do rascunho que foi vivido. Nada fica diferente do que sempre foi e tudo jamais será igual ou tão vivo e sem dor. O fato vira um processo, um sentimento novo que se vai viver com você. É algo que se vive pra sempre, sem tempo. É você que não pode mais ser a mesma, eu sou esses fatos. Meu ser é esse acúmulo de sentimentos. Ninguém pode livrar-se de si, do seu passado, suas dores, seus mortos, só se sobrevive porque nada disso destrói a continuidade das felicidades que se perdeu. Tudo, absolutamente tudo que se amou, toda a sensação que se viveu, a dor de ver terminar, de deixar de existir, de ser o que há de melhor virar passado, tudo isso vai passando a existir conjuntamente em nós. Nada passa. Esse aborto, a morte da vovó, assim como os sonhos da gravidez, os carinhos do Arthur, minha história com a vovó, são coisas que aconteceram em tempos diversos, mas que hoje acontecem em mim simultaneamente.

[16/05/1992]

...

Eu brigo! Por amor! Só por amor, sem perfumes, presentes ou cinema. Mesmo sem romance. A expectativa do acordar, do reencontro dos desejos, de provocar-lhe vontade de fugir pra mim. De dar-lhe a certeza de não estar só nunca.

[02/03/1993]

...

E de repente eu me dou conta da minha solidão, de como eu não me acho em lugar nenhum em mim. Não sei o que é meu, não tenho minha noção de limites claros. Não tenho noção nenhuma fora essa angústia de estar só, sempre perdendo... E investindo errado... E eu sempre invisto tudo... Perdendo tudo... Ideia do absoluto em mim...

[11/03/1994]

...

Difícil a vida. Me mandam embora com uma facilidade. Cansada de ser escorraçada. Eu não! – Me adora, me odeia, mas não ama. Nunca disse que ama. E não sei porque não acreditar nele. Não ama e só. Acontece, sabia, dona Beatriz. Há no mundo meio mundo que não nos ama e muito poucos que pensam nisso. Uma segunda chance, quase distante, que eu fico com dúvida se é castigo ou frieza. – O ser humano morre de angústia porque a dúvida é a única coisa que nos move. Dúvida e compromisso.

[23/03/1994]

...

Não sei quase nada. A vida não vai ser fácil e eu quase não creio nas suas possibilidades de poesia, com tudo tão torto em mim. Me sinto muito torta. (...) Pra mim é tão regressiva essa situação analítica. Eles falando de mim num sentido tão abstrato... Tão pouco meu (...). Não vem com essa que abstrai, porque ninguém abstrai coisa alguma. E eu não sou adolescente nem muito menos toxicômana. Ouviu?

[24/03/1994]

...

Eu só queria que quando saísse meu sangue ninguém me atasse os pulsos. Ou que fosse tarde demais. Ou... Ou... Sei lá. Só queria que quando eu tivesse essa coragem tão difícil não me interrompessem de morrer.

[19/01/2001]

...

Não quis desiludir ninguém. O problema é que fui sendo flagrada, pouco a pouco. Nada do que posso fazer deixa que não termine por delatar-me, e correr pra montar os cacos que ficam das relações.

[15/03/2001]

...

A gente vai se adaptando à solidão. Porque fica difícil encontrar de novo o prazer naturalmente. Sem a endorfina sintética libertada no sangue e absorvida pelo corpo. Foi tanta que serviu para anestesiar tudo, toda realidade à qual nos adaptávamos. Mas tornava também possível perceber níveis superiores da consciência e dos prazeres nunca dantes penetrados em meu ser. Uma sensação de absoluto. "Namastê." Sei lá. Parece que passou.

[16/03/2001]

...

Me sinto em falta. Falta alguma coisa, nada preenche. Talvez o desejo do outro. Me interessei por essa noção do Lacan. O desejo que me interessa é o desejo dos outros.

[02/04/2001]

...

Eu me defendo, mas sei da verdade de tudo. Sei de mim, da decepção que eu sou. Eu sei, só que ninguém sofre com isso mais que eu. O inferno sou eu.

[04/05/2001]

...

Houve um tempo em que tudo dava certo. Mesmo fazendo errado, dava certo. Eu tinha sorte. Muita sorte! Aí, eu esqueci quanto me custou essa sorte. Esqueci que foi sorte. Confiei em mim.

[27/06/2001]

...

Sonho que moro numa venda, como vovó, e sou morena, uso roupa de festa e sou feliz. Hoje nada se passa e eu aqui, só, angustiada. Com essa praia que não deu certo. Tudo errado. O dia, por mais que eu fizesse, não tinha o sol do sonho.

[16/06/2001]

...

Não sei como posso ter tantas expectativas boas quando nada, absolutamente nada, me dá chances reais. Mas tem, tem um calorzinho fetichista de regressão de menina mimada que não me deixa acreditar de fato que nada de mal possa acontecer, mesmo que já tenha ocorrido. É absurdo, mas me sinto quase confiante, ou talvez só uma curiosidade otimista, não entendo bem. Aliás, às vezes acho que tô ficando é maluca.

[19/12/2002]

...

Sabe o que eu me peguei fazendo hoje? Procurando no horóscopo da revista de domingo o que é que dizia sobre as possibilidades da semana. Tá, eu aceito minhas regressões, meus símbolos mágicos, mas há de haver alguns limites que a minha inteligência não mais permita crença. Bom, isso a partir de amanhã, porque hoje não. Hoje pode tudo.

[19/12/2002]

...

Não, espera aí, falar da minha dor? Mas como calar? Se ela me entrega em gestos, na forma, na culpa...

Ela me denuncia e eu nesse microcosmo da minha vida... Ainda tenho um futuro, de algum lugar racional vem isso. Ele vai acontecer ainda... E muitas vezes. Ou seja, está sendo um susto ter sobrevivido. A tudo, chegar aqui, são 34 anos intensos de certezas, pelo menos vinte anos de certezas. De criancices, tolices, bobagens. Mas como deixar esse período magicamente dominado pelo engano de tantos anos? Eu consegui realidades sempre mutantes. Fui de tudo e agora não gosto de me apresentar como arrependida. Invejosa eu sou sim. Queria ter conseguido administrar a vida como todas as amigas, a vida própria.

[09/10/2003]

...

Pra mim a banda passou. Passou. E depois eu aqui, a moça feia, triste, o velho que contava dinheiro sou eu. E a garotada notou. É que a banda passou. Tchau.

[22/09/2003]

...

Não importa o que eu consiga sabendo fingir ser melhor. Lá no fundo eu sei que não vai durar. Porque eu não sou melhor. Sou só eu só e sem música. Transcendental!

[30/05/2006]

...

SEXO! É o sexo que move o mundo, ou o desejo dele. Jamais a satisfação. Essa não existe. Apenas uma vontade freada... que recomeça o tempo todo, como uma engrenagem, sistemática. É o sexo sim que move o mundo.

[29/05/2007]

...

Nunca acreditei que fosse possível alguém que tivesse sido da luta armada; não por inconsequência, por necessidade de reconhecimento; alguém com estofo, por ideologia e escolha de não se satisfazer em ter uma vida de prazeres pulsionais, sem uma moral que nos resignemos a merecer.

[2011 aprox.]

...

Se eu não me livrar dessa mágoa isso vai passar a envenenar minha vida. Em vez de droga, mágoa: sai por onde? Raiva, rancor, prepotência, orgulho, agressividade, covardia. Sentimentos que não fazem parte da pessoa que eu realmente creio que posso voltar a ser – e dessa vez consciente do preço dessa felicidade.

[06/06/2013]

...

Cada um que transmite a importância da memória e do pensamento como a imortalidade possível estará diminuindo a atuação do tempo. Quanto mais passado couber no presente, menos vazio será o momento e menores serão as faltas. (...) Pensar não é o bastante: se esse pensamento não for conhecido, não se torna real para o resto do mundo. Assim, não contraria o tempo, nem diminui a perda, muito menos a dor de quem foi perdido. Pensamento puro é o mesmo que esquecimento. Temos que tentar ser quem fomos e esquecer o que somos depois das perdas. Esquecer o que foi perdido e buscar o que tivemos antes de perder. Recuperar o afeto, a doçura que houve.

[sem data]

...

Meu analista parece você, rouba todas as culpas do mundo. E eu não posso ter alguém que assuma minhas culpas. Já é tão difícil pagar o preço dos erros, ainda não ser responsável por eles é cruel. Mas eu resisto tentando.

[sem data – carta para Lucinha]

...

Meus sentimentos de ontem não sobreviveram em mim. O tempo que passa não é só uma medida convencional, é a vida. Cada momento que acaba leva tudo que existia. A memória da emoção não a torna real. As lembranças têm o poder de nos permitir uma história, mas não recriam o que foi perdido. O passado não nos pertence. O único tempo real é o que desistimos de possuir e mesmo nossos corpos já não são tão precisos quanto os registros que temos de seus contornos. Nada pode ser preservado, a vida nos é roubada como se nunca a tivéssemos possuído. Pra onde vai tudo que já acabou? E por mais que se prevejam as ciladas, não se pode evitá-las. Caímos inevitavelmente. Perdemos tudo que pensávamos ter, e nos adaptamos às novas ilusões.

[sem data]

...

A criação de uma vida resistente à inexistência, mais do que a capacidade de resignação, é uma fonte de esperanças contra o tempo. Continuar criando momentos, mesmo que seja pra serem destruídos depois, faz da vida uma atitude de coragem.

[sem data]

...

Você merecia uma irmã que eu não vou poder atender nunca. Isso me entristece. Mas me alegro tanto com a possibilidade de você descobrir minhas novidades, minha vida que eu pretendo. Se aproxima do seu ideal romântico de irmã, que te juro queria poder ser toda. Mas cada um tem limites. Eu estou aqui me deparando com os mais difíceis que eu tinha pra mudar. E continuo, dia a dia, mudando.

[sem data – carta para Dudu]

...

Me acho feia, cheia de olheiras escuras... Envelhecida. Mas tão energicamente jovem, com desejos adolescentes de tão poéticos. Fico em transe de poder estar tão perto e sendo. Vivendo juntos. Me sinto inteiramente à vontade como sua mulher. Compramos pó. Fiz mal, me prometo e faço bobagem. Mas vai baixar. Não quero essa onda. Quero o Federico, que entra na onda e se arrepende.

[sem data]

...

Será que eu danço? Será que ainda sei dançar? Sinto uma nostalgia controlada (...). Talvez conseguisse conciliar uma certa indulgência com dedicação exagerada que eu sempre tive na hora de ensaiar de verdade. Eu sempre tive mais moleza do que todo o grupo. Tinha mais moral pra ensaiar menos. Sempre fiz menos aulas, frequentava pouco os ensaios longe das apresentações. Só emburacava quando marcavam a data da estreia dos espetáculos. Aí era obsessão, só parava de ensaiar pra namorar... (...) Só sinto falta do palco nas estreias. De ser eu lá,

dançando até sangrar os pés e ouvir os aplausos...
Do camarim e das flores... Amigos paparicando...
Bom, cada opção tem seus preços.

[sem data]

...

Quantas vezes eu decidi ser real, ser quem sou sem fantasias? Quantas vezes eu recaí, me traí em mentiras contínuas. Crer em mim? Por quê? Se eu não conseguir provar ser capaz? Vou ser humilde? Vou me perdoar, me aceitar? Me mostrar sem firulas, alguém cheia de dificuldades, de problemas... Inseguro, sem nenhuma genialidade... Nem persistência ou força? Eu tinha? Achar essa coragem toda? De onde? De onde vai vir essa mudança? Onde em mim procurar a verdade?

[sem data]

...

Tá valendo viver e ser quem se é. Nunca quis ser outra pessoa, trocar de lugar com nenhum personagem de comercial de margarina ou ser um dos meus ídolos literários. Sempre adorei ser exatamente, precisamente eu, mesmo com todos os arrependimentos infinitos, com todos os lutos, depressão. (...) Tendo de pagar adiantado, mostrar os resultados e dar garantias pra receber novas chances. Preços altíssimos por abusar de só fazer o que tem vontade, por escolher sempre o mais forte para ter o efeito mágico / o prazer sem nem ler as reações adversas mais intensas escritas em caixa alta das bulas.

[sem data]

...

Eu nunca demonstro pras pessoas o quanto custa pra mim... O quanto de humilhação eu me submeto pra satisfazê-las, pra não decepcioná-las. E eu sempre quero dar, fico querendo poder dar. Nunca me senti suficiente, sempre quis poder dar mais que eu. Sempre dei, sem ter, e fiz de tudo pra dar o que não tinha e meus preços... Sempre paguei tão caro! As cagadas, pra depois consertar, juntar os cacos, ficar pronta pra outra. Me apronto pra outra, sempre pronta pra próxima, sem registro da anterior... Ninguém viu? Então não houve nada! – Levanta e vai. Disfarça e vai!

[sem data]

...

Eu na verdade nunca aprendi o quanto cada um é dono de si. E é. Ao todo, sem pedaços, a única chance que eu tive já foi. A adolescência, a fusão de desejos... tudo que era 1ª, 1ª! Isso passa. É só ferida.

[sem data]

...

Tudo em mim é de uma princesa colada num álbum velho de uma criancinha que morreu sempre há muito tempo.

[sem data]

...

Acho que tive a adolescência mais romântica do mundo, o principe mais doce de todos os homens. Me senti sempre tão amada que não resisti à forma que fez tudo perder a beleza que a gente julgava indestrutivel. Ainda é muito difícil acreditar que não há mais amor entre nós. De um jeito ou de outro, ainda há.

[sem data]

...

É tão estranho reencontrar o olhar do Arthur e não tremer mais com os seus cachinhos embaraçados de ansiedade intraduzível. Daquele ser que nunca falou com verbos, só com olhares e poros. A pureza da voz, das construções mal elaboradas. Tanta espontaneidade nos erros. Nunca quis deixar de amá-lo. Nunca imaginei perdê-lo por inteiro. Ó, Arthurzinho, queria tanto pedir-lhe perdão por ter sobrevivido ao nosso fim!

[sem data]

...

Ainda não aprendi o pulo final. Tem uma hora que é preciso sumir, desaparecer. Fazer com que tudo seja deixado sem conclusão. Essas criações pra dar certo não podem virar parte da vida, não pode ter continuidade. São só aparições, acontecimentos. Depois se vai. A gata some, fica só a ideia, a impressão. Eu ainda não aprendi a largar tudo, deixar o palco no climax, na cena do amor maior. Eu estico o tempo da cena, aí danço. Porque minha vida não acaba, e eu nunca tenho pra onde ir.

[sem data]

...

Eu me pergunto o que estou fazendo nesse mundo. Será que dormi o sono da bela adormecida e acordei em outro tempo?

Muita dificuldade de entender nosso tempo, aceitar... Impressão que não sou daqui. Sinto-me mais próxima dos que habitam mundos perdidos, onde sabe-se que realidade não é tudo...

[sem data]

...

Ah! Se eu desse pra poeta. Fernando Pessoa, sim! Podia ser deprimido, veado, empapado de ópio. Mas era sublime. E eu nessa depressão sem talentos.

Pra me drogar, descasar... Não consigo aproveitar os meus fracassos. Nada vira arte ou reconstrução com estoicismo e nobreza. Nada. Não sei ser sublime em desgraça! Devia não importar, mas os desgraçados sabem...

[sem data]

...

Não gosto do estoicismo dos grupos anônimos, dos otimistas perante a catástrofe. Não quero falar. Me deixem só. Estou aborrecida e chata. Nada vale a pena. Mas o telefone toca. É pra mim...

[sem data]

...

Fazer a vida em cacos, cada pedacinho arrumado dentro de encaixes tão frágeis. Se desse certo sempre, não faria sentido a verdade das coisas que são inteiras. Eu nunca soube da inteireza de nada. Fico vivendo de chances... De oportunidades que surgem aleatoriamente. Nada que possa ser repetido como formato. Não tenho nenhuma certeza de como conseguir o próximo sucesso. Nada pode ser programado a médio prazo, nem a maternidade, nem a desistência dela. Não desisto nunca. E não me proibo jamais. Só engravido, pelo menos isso. Eu testo a realidade o tempo todo, todo.

[sem data]

...

As personagens que construo, dá trabalho fazê-las viver, ter história, atuar – ter voz própria, sem que soem falsas. É um romance, uma realidade paralela. Mas é o que me faz ter uma vida desejável segundo meus olhos.

[sem data]

...

Não é preconceito, é razoabilidade. Idade não é um número aleatório, é uma caracterização de épocas, de momentos e movimentos de vidas. Nem sempre são precisos, é só um dado. Eu pessoalmente me acho incompativel com minha idade. Mas não me sinto desligada dela. Tenho quarenta anos, minha "adolescência" foi o rock n' roll, a precocidade pelo universo que fazia parte, de onde vim, com quem vivi e a compreensão do que se passava. Fui imatura e tola em não medir as consequências das atitudes e posturas, mas fui intuitiva nas escolhas das alianças e só perdi por essa questão: eu não tinha experiência pra realmente reverter esses encontros em criações férteis "pra além... etc.", Freud.

Claro que restou, como tudo na vida, "um pouco". Porque ficou, só em mim e neles, instantes. Que mudaram radicalmente nossas vidas. Mas que não detiveram o conteúdo das mudanças criados por nós, naquele instante. Isso é raro! São mais que tudo o que nos atinge na vida. O resto é saber se você é instinto ou razão. Se você reage em dois segundos.

[2009]

...

Não entendo porque se tem que repetir todos os erros que cometeram conosco pra demonstrar como ficamos magoados com eles. Vocês são tão poderosos, bem-sucedidos, por que esse desejo de viver mágoas de natais da infância? Me parece tão longe, diante da possibilidade de criar uma proposta de réveillon de anos-novos só de verdades.

[sem data – prov. 2011]

•••

As pessoas que tentam fazer esse mundo pior não tiram um dia de folga, por que eu deveria?

[sem data – prov. 2011]

•••

...mesmo que o neguemos, o tempo não fica imóvel. Pode parecer igual e repetido, mas continua passando em mim. Mesmo que ainda permaneçam certos sentimentos sem vida, sabemos que são antigos. Se não acabam algumas emoções, e aceito possuir sentimentos inalteráveis, temos que reconhecer neles a antiguidade.

[sem data – prov. 2011]

•••

Às vezes não faço nada, nada. E esse nada existe a ponto de se tornar insuportável, o cheiro de memória. Queria apagar, lavar com sabão, esfregar-me por dentro. Tirar tudo que entristecesse. Mas não dá, o cheiro. O cheiro é terrivel. Ele não sai.

[sem data]

•••

Às vezes me acho engraçada. E se me esforçasse um pouco podia até ter mais horas felizes. Apenas ficar bem. Por que tanto pensamento? (...) Quero parar de ser maluca. Querer coisas objetivas, realizáveis. Ter menos frustrações, projetos menos onipotentes. Seria tão bom se as pessoas quisessem o que de fato querem. Mas se pensa tanto.

[sem data]

•••

Ninguém precisa de tanto raciocínio. Basta gostar, sentir vontade, fazer, se deixar ir mais. Pensar apenas pra optar, mas optar entre os desejos, sem tanto jogo. Ter mais swing com os problemas. E não ficar criando arquétipos de pessoas felizes.

[sem data]

...

Não se devia querer ser diferente pra alcançar assim o prazer. Tem-se que buscar o prazer em sendo você do jeito que é. Ninguém precisa deixar de ser si próprio pra encontrar beleza, prazer; cada um tem é que descobrir o prazer que há no que é.

[sem data]

...

Se eu fosse menos complicada veria que tudo continua acontecendo, e que tudo pode ser bom. E que mesmo quando nada é assim, o dia é azul. E mesmo no meu automóvel, sozinha, há o som, há a mim e eu tenho coisas suficientes pra resistir a tardes sós de fossa. Um dia meu amor também passa. Amanhã me apaixono de novo e já nem lembro de hoje. E ficam só esses papéis. Um monte de bobagens escritas que eu respeitarei o suficiente para não jogar fora, mas não significará mais nada. E se um dia forem lidas, serão apenas bobagens, fantasias de menina.

[sem data]

...

Me sinto uma fraude, desmascarada, sem defesa, sem dribles para recorrer, sem um álibi que me tire do flagrante. Deus, como pude deixar que me vissem assim, tão nua, tão revelada, logo eu, tão vergonhosamente eu. Queria outra história, outro passado, outra vida. Com todos, todos eles ao meu lado.

311

Os carinhos tortos – os olhos de aço, implacáveis.
Nunca escondi nada. Como poderia?

[sem data]

...

Essa felicidade pode ter fim, mas também pode aparecer de repente, de novo, com um presente. Mas geralmente ela volta como uma retribuição de cada conquista que foi atingida nas construções que fizemos no dia a dia de nossas vidas. Escolhendo os riscos, avaliando as perdas e se resignando a elas. É preciso se resignar à vida, assim como é preciso compactuar com ela. Não é uma atitude de aceitação, mas a única maneira inteligente (porque válida) de ser transformadora. Deixem os moinhos de vento para os quixotescos, briguemos em batalhas onde hajam chances.

[sem data]

...

Meus últimos 15 anos eu passei entre a cruz e a caldeirinha. É óbvio que como não sou masoca nem determinada, não consegui negociar nem prazer – fiquei na caldeirinha. Até virar canja e ser antropofagicamente comida.

[sem data]

...

Nasceu! Tem 3,250 kg, 48 cm e é a cara do pai. Regina tava linda. Um dia azulíssimo. Lindo! Branquérrima! Cheia de sangue, vermelho forte, um choro bonito, quase alegre, só um olhinho aberto dando uma olhada no mundo. Gostou, Bela? O sol entra invadindo todos os vidros do hospital, tá se sentindo bem, amor? Queria te receber melhor, te fazer carinho, tão de longe... Chora, gatinha, chorona, acorda, enfia todas as mãos na boca, sente todo teu corpo, brinca. Nua, hipnotizando meu olhar. E eu olho sorrindo, lindo! - "Você está me convidando, menina quer brincar..."

[nascimento da afilhada, Rafaela - 05/05/1986]

...

Rafaela - três meses. Queria construir uma relação bonita entre nós, gostosa como teu cheiro. Sem verdades, com todo relativismo existente nas relações. Te ver acordar, ronronando, e curtir isso, tua gatice. Eu acredito, linda, nas relações que as pessoas inventam. Eu creio em invenções! Creio em você, no seu desenvolvimento nas tramas que você vai criar pra sua vida. A beleza que existe em teu nascimento inerente a nós.

Quero assistir tudo, quero te ver toda. Ser amiga? Se assim rolar, ser mãe, madrinha, tia, avó, irmã, isso é o teu sentimento que vai determinar. Por enquanto eu me denomino como eu sinto. Espero que goste... De mim, da vida!

[05/08/1986]

...

Rafaela hoje faz sete meses, já tá aprendendo a andar. Estranho como me sinto perto dela, dessa fase. É que eu me sinto tão despreparada pra vida quanto ela. Ela agora tem algo a resolver, a aprender, a andar, e eu não, já passei por isso, já ando. Adquiri firmeza nas minhas pernas. Mas não posso nem te ajudar, porque na verdade a gente simplesmente cresce, aprende e não sabe bem como isso acontece. Só que hoje, andar pra mim não constitui um problema. Hoje meus problemas são bem outros, e pra eles eu tô tão despreparada quanto você, pra andar. Na realidade vivência não melhora em nada nosso estado perante a vida. Fica-se sempre assim, atônito, porque nunca se vive o mesmo problema e o que precede o outro não ajuda. Então, não tem saída, com quinze, vinte ou oitenta anos; a gente tem sempre essa perplexidade pro que virá. O futuro é uma interrogação para qualquer idade. A gente só sabe do que viveu e, como a vida da gente não se repete conosco mesmo, não aproveitamos nada desta sabedoria. É assim: "Experiência é um farol de marcha a ré, só ilumina pra trás". E em cada hora da vida da gente a gente vive coisas diferentes. Mas a gente tem que aprender o que já aconteceu pra resolver o passado. E aí; ter clareza pra ver a vida presente.

[05/12/1986]

...

ANIVERSÁRIO da minha afilhada – coisa mais linda do mundo – que eu amei desde o ultrassom em que descobrimos seu sexo. Menina, de dedo na boca. A Gabi emocionada e, depois de tanta torcida minha, me deixou escolher seu nome. Tinha que ver a sua carinha, esperamos nascer.

Clara, doce, perfeita e linda, linda! – JÚLIA – Amor eterno na vida.

[18/10/2006]

Poesias

A vida, mãe, não se faz todo dia
A vida a gente acostuma com todo dia
Mas não esquece como era
A vida não está
A vida é
é maior do que esses dias
É maior do que esses anos perdidos
Ela vive em mim
Ela existe.
E eu posso senti-la
tem um vidro entre eu e ela
Mas eu sei que ela é a vida
Nas fotos, na poesia,
nos olhos, e no jeito que vejo
o mundo continuar.

...

Manhã clara, claríssima...
Sol demais... O mar batido, areia
Tudo embaça junto com meu cabelo,
Esse sono e essa água.
Uns desejos estranhos nessa sensação pelo Leme.
Onde foi que estávamos que pareceu tão terno?
Não era esse o verde do mar.
Nunca tinha sido com verde avermelhado assim.

...

Como Cyrano, que dá seu amor sem esperar retribuições
Como Cristiano, que ama com as palavras emprestadas
/ por outro amante
Como Roxane, que se apaixona por uma ilusão de amor
Como todos nós, que brigamos contra a morte com a
única esperança de não
entregarmos o que nos é mais raro

...

Mamer, tua criança cresceu
E se tornou apenas mais triste
Vai existir em você um lugar que reconhecerão tua criança
E voltarei a ter teu amor
Cheio de esperanças
E apaga-lhe todas as diferenças que hoje me vê e
busca a distância imprecisa e vagamente torturadora
A distância buscada e impossível de recorrer
Vem mãe, como a noite antiquíssima e idêntica
E é subitamente impossível escolher
Tudo um dia perde as arestas e as cores primeiras
mas no céu ainda há um azul, já
crescente, nítido, diferente, imprevisível
a mera luz distante
Há também crianças que, se você não buscar semelhanças,
vai encontrá-las em todo amor.

...

MEU LUGAR
Quando eu era criança
todos os dias eu ia

sentar numa pedra
pra ficar olhando o mar
Depois de um tempo, aquela pedra,
se tornou minha,
aquele mar era meu
E a linha do horizonte, longe,
tão longe, infinita,
Era o meu limite.
Ninguém entendia
porque me dava tanto prazer,
sentar numa pedra pra
olhar pro mar
Mas era tão gostoso
Uma sensação de liberdade
invadia meu ser,
Aquele vento batendo em meu corpo
Eu me sentia viva.
Os respingos do mar, molhando
meu corpo quente de tanto sol
Sentava, olhava, e brincava,
e gostava, e sonhava, e vivia,
e era feliz,
com o olhar livre, sem direção
olhando pro mar,
pra algum lugar
Um dia minha mãe
me achou lá, no meu lugar
e me proibiu, me proibiu
de sentar no meu lugar
e olhou pro meu mar
Explicou do risco que eu corria,
do mar me pegou e me levou

Ai, como eu queria...
ser levada pelo mar
pra conhecer outro lugar
devia ser interessante
o lugar que o mar iria me levar
Mas não podia mais
ficar lá
gritei, chorei, esperneei,
mas não podia mais
ir ver o mar
E ela me levou prum quarto,
dizia que era o meu quarto,
com uns brinquedos,
uma janela quadrada,
que dava vista pra outras janelas
com outros quartos, tudo quadrado
E ali, naquela janela quadrada,
com o horizonte tão limitado,
eu olhava, e chorava, e sofria,
e morria.
Entre milhares de prédios,
Que não me deixavam ver o mar
Fiquei parada, olhando pra nada
Pra nenhum lugar
Procurando o mar, o meu lugar.

...

João Pessoa[5]
Terra do cheiro, da essência,
essencial o odor de tua vida

---

5   Poesia com trechos de autoria de Fauzi Arap.

essência não minha,
e infelizmente nem por mim
possível ser vivida
Não menos precioso nem menos
cheiroso é o amor
que tenho por ti,
por essas pessoas que te residem,
eu te relato e me delato
te acuso como causadora da minha dor
e me confesso em despedida eterna
como teu cheiro eterno, lembrança etérea
Nos meus sonhos fantasiosos
me inspiro na mentira da aparência que guardas de mim
E quanto mais falo sobre a verdade
inteira um abismo maior nos separa
não sou um rosto na multidão
Sou o centro das atenções
A sedução me escraviza a você
Eu vou te contar que você não me conhece
e eu tenho que gritar isso
porque você está surdo, e não me ouve
O jogo perigoso que eu pratico aqui
tenta chegar ao limite possível de
aproximação através da aceitação
da distância e do conhecimento dela
Entre eu e você não existe uma
estrada
Entre eu e você existe a notícia
que nos separa
Eu me dispo da notícia
numa tentativa vã de invasão
da tua área
A minha nudez parada

me denuncia e te espelha
Mas é só em brilho
Eu me debato
E assim me livro do cheiro
com o qual você me envolve

...

Eu queria que você
visse nos meus atos
todo amor que sinto
por você
Eu queria que você
lesse nos meus olhos
todos os meus pensamentos
Eu queria ser a única
entre todas as outras
Eu queria tantas coisas,
um céu, um mar...
...Que se resumirão
a nada
quando você entender todo
motivo da minha existência
você

...

Mãe, um dia você vai entender[6]
que eu tenho uma gaveta do vício
Muitos têm espelhos do vicio
Outros têm armários ou casas pra guardarem seus vícios

---

6   Poema feito com citações de diversas poesias de Paulo Leminski.

Eu tenho a gaveta porque ela é de um vicio impossivel
porque ela faz com que eu sinta poesia
mas eu faço poesia
e ela sai
tal a poesia que fazia
Eu faço outras poesias
Mas não é essa que faz minh'alma vazia
Faço poesia de uma outra filosofia
Faço poesia tão vagabunda
que é só por folia
E faço tanta poesia que um dia
talvez faça aquela poesia
que sobreviverá mais que um dia

Por enquanto, só entro e saio
E por dentro é só ensaio

Eu vejo uma vida sem saida
vejo daqui, vejo ali
e não vi o trem
vi bem quando estava ali
antes do trem
via uma via sem saida
via tudo mas não via a vida

Via além
Via tudo que havia
Não via a vida
E a vida havia

Essa é minha mente
psicodélica,
nas curvas eu salto
dos trilhos

E não posso passar pra
você minha
perspectiva das vias

Por isso você me vê
evaporar como se fosse
seu perfume
Mas lá em cima
aqueles que me sentem
no alto do lúmen
Respiram perfume

Eu só queria
não precisar
jogá-la no cume
pra ver atrás
dessa névoa
eu vagalume

...

Como eu gostaria que me
entendesse
uma sensação aluga-me
arbitrária, intensa
Se você pudesse entrar
em minha mente
cessariam teus receios

Queria que você me deixasse
achar
a minha maneira
de ser feliz
Queria que você se libertasse

para poder me libertar

...

Vou marcar uma limpeza de pele
para tirar dela toda sujeira
as marcas das feridas da ansiedade
que antes já foram feridas por agulhas
Ando precisando tirar da pele
todas essas marcas,
máscaras, medos
Ando precisando tirar da boca a palavra
apavorante dizê-las, mostrá-las
apavorante só de tê-las em mim
Mas grito que não sou mais vil
Subo no morro mais alto
pra contar que não sou mais,
não mais
agora sou honesta, sincera e
não tento explorar com manipulação, sedução
as minhas palavras
Ando a recuperá-las a beleza
Mas nem isso posso cobrá-las
Só sinceridade
Sinceridade
Queria escrever tão bem quanto Drummond
Mas já que não posso,
crio só essas palavras, vãs, minhas.

...

Eu quero aliança de pulso, fundida
Quero amor eterno, quero buraco negro
E a gente vai, se vai levando...

Como na rede, na noite de lua azul.
Quando Mariana vai ser concebida
Atrás da amendoeira da sua mulher (eu)
E os deuses sorrirem pra nós,
Sonharemos o sonho um do outro;
Que será o mesmo: a chegada da Mariana.
[carta para Joffre]

...

Passou ontem
E eu não soube esperar por hoje
e fiz o dia começar a cada instante
do Rio
com minha cara de novo
Vou construindo um personagem de mim
E vai crescendo
E foi ontem
E eu comecei aqui ontem
há 28 anos
onde fui ver nascer na mesma cidade
uma plantação baiana no Rio
o filho do Carlinhos Brown
"Foi plantado na Casa de Saúde São José"
em Botafogo
No Rio
E foi ontem

...

Eu tento ver o Rio de Janeiro
Eu tento ver

de fora a minha relação com
o Rio
o próprio Rio
Mas é difícil
é a minha história que é o Rio de Janeiro
com o Morro da Mangueira
que passou
da infância do carro alegórico
a loucuras adolescentes,
chiques
É a infância do Pier
A adolescência Posto 9,
os Baixos, suas fases,
Meus baixos, minhas fases
Meus altos, minhas fases
de instabilidade
sofrimento e beleza
vistos de mim e dessa cidade
Vistos da Aperana ao Real Astoria
Do Real Astoria ao...
Meu Vazio, ali... ali... ali...
Ao Caetano, olhado, ouvido, lido
Ao Real Astoria de antes, ao JB, as festas
Aos Buarques de Hollanda,
a dor, ali, ainda ali, ali...
A beleza do Chico
A inveja nobre da minha poesia pobre

...

Você não me libertou
E o espelho era uma tela

E você ia me ver,
Do jeito que eu me via
E ia entender
E tudo afinal ia ser tão real
Que todos outros filmes
Iriam desaparecer

Você não sabe quantas
Coisas bonitas
Você deixou de entender
Perdeu nesse instante
Um dos lances
Dessas chances que você deixou de me ver

No espelho todo dia
Vejo a tela e você me vê
No teu olho todo dia,
Me vejo desaparecer

Podia ser tão legal
Se a tela fosse real
Se a vida valesse a pena
Se você me visse no espelho

Por que você nunca pode entender?
Quantas crianças ainda terão de morrer?
Você só repara meus erros
E as crianças ficam cruéis

E todas suas palavras
Formam sentido
Me condenam,

Sem esperança mais de viver
Meu espelho quebrou...

...

Você só diz que não
Nem quer pensar,
Não quer me ver
Mas eu tô aqui
No teu espelho todo dia
Não dá pra esquecer

Não pense tão pequeno
Não me julgue tantas coisas
Só quero vir ao mundo pra dizer minhas vontades
Não pense que está livre
Só porque quebrou o espelho
Ainda vai me ver

Em toda tela negra,
Em tudo que estiver
Todas as palavras
Você vai me ouvir
Você já condenou, já me julgou
Quer me esquecer

Não sabe em quantos
Versos, quantas letras
Quanta gente vai me ouvir dizer

Não quero fazer drama
Mas um dia de sucesso

Tá pra acontecer
Tem muita gente viva
Tem tanta gente em volta
E quantos estão vendo
Não vai ficar impune

E todos os meus sonhos
Nossas válvulas, essas drogas
Não vão te adormecer
Vai aparecer alguém que
Mostre nesse mundo
Todo conteúdo das palavras que você
cansou de dizer

Eu fiz que não ouvi
Por tantas vezes,
Pra não reagir
Mas sempre tem
Um espelho em cada canto
Mostrando todo dia
Toda hora meu espanto
Enquanto esse pranto
Eu chorar, e vai ser muito
Você vai me indenizar
Por todo mal do mundo

...

Ai, como fui tola!
Ai, essa dor, esse epílogo trágico
Ai, minha mocidade!
Quanto eu não daria

pra voltar no tempo!
pra desfazer a jogada,
pra ter de novo a chance...
de ter a mesma estreia,
o meu palco, ser dona de novo
do foco das luzes
com a casa lotada
não ter faltado aos ensaios
não ter sido tão descuidada, tão presunçosa
Ah, ilusão de ser exceção
de ser a absoluta, sabida
de não precisar...
- Moça, o trem pega!
...quem riu dos conselhos
ria de tudo,
tinha tanta certeza!
E ia com tudo!
Ia forte,
Ia fundo
Acelera!
E de novo,
só mais um
e como deu certo,
mais um outra vez
- Nunca é o último!
- Moça, vai acabar...
Então manda logo!
Eu quero é que acabe
- Se for devagar, vai ter amanhã
amanhã sem nenhum é bagaça
Pra que pensar nisso?
Amanhã é depois,

e depois se resolve
Pra tudo tem jeito
a vida é agora
e eu quero o melhor
Eu sinto a sorte
eu já decifrei
o sentido
a charada
Eu sei a resposta
Eu tenho suingue
Eu nasci com estrela
Mulher, e de saboneteira
Eu sei tantos truques
Eu tenho certeza
Eu sinto que é meu,
eu pressinto a vitória
Aposta dobrada
esse medo dá graça
é por ele que eu jogo
Não me importa
Não precisa outra coisa
Não preciso mais nada
tô completa
é assim que eu quero
não precisa estar certo
ter razão não importa
E se eu voltasse no tempo
Se eu soubesse o tamanho
Se não faltasse os ensaios
Mas é uma coisa por vez
Não se sente antes...

Não sei se é verdade
talvez não fosse preciso
Quando lembro, eu entendo
talvez dessa vez desse certo
nada de novo tem o mesmo sabor
Sem fome nenhum gosto é tão bom
Sem frio, a pele não conhece o arrepio

...

Coma
O êxtase sacudia as memórias com uma brisa do mar no cabelo que enrola como uma lã pra baixo da nuca uma caneta de pena
Com cheiro de indiferença e facilidade preenchendo a escuridão
A Ásia é lânguida e queima de África
O mundo é distante, ausente, quase extinto
Vive em sua profundeza como música e velas de outros espíritos
Meu amor!!! Nada, nada sobre seu perfume!

...

PIU, MEU IRMÃO

Eu te sigo, sem que me veja
Caminho na tua trilha
Busco seus pensamentos
Você pode ter certeza que eu estarei sempre junto
Talvez você nem perceba

Mas estarei perto,
como tua sombra,
irreverente a tuas ordens

Pode se explicar com todos
Mas pra mim, não
Não é preciso
Você me chega em jorradas,
fortes, compulsivas

Ah! Como eu queria
Engolir tua força
tragar teu pulsar
Produzir poder
Poder de te ter

Mas eu sempre estarei
do seu lado
A cada vestibular,
A cada namorada,
cada chá
cada dia de chuva

te esperando chegar
de madrugada,
conversar comigo
Me contar coisas banais
Me deixar te acariciar
Me ver como irmã,
amiga e companheira,
que sempre procurei ser

PIU, pode seguir
teu caminho,
Mas não esqueça
Que eu estarei
te acompanhando
sempre, sempre,
sempre...

TE AMO, BIA

...

Eu sou tão fraca
Eu te penso
eu filtro tudo,
não acredito em nada
Foi o porre de ontem
A raiva de me ver
no quarto escrevendo
e usando droga
E não tivesse drogada
Às vezes não tô
E as correções são as mesmas
E os comentários
a forma que me pensa
"Bia, não fale essas coisas
na frente das pessoas..."
você que pensa...
eu sou sua mãe,
não fale sobre isso não..."
Eu tenho que me drogar

um pouco pra esquecer
eu uso anfetamina
é uma droga que trava
tira a emoção
é um excitante cerebral
que faz você pensar em
2 mil coisas e
não ter concentração
nem emoção
por isso corte o álcool
Alors, toda vez que eu
explodo, digo que não vou mais
permitir que você me
faça implorar
às vezes 60 reais
e se peço + 10
eu vejo em você, "Não"
não pode, é por isso
que não se tem dinheiro
pra nada, é assim,
não adianta,
não vou dar.
$ 60, sessenta tá ótimo
Sabe quanto eu gastei
almoçando em um
restaurante bom?
É isso que se faz
É assim que se vive
A Maria
Olha, a Joana quando não tem,
não sai
A Anita come todo dia

no restaurante a quilo
É assim que as pessoas vivem
"E quando eu morrer?
Eu morro de preocupação
O que você vai fazer?
Minha filha, me preocupo tanto."
Mãe, eu tô fudida
Você acha que eu posso
recomeçar com você no meu pé
Eu não posso
Eu preciso te dar
motivo pra ser você
comigo e preciso estar travada
Se eu não te amasse tanto,
Se você não fosse tudo que foi,
Se a vida da gente
não tivesse sido real
talvez eu conseguisse
talvez eu não te destruísse
o presente,
talvez eu acreditasse
que é isso
que agora vá ser assim

E aí mãe
aí eu batia o pé na porta
Casava com amigo qualquer
Começar qualquer coisa
Chorava todo dia, mas
voltava a viver
O jeito que você me machuca
O jeito que você acredita

no que eu tô fazendo
Não é o terror
escuridão, terror
Nem eu conheço
Mas você não sabe mais amar
você não sabe amar
A vida, mãe, não se faz todo dia
A vida a gente acostuma com todo dia
Mas não esquece como era
A vida não está
A vida é
é maior do que esses dias
É maior do que esses anos perdidos
Ela vive em mim
Ela existe.
E eu posso senti-la
tem um vidro entre eu e ela
Mas eu sei que ela é a vida
Nas fotos, na poesia,
nos olhos, e no jeito que vejo
o mundo continuar
Mesmo sem sentir
mais presente seu amor, eu lembro
eu acredito nele,
acredito na vida
que ele viveu
em nós.
Você nunca foi só minha mãe
Mas hoje você não é mais minha mãe
E eu nunca estive tão sozinha
A vida com o Rico,
a gente sabia quem era

tinha um espelho que me fazia ser
eu de alguma forma

(...)

Você não me humilhava, o silêncio
era como se você deixasse baixo
deixasse não ser grande,
e na sequência a vida continuava,
a roupa bonita, e seu sorriso
e você me ouvindo, com carinho
Me defendendo sempre
Você me protegeu tanto
de tudo e isso era o que eu sabia
Minha mãe protege do mal estar
da vergonha

Eu fui um sucesso como mulher,
quase todos meus amigos ficaram
a fim de mim
Eu sempre escolhi quem
eu teria uma vida

Te perdoo por me trair

...

Marcos
Sol e Lua criaram o espaço
E eu te amei nesse espaço
Como fogo e pedra se amaram
sem domínio

e o fruto desse amor
foi meu eu,
que é como a sombra
que te segue rastejante,
irreverente às ordens,
sem orgulhos, sem ser notada
mas estarei sempre junto
te perseguindo
Bebendo em tua boca
o perfume dos sorrisos
E o Sol e Lua criaram o tempo
e do vácuo fez-se o espaço
E eu te amei nesse espaço

...

Não me atropela essa noite não, ainda temos uns anos tão construíveis
s'il te plâit, mamer!

A sua não resposta é tão dolorosa.
Não é que "mas eu não fiz nada..."
É se não me ajudar...
Se não der pra fazer nada por mim
E é agora mãe.
É hoje.
Era ontem
Eram esses dias terríveis
Que eu sangrei e tô tentando não entregar as cartas da dor
Que o medo de que não aconteça,

de que isso não seja um grito
suficiente porque tentei ter doçura
É pra ser vermelho, é terrivelmente
cruel como vem sendo sua cegueira
da minha alma estraçalhada

ISBN 978-85-9582-046-3

Fontes Palatino, Aldus, Blur
Papel Pólen 90g/m²
Impresso no Brasil